国家级生态保护区资金支持项目

黄南藏戏剧本集

主编◎仁青加

中国戏剧出版社
CHINA THEATER PRESS

图书在版编目（CIP）数据

黄南藏戏剧本集 / 仁青加主编 . -- 北京：中国戏剧出版社，2024.5
ISBN 978-7-104-05503-7

Ⅰ . ①黄… Ⅱ . ①仁… Ⅲ . ①藏戏—剧本—作品集—中国 Ⅳ . ① I236.75

中国国家版本馆 CIP 数据核字（2024）第 102813 号

黄南藏戏剧本集

责任编辑：曹　静
责任印制：冯志强

出版发行：	中国戏剧出版社
出 版 人：	樊国宾
社　　址：	北京市西城区天宁寺前街 2 号国家音乐产业基地 L 座
邮　　编：	100055
网　　址：	www.theatrebook.cn
电　　话：	010-63385980（总编室）　010-63381560（发行部）
传　　真：	010-63381560

读者服务：010-63381560
邮购地址：北京市西城区天宁寺前街 2 号国家音乐产业基地 L 座

印　　刷：	北京九州迅驰传媒文化有限公司
开　　本：	787mm×1092mm　1/16
印　　张：	23.75
字　　数：	300 千
版　　次：	2024 年 5 月　北京第 1 版第 1 次印刷
书　　号：	ISBN 978-7-104-05503-7
定　　价：	150.00 元

版权专有，违者必究；如有质量问题，请与出版社联系调换。

编委会

主　　任：更智才让

副主任：万玛尖措　昂　智

成　　员：仁青加　付晋青　增太吉　李加东周
　　　　　完么才旦　多杰昂杰　切吉卓玛　公保加

主　　编：仁青加

副主编：付晋青

编　　辑：李加东周　完么才旦　多杰昂杰

目录 Contents

1　　诺桑王子（大型神话藏戏）

37　　意乐仙女（大型神话藏戏）

79　　苏吉尼玛（大型神话藏戏）

127　　藏王的使者（大型历史藏戏）

177　　金色的黎明（大型现代藏戏）

237　　纳桑贡玛（大型现代藏戏）

285　　松赞干布（大型历史藏戏）

337　　金城公主（大型安多藏戏）

大型神话藏戏

诺桑王子

编剧：多杰太

黄南藏族自治州文工队　1981年首演

时　　间：年代已经十分久远。

地　　点：北方的俄登国。

剧中人物：

诺　　　桑——俄登国即将登基的王子。

伊朝拉姆——天神乾闼婆之女。

邦列增巴——英武的猎人。

周娜仁钦——莲花湖龙神女王。

珠那卡增——本教巫师。

罗哲热赛——格热智甫修行的大仙。

童卓拉姆——伊朝拉姆之妹，仙女。

老　　　翁——婆罗门。

老　　　妪——婆罗门。

龙子、龙孙、龙族、官员、武士、梵天仙女等。

诺桑王子

序幕　梦结情缘

〔宫廷音乐悠扬而轻远。

〔在俄登国诺桑王子的寝宫内，灯光微暗，香烟袅袅。诺桑王子伏在巨大的书案上，沉沉睡去……

〔现在已是午夜时分，远处传来几声报时的钟声。

〔氤氲的雾渐渐浓厚，诺桑王子被引入五光十色的奇异梦境……

〔诺桑王子起身向四处观望，欣赏神奇的景色。

〔突然一阵轻微的脚步声惊动了诺桑王子，他仔细望着，一位美丽无比的仙女在氤氲的浓雾中出现——她就是伊朝拉姆。

伊　朝　（欣赏景色，轻歌曼舞）

　　（唱）人都说北国地笙歌欢唱，

　　　　今日果然就是处处吉祥，

　　　　百姓们一家家实是安享，

　　　　可见得北国王治理有方。

　　　　驾祥云游宝地鹿鸣鹤唱，

　　　　看群山望龙湖焕发奇光；

　　　　见此景我伊朝身心舒畅，

　　　　舞长袖飞彩裙神采飞扬。

诺　桑　（慢慢向前，深深施礼）

　　（唱）令人羡慕的姑娘，

　　　　　你是否来自悠远的天堂？

　　　　　请原谅我欠缺真诚的招待，

　　　　　请随我到宫中把仙果品尝。

伊　　朝　（唱）我是个无足轻重的姑娘，

　　　　　吸引我来此的是美丽风光；

　　　　　请问主人你尊姓大名？

　　　　　我祝你国家兴旺人民安康。

诺　　桑　美丽的姑娘，我名叫诺桑，治理着这片地方。

　　　　〔二人边舞边唱，透露出爱慕之情。

伊　　朝　（唱）年轻英俊的诺桑王子，

　　　　　你的臣民百姓纷纷把你夸奖；

　　　　　希望你修文修武治理家邦，

　　　　　不要让爱戴你的百姓失望。

诺　　桑　（唱）秋水一样透明的姑娘，

　　　　　请问你来自何方？

　　　　　你用金子般的语言将我劝导，

　　　　　为我献上了一副菩萨的心肠。

伊　　朝　（唱）若想知道姑娘的身世，

　　　　　我来自遥远的天国之邦；

　　　　　父母都是上界的天神，

　　　　　我的为人之道就是慈悲善良。

诺　　桑　（唱）啊！美丽的神仙姑娘！

　　　　　你的容貌和善良深深打动我的心房，

　　　　　你那圣洁的语言句句嵌入我的胸膛；

　　　　　我有一个非分之想，

　　　　　不知你愿不愿意做我的新娘？

诺桑王子

善良的伊朝姑娘，

你如有意请把这定情的彩箭珍藏。

〔诺桑取出彩箭，双手捧给伊朝，伊朝深情地接过彩箭。

伊　朝　（重唱）虽然是刹那的会面，
诺　桑

愿你我永远不相忘。

诺　桑　（　唱　）请告诉我你家住何方，

为了求婚我要拜见你的父王。

伊　朝　（　唱　）王子啊！

请记住，只要有缘，

有情人都会得到报偿。

〔二人紧紧地把手拉在一起，突然有一个声音：伊朝拉姆，请回来啦！

〔立时风起雾卷，把二人的双手分开，伊朝被雾卷去，逐渐消失。

〔诺桑也被雾推到后方。

〔灯光暗转。

〔景又恢复到原貌。诺桑依然伏案而眠。

诺　桑　（自语）伊朝拉姆！伊朝拉姆！

〔四位官员急忙跑上。

诺　桑　赶快在全国各地寻找一个叫伊朝拉姆的姑娘，只要找到要火速请到我的宫殿来！

官　员　（恭敬地）啦嗦！

〔暗转。

〔幕落。

第一场　解救龙神

〔在一片悠扬悦耳的音乐声中，大幕徐徐升起。一片极为幽雅、美丽的景色映入眼帘……

〔这里是北方的莲花神湖，湖水清澈荡漾，周边芦苇繁茂，奇花异草争鲜斗妍。

〔龙神女王周娜仁钦分开湖水，立于水中，她手捧"先知宝镜"向四下照看着……突然她的颜面大变。

龙　女　哎呀，不好！南方柔登国残暴的国王妄想侵占北方莲花湖，他竟然请来本教的巫师珠那卡增用巫术来捉拿我们，如今已经十分危急，只有那英勇的猎人邦列增巴才能解救我们的厄运，我要变化成一个小孩前去求他。

〔龙女分开湖水，潜入湖心。

〔在悠扬的音乐声中，猎人乘着皮筏登场，他撒网捕鱼……

龙　女　（变化为一个可爱的孩童上场，她对着猎人）

（唱）请细听，这位英武的男子汉，

　　　小孩我世代住在这莲花湖畔。

　　　不祥的灾祸将要降临在湖边，

　　　请问你尊姓大名能不能解我灾难？

猎　人　（仔细端详着龙女）好娃娃！

（唱）招人喜爱的孩童请听我说，

　　　我们的王子诺桑你可听说？

诺桑王子

　　　　　　京城是嘎畏珊琅雄伟壮阔，

　　　　　　这个湖叫作莲花神湖，

　　　　　　湖主是龙女周娜仁钦再好不过。

　　　　　　北方臣民百姓幸福安乐，

　　　　　　百姓们都过着幸福的生活，

　　　　　　这全凭龙主赐给的深恩厚德，

　　　　　　名叫邦列增巴的猎人就是我。

龙　女　（上前拉住猎人的双手）好心的猎人大叔！我有事求你，你帮不帮我？

猎　人　我当然帮你。

龙　女　（高兴地）说话算话？

猎　人　当然算话。

龙　女　哈哈！你可真是一个大好人！（她围着猎人跳了起来）

　　　　（歌声）天真活泼的小娃娃，

　　　　　　　是龙女周娜仁钦变化；

　　　　　　　今天相逢绝不是戏耍，

　　　　　　　有一件天大的事情要你回答。

〔歌声中童孩隐去，猎人向四下寻找着。

〔突然龙女恢复本相，从水中走出。

猎　人　啊！（他惊恐地向龙女行礼）尊敬的龙神女王，请接受猎人的敬礼。

龙　女　勇敢的猎人邦列增巴呀！

　　　　（唱）勇敢无比的猎人好汉，

　　　　　　　我为何要来到你身边；

　　　　　　　四月十五当日晚，

　　　　　　　龙神我将面临灾难。

　　　　　　　恳请你守护在湖岸，

　　　　　　　莫推辞请你一力承担。

猎　人　（盘起发髻）

　　　　（唱）尊贵的龙神请听我言，

　　　　　　　我世代居住在莲花湖畔；

　　　　　　　从未见谁敢把神湖冒犯，

　　　　　　　请您安心稳坐水晶宫殿。

龙　女　（唱）年轻勇猛的猎人邦列增巴，

　　　　　　　请听我讲出实情：

　　　　　　　柔登国王请来本教巫师，

　　　　　　　要擒拿我莲花湖神龙。

　　　　　　　给北方人民造成苦难，

　　　　　　　让善良的俄登国不得太平。

　　　　　　　猎人啊！只有你能够消除灾难，

　　　　　　　永远保佑莲花湖浪静风平。

猎　人　（勇敢地）龙神啊！

　　　　（唱）北方靠的就是神湖兴旺，

　　　　　　　什么人敢把神龙来伤？

　　　　　　　猎人我护神湖舍命抵抗，

　　　　　　　龙神啊！莫担忧请回殿堂。

龙　女　（感激地）

　　　　（唱）感谢你，勇敢无畏的男子汉，

　　　　　　　南方的歹徒狡诈凶残；（双手捧起锋利的神剑）

　　　　（接唱）这把无敌的宝剑银光闪闪，

　　　　　　　本教徒法力再高也胆战心寒。

　　　　　　　年轻的猎人请接受这把剑，

诺桑王子

你用它保莲花湖挫败凶顽。

〔龙女把宝剑交给猎人。

猎　　人　（接过宝剑跪下发誓）邦列增巴誓死保护莲花湖平安！

〔龙女隐入湖中。

〔猎人跳上筏子划下。

〔少顷。在四月十五皎洁明月的照映下，一条黑影鬼鬼祟祟来到湖边，他就是本教巫师珠那卡增。巫师借着月色在湖边绕行一周，四下观察着，他口中不住地念着咒语，从褡裢中取出各种祭物摆在河边……

巫　　师　（手中摇晃着装满毒液的瓶子，矫揉造作地面向湖中）

（唱）居在湖中尊贵的龙王，

　　　请走出那华丽的殿堂；

　　　我有要事向您禀告，

　　　有吉祥的话儿对您讲。

龙　　女　（将水蛇缠头上，出现在湖中）

（唱）湖畔恶毒的黑汉子，

　　　你从什么地方到此？

　　　在湖边摆置了什么秽物？

　　　将本王请出为了何事？

巫　　师　（捧出哈达献上，故作恭敬地）

（唱）龙神啊！莫心急听我细讲，

　　　我来自幸福吉祥的柔登南方。

　　　老国王诚心请你到南方居住，

　　　在那里你受崇敬至高无上。

龙　　女　（一阵冷笑）哈、哈、哈、哈！

（唱）本教徒你不必花言巧语，

柔登国行苛政国土贫瘠；

百姓们水深火热苦难言，

诱骗我去南方万死不依。

（她将哈达抛给巫师，遁入湖中）

巫　师　（一把抓住哈达。狂笑）哼、哼、哼、哼！

　　　　（　唱　）孽龙不知好和歹，

不吃敬酒罚酒端上来；

念毒咒、撒毒药、翻湖倒海，

叫你知道法师老爷的厉害。

〔巫师绕着湖将毒物、毒液、毒血洒在湖中。

巫　师　（口中念着毒咒）凭借那佛谛的洪福威力，请把这神湖的左右隔开，请把湖中的财宝分开，再把龙神水族擒出来，劫走宝贝，杀死水族，让莲花湖像烈火一样熊熊燃烧。湖水呀！燃烧吧！沸腾吧！

　　　　（歌声）龙神的呼救之声，

把猎人从梦中唤醒，

猎人啊快快来吧！

解救水族神龙；

拔出金刚宝剑吧！

惩治恶毒的顽凶。

〔歌声中猎人上场。

猎　人　（将发辫塞入腰间绣带中，手提宝剑，朝巫师走来）

　　　　（　唱　）湖上的汉子你听清，

为什么在湖边起歹心，

湖水沸腾惊龙女，

老实把原由说分明。

巫　师　（凶狠地）我在湖边与你何干，少惹是非，赶快远远离开。

猎　人　（大怒）好心问你，你却如此无礼，看我今天管教管教你。（用宝剑压住巫师的脖子）

巫　师　（紧张地）有话好说，你、你这是干什么？

猎　人　哼！叫你知道我猎人邦列增巴的厉害。（一剑割下巫师的发辫）

巫　师　（吓得魂不附体，哀求地）

（唱）威武的猎人请饶命，

　　　这都是柔登国王的旨令，

　　　他命我把龙神请到南方，

　　　猎人你也可以一路同行，

　　　凭你的本事国王一定重用，

　　　享荣华受富贵幸福一生。

猎　人　呸！

（唱）你这个伤天害理的邪教徒，

　　　不要花言巧语快收起魔术；

　　　迅速地离开这清净之地，

　　　不然就叫你试试宝剑锋利的程度。

〔猎人仗剑走向巫师，巫师步步后退。

巫　师　不错，不错，你说的不错，不要杀我，叫我从你刀下饶过，杀了我湖水仍然像热水开锅，让我施放解药，将功补过。

〔巫师急忙地收回投入湖中的毒物，口中念念有词，同时把各种珍贵的解药洒入湖中。

巫　师　（唱）威武的猎人请听我言，

　　　　　　解毒的药粉已经洒完；
　　　　　　湖水平静水族都平安，
　　　　　　请开恩吧！把我放还。

猎　　人　你还想逃走吗？

　　　　　（唱）你这个罪孽深重的邪教徒，
　　　　　　　　你有罪于释迦牟尼佛祖。
　　　　　　　　安居乐业的生活被你破坏，
　　　　　　　　佛祖做证决不能把你饶恕。

　　　　　（一剑刺向巫师，巫师跌伏于地）

　　　　〔这时音乐声大作，湖水由水族分开一条大道。水族们高呼：有请勇士恩人到龙宫做客！

　　　　〔猎人循声在水族中间昂首阔步走向湖中。

　　　　〔幕落。

第二场　龙宫得宝

　　　　〔一个月之后。在龙宫的水晶宫中，富丽堂皇的宫殿，五彩经幡飘舞，湖中各类珊瑚、珍珠等异宝光芒四溢。桌案上摆满各种海味珍肴，龙子、龙孙及众水族列队恭候。

　　　　〔随着悦耳的音乐声，龙女陪同猎人登场，就座。

众龙女　（边舞边歌）
　　　　　　像莲花开放艳丽芬芳，
　　　　　　这是北方神湖的瑞祥；
　　　　　　是谁使莲花湖安然无恙，

是英雄邦列增巴拔刀相助。

啊——

感谢恩人带来吉祥，

龙神水族齐声颂扬；

你大智大勇惩治歹徒，

感谢你大恩大德永世不忘。

猎　　人　（举杯站起）感谢龙神丰盛热情地招待！

（唱）富有豪客的龙王女主，

您盛情地款待我十分满足；

眼帘儿享受着仙姿歌舞，

丰盛的佳肴我享尽口福。

在龙宫我度过了欢乐时光，

今日我要回到湖岸上的住处。

这柄金刚宝剑现在物归原主，

请将我送出这莲花神湖。

众水族　大恩人邦列增巴请你留下吧！

（唱）你对龙族恩重如山，

独自在湖边十分孤单；

莫要离去就留在龙宫，

我们水族可和你朝夕相伴。

猎　　人　感谢龙神的美意！

（唱）感谢龙神的盛情，

您的美意我铭记心中；

操劳的生涯锻炼了我的本性，

请送我回到习惯的岁月中。

龙　　女　（唱）勇猛年轻的英雄汉，

　　　　　　你使北方人民得平安；

　　　　　　你若坚持要返回湖岸，

　　　　　　莫推辞，我龙族送你宝物一件。

猎　　人　（唱）知恩达报的龙神女主，

　　　　　　请听我猎人讲述：

　　　　　　我世代居住湖边，

　　　　　　衣食温饱都托神湖的洪福，

　　　　　　如今又要送我宝物，

　　　　　　一个猎人要它有何用处？

龙　　女　（唱）仔细听，勇敢的恩人好汉，

　　　　　　莫小看，这是神仙的宝贝一件；

　　　　　　它是我们神湖至尊之宝，

　　　　　　有了它可以解除灾难。

　　　　　　送给你，把它带回家园，

　　　　　　你有何愿望它都能实现。

〔龙女从五彩绸中取出金光四射的万能如意珍宝捧到猎人面前。

〔猎人珍重地接过珍宝，向龙女施礼，并把珍宝高举过头。

猎　　人　（高兴地）哎呀呀，真是妙不可言！

　　　　　（唱）邦列增巴无比欢欣，

　　　　　　虽然出身低贱可福气不浅；

　　　　　　能来到水晶宫大开眼界，

　　　　　　还得到了神仙宝贝一件。

　　　　　　今天我离开龙宫把家还，

　　　　　　祝龙族兴旺，龙神福寿无边。

〔猎人收起宝贝，拜谢龙女。

〔龙子、龙孙及众龙女歌舞欢送邦列增巴出宫。

〔幕落。

第三场　丛林访仙

〔音乐声从绿荫如伞的苍翠丛林中传出。这里景色新奇，奇花丛丛，泉水叮咚。

〔猎人气冲冲地手捧宝物上场。

猎　人　（唱）前些日龙宫得宝，

　　　　　　　不知它叫什么名；

　　　　　　　此宝万分的贵重，

　　　　　　　却又不知怎样使用。

　　　　　　　听说在这深山密林，

　　　　　　　有一位道行高远的仙翁，

　　　　　　　我闯进深山请他指点，

　　　　　　　左绕右绕却迷了路径。

〔猎人焦虑地四下观看着……

〔一对老婆罗门夫妇互相搀扶着从远处走来。

老　翁　青年人，你为何在此处转绕不停？

老　妪　青年人，你为何心神不定？

老　翁　有什么疑难之事，

老　妪　请说来听听。

猎　人　（上前行礼）

　　　　　（唱）二位老人家，我对您十分的尊重，

　　　　　　　　我遇到一件意想不到的好事，

　　　　　　　　得到龙宫宝贝能够显灵，

　　　　　　　　只是不知它叫何名，怎样使用？

　　〔猎人从怀中取出红玛瑙并从孔中取出宝物递给二位老婆罗门。

　　〔婆罗门接过宝贝，互相传看，大为吃惊。

老　翁（唱）构造精巧，金光耀眼，

　　　　　　　我年过古稀从未得见；

　　　　　　　这宝物的类别和色彩，

　　　　　　　在世间确实太稀罕。

老　妪（接唱）要想识此宝贝物件，

　　　　　　　除非格热智甫大仙；

　　　　　　　他已修炼得功德圆满，

　　　　　　　住在前方丛林云海之间。

猎　人（把宝物端起，行礼）

　　　　　（唱）多谢二位老人的指点，

　　　　　　　我立即动身向前，

　　　　　　　哪怕路途山水林海，

　　　　　　　也要找见格热智甫大仙。

婆罗门（双手合十）祝你一路平安！（下）

　　〔猎人沿着婆罗门指点的方向，大步向前。

　　〔猎人穿丛林，跨沟涧，登高山，跨河流……

猎　人（停步擦汗，向四下观看，自语）整整走了一天，连一个人影都不见。格热智甫大仙啊，今生若是有缘，请替我把迷途指点。

诺桑王子

〔这时一只杜鹃鸟飞舞鸣叫着在猎人前后左右盘旋。

猎　　人　咦！这俊美的小杜鹃，为什么围着我飞旋？莫不是仙人派它来引路，我随它一同向前。

〔杜鹃飞舞，猎人追随，形成一段人与鸟的舞蹈。

〔突然杜鹃停立在一座石碑之上，不住地鸣叫。

猎　　人　（唱）在这寂静之处一定有神仙居住，

你们是我猎人的救星之佛祖。

若没错，我要轻敲石碑底部，

祝你好，请你对我的拜谒祝福。

〔猎人敲响了石碑三下。在花木丛中走出一位大仙。

大　　仙　（唱）敲响石碑的汉子听我言，

闯入圣地你有何事干？

莫隐瞒，请详细说出缘由，

有何求，我一定满足你的心愿。

〔猎人听罢，立即向大仙叩拜。

猎　　人　（唱）尊贵的得道大仙，

我家住莲花湖边；

南方歹徒把神湖侵犯，

为救龙神我把歹徒驱赶。

女龙王为酬谢送我珍宝一件，

此宝何名何用敬请指点。

大　　仙　（唱）年轻的猎人你正义勇武，

你不畏强敌保护了神湖；

龙女感恩送你镇湖之宝，

"万能如意"就是这件宝物。

老翁我年过五百岁，

今日有幸才亲眼目睹。

（双手把万能如意宝高举过头，顶礼膜拜）

猎 人 （唱）尊贵的隐士大仙，

我是个俗人十分平凡；

长寿的古稀老人见过不少，

只是如此高寿却不曾得见。

今日相会也是前世有缘，

请告诉我你怎会寿比南山？

大 仙 （唱）你问我为何不老长生，

其中缘由本不该说给别人听；

只因你修福修德救龙女，

如今我就破戒讲给你听。

距此间几里有个密林，

林中有条密径可通行。

那里有莹莹碧绿仙池水，

百花争艳如画屏；

池边嵌满红宝石，

清纯净透玉玲珑。

每月一次迎佳丽，

梵天女神下天宫；

凌波仙女美绝伦，

伊朝拉姆是芳名。

沐浴出水如芙蓉，

美妙仙音绕池鸣；

我每月一睹此美景，

怎能不胜过常青松？

诺桑王子

猎　人　（心情激动，兴奋地）

　　　　（唱）大仙啊！

　　　　　　　尊贵的大仙您请听，

　　　　　　　这座天池连梵宫，

　　　　　　　天仙美景令人醉，

　　　　　　　望大仙将我领，

　　　　　　　不枉人世走一程。

大　仙　（大笑）哈、哈、哈、哈，年轻的猎人啊！

　　　　（唱）我劝你，改主意，

　　　　　　　天河禁地不能去。

　　　　　　　有两位天神护持我，

　　　　　　　才能靠近那禁区。

　　　　　　　凡夫俗子若闯进去，

　　　　　　　定遭天打巨雷击。

猎　人　（去意已决，苦苦哀求道）

　　　　（唱）我猎人虽是普通贱民，

　　　　　　　救龙神也是功德不浅。

　　　　　　　有您护持法力无边，

　　　　　　　更有万能如意宝贝一件；

　　　　　　　有了大仙和宝贝我就有了依靠，

　　　　　　　进入天池不会遭到危难。

　　　　　　　我诚心祈祷已清除了身上的污点，

　　　　　　　只请大仙把我周全。

　　　　　　　能一睹仙女我不怕触犯天条，

　　　　　　　就是丢弃性命我也心甘情愿。

　　　　〔猎人唱罢，跪地哀求。

大　仙　（唱）你要想实现心愿，
　　　　　　　必须把猎人血统身心改变。
　　　　　　　要赎掉全部杀性和罪孽，
　　　　　　　要把污秽的念头全部消除完；
　　　　　　　下月八日你再来此地，
　　　　　　　老汉我带领你去到天池边，
　　　　　　　在那里你欣赏美女，净化心田。
〔大仙唱罢搀起猎人，猎人千恩万谢地奔下。
〔大仙微笑地看着猎人远去的身影。
〔幕落。

第四场　天池惊艳

〔在清脆、悠扬的笛声中幕徐徐开启。
〔天池圣地，白云、蓝天、绿草、红花。孔雀、杜鹃婉转啼鸣……
〔大仙引着猎人悄悄走上。

大　仙　（领猎人到一丛繁花之后）在此藏身，不可轻举妄动，不可大声出气，切记切记！
猎　人　大仙放心，我谨记在心。（蹲身花丛之后）
大　仙　（右手燃香，左手持一块明镜，朝天空映照着。然后用手捐诀，口中念道）
　　　　唵嘛呢，唵嘛呢，唵嘛呢叭咪吽！
　　　　祈祷，祈祷，为十方神主祈祷！
　　　　东方的金刚菩萨，南方的宝生佛神，

诺桑王子

西方的日月之神,北方的不空成就佛神,当空中央之如意神,今日是吉日良辰,敬请恩准梵天仙女来到圣湖洗尘。

〔大仙祈祷完毕,一阵仙音缥缈,鹤唱鹿鸣,一派氤氲的香雾中仙女伊朝拉姆率众仙女手持宝盒、罗伞、乐器、明镜等宝器,如同珍珠抛撒,从空而降。

伊　朝　（唱）众姐妹离梵天圣池沐浴,
　　　　　　　似雪莲朵朵亭亭玉立;
　　　　　　　在这洁净灵虚的中央之地,
　　　　　　　如银鱼游碧波尽情嬉戏。

〔伊朝甩去纱衣之裳,与众姐妹一起跌入水中嬉戏。

童　卓　（唱）姐姐在水中比芙蓉还要美丽,
　　　　　　　众仙妹游绿浪畅快无比。

仙女甲　（唱）水中的珊瑚树俊美如玉,
　　　　　　　各色的七宝石闪光神奇。

仙女乙　（唱）我们在圣水中清洗玉体,
　　　　　　　氤氲气泛清香香气扑鼻。

〔猎人一见伊朝,神魂飘荡。

猎　人　（把大仙拉到一边）

　　　　（唱）无所不能的大仙,
　　　　　　　美妙的仙景今日亲眼看见;
　　　　　　　在那众多的仙女中间,
　　　　　　　我只想得到最美的那位了心愿。
　　　　　　　若是大仙肯成全,
　　　　　　　我将万能如意珍宝给你奉献。

大　仙　（唱）猎人啊!要自然,莫生邪心,

　　　　　　　众仙女是神灵有身无形；

　　　　　　　你凡夫俗子痴心妄想白日做梦，

　　　　　　　速离开，免得污秽天女祸事生。

猎　人（唱）猎人我虔诚把大仙恳请，

　　　　　　　仙女中伊朝拉姆我最动情；

　　　　　　　请显法助我一臂之力，

　　　　　　　您的大恩我铭记终生。

大　仙（唱）勇敢的猎人男子汉，

　　　　　　　逆事邪心勿想也勿念。

　　　　　　　先前给你把至宝的密谛传，

　　　　　　　因为你有功请佛祖来指点。

　　　　　　　如今你妄想得到伊朝拉姆，

　　　　　　　人神怎能结情缘？

　　　　　　　办法只能有一个，

　　　　　　　妄想得到难上加难；

　　　　　　　传说龙神有条如意套索，

　　　　　　　只有它才能套住女仙，

　　　　　　　不过套索是镇湖的生命线，

　　　　　　　龙神不会交到你手中也是枉然。

猎　人（唱）感谢大仙来指点，

　　　　　　　猎人的希望可实现；

　　　　　　　我对龙神有贡献，

　　　　　　　她不会把情义二字丢一边；

　　　　　　　我还回她的万能如意宝，

　　　　　　　借来套索完成我的心愿。

　　　　　〔猎人说罢扭头便走。

大　仙　邦列增巴！

　　　　（唱）对其他圣地我都立下誓言，

　　　　　　　唯有对莲花湖尚未许愿。

　　　　　　　对伊朝你既已迷了心窍，

　　　　　　　你去吧，这也是你的功德一件。

猎　人　（唱）我心急如风，不能再等，

　　　　　　　我很快回来，请您千万不要消失踪影。

　　〔猎人向大仙鞠躬作揖。

大　仙　（挥手）快快去吧！

　　〔猎人大步向莲花湖奔去。

　　〔幕落。

第五场　二闯龙宫

　　〔景同第一场。正午时分。

　　〔歌声：

　　　　　　水天一色光景好，

　　　　　　神湖安详静悄悄；

　　　　　　龙女泰然调风雨，

　　　　　　你可知啊！

　　　　　　年轻的猎人又来到。

　　〔猎人邦列增巴行色匆匆地奔上。他围绕莲花湖四下张
　　　望着……

猎　人　（见四下毫无动静，高声呼喊着）尊贵的龙神！尊贵的
　　　　龙族的女主人！

〔仍然不见回答。

猎　人　（焦急地大喊）我邦列增巴，是救护神湖的恩人，为什么我大声呼唤，你却装聋作哑，一声不吭？

〔龙女拨开波浪，在湖心显身。

龙　女　年轻的猎人啊！

（唱）勇敢的猎人男子汉，

　　　请你耐心听我言；

　　　因何事你又来到湖边，

　　　高声大叫把本王呼唤？

猎　人　（唱）神湖女王听我言，

　　　您是否不认识我狩猎汉？

　　　今日喊得我声嘶口干，

　　　你却不紧又不慢。

　　　当初你送我宝物一件，

　　　今日特地将宝奉还。

　　　并非此宝没有用场，

　　　只想与你那如意套索交换。

龙　女　（唱）请静心，听我讲述，

　　　万能如意能使人得到幸福；

　　　如意套索本是龙宫宝物，

　　　除非对水族再别无用处。

　　　不知猎人你要它何用？

　　　如若十分需要就是龙族遭难我也使你满足。

猎　人　（躬身施礼）感谢龙神的慷慨大度！

龙　女　（龙女取出如意，又对猎人叮咛）

（唱）你莫烦，猎人你请听我言，

诺桑王子

　　　　　　　此宝对龙族非同一般；

　　　　　　　它关系着水族的生死存亡，

　　　　　　　此宝乃是梵天命我掌管。

　　　　　　　你救湖有功我借你使用，

　　　　　　　三天之内定要准时送还。

　　〔龙女将五彩缤纷的如意套索交给了猎人，同时龙女抓住套索的丝穗不放，要猎人发誓。

龙　女　（唱）如意套索交到你手间，

　　　　　　　你要虔诚地对天发誓言。

　　　　　　　你要发誓——

猎　人　我发誓！

龙　女　（接唱）绝对不能套捉上界神仙。

　　　　　　　你要向三十巨神的仙界发誓，

　　　　　　　你绝不套捉三脉女神；

　　　　　　　你要向四大重叠山峦发誓，

　　　　　　　你绝不套捉夜叉乾闼婆女；

　　　　　　　你要向无身无形的天宫发誓，

　　　　　　　你绝不套捉天王之女；

　　　　　　　你要发出重誓就将套索带去。

猎　人　（恳切地）

　　　　（唱）尊贵的龙王神女，

　　　　　　　请听我猎人心灵的起誓，

　　　　　　　我向那众天神起誓，

　　　　　　　神仙之女绝不捉；

　　　　　　　我向那三脉神女起誓，

　　　　　　　三脉神女绝不捉；

　　　　　我向那无形无影的天宫起誓，

　　　　　天王之女绝不捉；

　　　　　我向那龙宫水族起誓，

　　　　　龙神之女绝不捉；

　　　　　对那山神绝不起誓，

　　　　　对那乾闼婆女我绝不起誓。

　　　　若是这样，我何必来借这套索一支？

　　　　〔猎人唱毕对龙女深深一拜，然后捧起套索狡黠地一笑，
　　　　　回身而去。

龙　女　（有些不解地）你，你说了些什么？

　　　　〔痴痴地望着远去的猎人……

　　　　〔幕落。

第六场　伊朝被捉

〔景同四场。只是更加光彩鲜艳。在悠扬的仙乐声中猎
　人手持套索，兴冲冲登场。

猎　人　（向周围呼唤着）大仙！大仙！

大　仙　（从一怪石后走出）猎人，你可把宝贝借来？

猎　人　（唱）大仙圣人您好，

　　　　　　　如意套索已经借到；

　　　　　　　只等伊朝到来，

　　　　　　　叫她落入套索。

大　仙　好！既然你已达到目的，即将实现心愿，我就作法把诸

位天仙召唤。

大　　仙　（唱起召聚仙女的歌曲）

　　　　　　唵嘛呢，唵嘛呢，唵嘛呢叭咪吽！

　　　　　　再次向十方众佛祈祷，

　　　　　　东方的金刚菩萨和长老，

　　　　　　南方的宝生佛神宝，

　　　　　　西方的日月之神宝，

　　　　　　北方的不空成就之神宝，

　　　　　　中央的如意之神，

　　　　　　我在祈祷！

　　　　　　今日是吉日良辰请来沐浴，

　　　　　　请来这幸福的天池嬉戏。

〔随后大仙又向居于仙界上峰峦重叠之中的众仙女稽首。

大　　仙　（唱）在那迷雾山峦的四重之巅，

　　　　　　居住着天神之女为首的众仙；

　　　　　　伊朝拉姆和那十万仙女，

　　　　　　请驾彩云来此沐浴畅玩；

　　　　　　请快来！今日是吉辰好时间。

〔以伊朝为首的众仙女同前次一样，披戴各种饰物，飘
　落河边。

伊　　朝　（唱）众位姐妹听我言，

　　　　　　这古老漫长的世间，

　　　　　　人们一代一代相传；

　　　　　　今日我们来此聚会，

　　　　　　这里是尊者和凡民的地盘；

　　　　　　父母神仙对我们恩重如山，

　　　　　而我们却蒙昧傻憨；

　　　　　快把自身贪欲的污点，

　　　　　用忏悔之心洗净拭干；

　　　　　今日洗浴这美丽的玉体，

　　　　　是因为咱们不能长生在此间。

　　〔众仙女欢畅洗浴片刻之后，伊朝取出如意宝镜一瞧，突然大惊，花容失色。

伊　朝　（急忙对众仙女）

　　　　（唱）姐妹们暂停戏耍请细听，

　　　　　如意宝镜令人吃惊；

　　　　　一条法力之绳向我逼近，

　　　　　众姐妹莫迟延速返天庭。

　　〔伊朝与众仙女要离去，大仙向猎人示意，猎人急忙将套索抛向飞向天空的伊朝。伊朝如同被缚的飞鸟，坠落河旁。

　　〔众仙女见状，如同鹫鸟盘旋飞去。

猎　人　（用力拽住套索）

　　　　（唱）我先向那佛法僧祈祷祝福，

　　　　　你请听，伊朝拉姆，

　　　　　花园的莲花和草地的玉簪，

　　　　　前世就被佛宝相连共处；

　　　　　人间的猎人和仙界的伊朝拉姆，

　　　　　因有缘才在这圣地相见；

　　　　　爱慕之情使我舍命追逐，

　　　　　美好的心愿今日才得实现。

伊　朝　（挣扎着，无奈地）

诺桑王子

（唱）至高无上的执法神王，
　　　居住在梵天上的爹娘；
　　　今日请解救您的女儿，
　　　伊朝我被歹徒困入罗网；
　　　女儿我虽然善于变化，
　　　怎奈套索的法力太强；
　　　我虔诚拜颂请显示力量，
　　　我被索捆在圣池之旁。

大　仙　（唯恐猎人动手动脚玷污仙体，急忙站在他们二人中间）

（唱）勇猛的猎人男子汉，
　　　她是仙女圣洁不可侵犯；
　　　你是凡人身上不洁不净，
　　　请你听信我的苦口良言。

猎　人　（唱）无所不能的大仙，
　　　我舍生忘死就为得到女仙；
　　　如今夙愿已偿，
　　　你为何又与我作难？

伊　朝　（悲伤地）

（唱）这也是命运有意的安排，
　　　天色已晚乌云把青天遮盖；
　　　苦命的伊朝被你索去牵来，
　　　你身上的秽气把我冲坏；
　　　我将成为秋日的花朵被寒风萎埋，
　　　我将成为夏天的花朵被冰雹砸坏；
　　　雪山之巅的雄狮纯净洁白，
　　　绝不会与路旁野狗走在一块；

　　　　　　天神之女伊朝拉姆绝不会与凡人相爱，

　　　　　　这一点你猎人要思想明白。

猎　人　（唱）伊朝拉姆你不要巧语花言，

　　　　　　那草地高山是獐鹿的家园；

　　　　　　那天界虽然高，你又会变幻，

　　　　　　可是既被我擒住，又怎会轻易放返？

　　　　　　我猎人找伴侣只有这样办，

　　　　　　你伴我终身乃是前世姻缘。

伊　朝　（气急地）

　　　　（唱）恶徒猎人你要听清楚，

　　　　　　姑娘我怎能和你相处？

　　　　　　尽管你用法宝将我擒住，

　　　　　　我要用圣洁护身绝不屈服。

大　仙　（唱）勇敢的猎人男子汉，

　　　　　　莫狂妄自大听我言；

　　　　　　你保神湖除歹徒把好事办，

　　　　　　难道一时不慎尽毁于刹那之间？

　　　　〔猎人无动于衷，继续拉紧套索。伊朝无奈掩面而泣。

　　　　〔此时童卓与众仙女在河上焦急盘旋，不忍离去……

童　卓　（悲伤地）

　　　　（唱）哎呀呀！我的亲姐姐你可曾听见，

　　　　　　我们姐妹的圣洁之气已被冲散；

　　　　　　仙界的父母皆已回宫殿，

　　　　　　我们的遭遇他们无法判断。

　　　　　　眼看着太阳之神已经落山，

　　　　　　天国的幸福之光啊渐渐地黯淡。

伊　　朝　（伤悲地）

　　　　　（唱）空中飞翔的众位伙伴，

　　　　　　　　孤独的伊朝身遭厄难；

　　　　　　　　我们欢喜地结伴同来，

　　　　　　　　却不能翱翔着携手而还；

　　　　　　　　请回去莫把实情告爹娘，

　　　　　　　　免得他们为我把心担。

　　　　　　　　去吧，姐妹们！

　　　　　　　　飞回去吧！祝一路平安。

　　〔众仙女依依不舍地与伊朝招手而别。

童　　卓　（去而复返）伊朝姐姐！伊朝姐姐！

伊　　朝　童卓妹妹，你为何去而复返？

童　　卓　你有一件宝物在我身边，我现在交还你，需要时也许能帮你脱险。

伊　　朝　宝贝？

童　　卓　你忘了，就是北国王子赠你的七彩神箭。

伊　　朝　你说的是诺桑王子？

童　　卓　正是。（悄悄将神箭塞给伊朝）姐姐保重，妹妹去了！（飞下）

　　〔童卓的一切动作尽被大仙看在眼里，他暗暗欣喜。

伊　　朝　（转身向大仙急切地）

　　　　　（唱）尊贵的婆罗门大仙，

　　　　　　　　你能在天界和人间把音信传。

　　　　　　　　猎人凭着他的凶恶，

　　　　　　　　不肯听我哀求的语言。

　　　　　　　　请转告他，我愿用无价之宝双垂璎珞项链与他交换，请他把我放还。

〔将项链摘下交与大仙。

〔大仙手持项链走向猎人。

大　仙　（唱）勇猛的猎人你听清，

　　　　　　　大仙我对你讲出肺腑之声；

　　　　　　　仙女与凡人不能结亲，

　　　　　　　你如胆敢冒犯她就变得无影无踪。

　　　　　　　虽然你费了九牛二虎之力，

　　　　　　　结果是竹篮盛水一场空，

　　　　　　　如果要与天女结成姻眷，

　　　　　　　只有有道的诺桑王子才成。

　　（他上前取下伊朝腰间的彩箭）

　　（接唱）猎人你睁大双眼仔细认清，

　　　　　　这是我们尊敬的诺桑王子的彩箭。

　　　　　　诺桑与伊朝二人早已定情，

　　　　　　你若感谢王子明白事理，

　　　　　　我劝你完成美满的好事一宗。

猎　人　（唱）听您之言犹如云开雾散，

　　　　　　　当初我就是依你借用了套索，

　　　　　　　既然仙女与王子定情，

　　　　　　　下一步怎样行动还要请您指点。

大　仙　（大笑）哈哈哈！

　　（唱）当初我对你的指点，

　　　　　就为借助你的力量成就一对姻缘。

　　　　　有话要往明白处说，

　　　　　北方有一个实强之国；

诺桑王子

距此里程有三百六十多里，

那里有一个辉煌的城郭；

嘎畏珊琅宫殿灿烂嵯峨，

威风无比的诺桑王子在宫中坐；

诺桑与仙女梦中定情把彩箭赠给了伊朝，

猎人送仙女到王子的处所，

让他得到一个善良非凡的王妃。

现在快把伊朝从套索中解脱，

猎人你掂量一下如何？

猎　　人　（唱）尊敬的婆罗门大仙，

猎人我已细想了一遍；

北方的王子就是我猎人的父母，

知道他除恶扬善法力无边；

北方男女老少把他尊敬，

他治国有方国富民安。

今天我猎人已除邪想杂念，

仙女伊朝我一定奉献给诺桑王子。

大　　仙　（唱）事不宜迟你们赶快把路赶，

好在到北方路途不算遥远；

请将仙女和项链一同给国王奉献，

再将情由详细叙述一遍；

好心人定能得到好报，

你猎人会得到应有的酬还。

伊　　朝　（深情行礼）感谢大仙成全！

（唱）尊敬的大仙请听我言，

按您的吩咐我要去把诺桑见；

我二人在梦幻中早已会面，

　　彼此相爱心有灵犀一点；

　　今日的灾难换来了心遂人愿，

　　怀着感谢的心情我拜别大仙。

〔大仙、伊朝、猎人一同向着北方祈祷）

（合唱）凭借那十方众佛的法力，

　　　　用瑞云送我们到达北方圣地！

〔歌声落，大仙、伊朝、猎人互相挥手告别。

〔伊朝与猎人匆匆下场。

〔大仙双手合十向二人祝福。

〔幕落。

尾声　珠联璧合

〔在雄壮的音乐声中，大幕拉开。国王金碧辉煌的宫殿，玉案之后一把高大的金座椅上，端坐着年轻英俊的王子诺桑。

〔文武百官在音乐声中上前朝拜，然后分别位列两厢。

内侍大臣　（匆匆走上，向王子禀报）

　　万众的领袖之王，

　　有二人求见在宫旁；

　　一位是年轻英武的猎人，

　　一位是貌似天仙的姑娘。

　　说是从格热智甫来到这方，

　　此来是为了咱嘎畏珊琅。

诺桑王子

    尤其是为了您王子诺桑，

    特此禀报，请大王指示。

诺　　桑　（闻言大喜）

  （唱）内仗大臣听我讲，

    昨夜得梦很吉祥；

    今日我精神真欢畅，

    赶快召宣上殿堂。

内侍大臣　王子有旨，猎人与美女上殿！

 〔伊朝与猎人上，参拜诺桑。

猎　　人　（手捧项链）

  （唱）万众的领袖英主，

    猎人送来仙界的伊朝拉姆；

    她是天国马头天王的掌上明珠，

    是亭亭玉立的荷花一株。

    格热智甫大仙说伊朝与王子有缘，

    故此我将仙女与项链送归我主。

 〔猎人唱罢将项链献给诺桑。

诺　　桑　（接过项链，用手搀起伊朝，喜出望外地）

  （唱）美丽无双的姑娘，

    你是天上皎洁的月亮；

    我和你前世早有情缘，

    上天有意让我俩结识在梦乡；

    来我国请你做我终身伴侣，

    我和你携手同心治理家邦；

    俄登国会使你万事如意，

    我和你恩爱百年共同展翅飞翔。

伊　　朝　（把手交给诺桑，羞涩又喜悦地）

（唱）万众的英主像大山威武崇高，

　　　您是俄登国百姓的依靠；

　　　定情的彩箭我高高捧起，

　　　物归原主请您收下定情之宝。

　　　伊朝我嫁诺桑称心如愿，

　　　协助你治国家雨顺风调。

〔诺桑听罢大喜，让伊朝与猎人分别坐在两旁。

〔大臣、家将、官女纷纷上前祝贺。

〔众神仙也为他俩欢聚祝福，降下了万紫千红的吉祥花雨，天空中响起了悦耳的仙乐，天幕上出现了五彩缤纷的奇景。

〔天国的仙女与凡世的臣民沉浸在欢乐之中。

内侍大臣　（大声宣布）现在我们要为诺桑王子和伊朝王妃的婚礼举行欢庆的歌舞，赛马、射箭的盛会！

〔众臣民一齐欢呼跳跃，在激昂欢乐的音乐声中，人们手捧哈达举过头顶，献给王子、仙女伊朝和猎人，大家不停地狂舞、旋转……

〔歌声起：

　　　仙女伊朝你美丽非凡，

　　　诺桑王子善良威严；

　　　你们的结合如同黑暗之中的灯火，

　　　把幸福与安乐带到了人间。

　　　吉祥出呀！如意现！

　　　请让众百姓吉祥如意。

〔剧终。

大型神话藏戏

意乐仙女

编剧：华本嘉

黄南藏族自治州文工队　1982年首演

剧中人物：

意 乐 仙 女——寻香国公主。

诺 桑 王 子——俄登国王储。

诺　　　钦——俄登国国王，诺桑之父。

嘉噶尔拉姆——俄登国王后，诺桑之母。

敦 珠 华 姆——诺桑王子的妃子之一。

哈　　　日——俄登国法师。

马 头 天 王——寻香国国王，意乐仙女之父。

意 旺 达 格——寻香国王后，意乐仙女之母。

童 卓 拉 姆——意乐仙女之妹。

才 仁 旺 姆——五百宫女之一。

大　　　仙——人神敬仰的仙者。

洛 哲 华——马头天王的内侍大臣。

仙女、宫女、文官、武将、舞女、各国使臣及山魈、蛇女等。

意乐仙女

〔在大幅妙音仙女的画幕前,海螺、法号、钟齐鸣。在渐渐加强的灯光中,四个头戴面具的"文巴"和"拉姆"在号鼓鲜明的节奏下,跳着风格独特的"文巴顿"。剧情介绍人开始风趣地用说唱的曲调,解释这出戏的主题。

剧情介绍人 (唱)愿吉祥!

　　天上日月微笑时,
　　空中彩虹映人世,
　　大地百花盛开日;
　　雪山披上新装时,
　　佛和仙女甘露赐,
　　雪山雄狮傲立日。

(白)呀,在这吉祥备至的时刻,我揭开雪域珍珠故事的宝库一看!啊呀呀,多奇异,多迷人!(顶礼膜拜)今天我向诸位献上一支古老的爱情之歌,它歌颂爱情战胜阴谋,赞扬正义征服邪恶。老年人从中找到公正,青年人看到什么是坚贞、忠诚,有人从中得到鼓舞,有人从中窥见人生。
啊!
小小的神话故事,把朴素的哲理阐明:
谁残害人民他必将自食其果,
谁顺应民心就将受到人民赞颂。
看!
剧场的帷幕已经升起,

请随我欣赏剧情。

〔舞台灯光渐黑,介绍人及"文巴""拉姆"悄然隐去。

序幕　下　凡

〔传说中的遥远年代。

〔寻香天国。

〔幕启:色彩缤纷、宝光璀璨的莲花宝座上,显现出寻香仙女意乐多手身法的优雅造型。

〔在一派典雅、悠扬的仙乐声中,意乐仙女率众仙女翩翩起舞。

〔突然一道红光冲上天宇。众仙女歌收舞敛。

童　卓　阿姐意乐,哪来的红光冲上天庭?

意　乐　这红光是凡尘的哀怨凝聚而成,你们看!

〔意乐用手一指,天幕上出现了霞光万道的双垂璎珞项链,在项链的光晕之下,俄登国的景象呈现在天宫:黑云翻卷,草原上怨气冲天,一群如狼似虎的武士正在强掠民女;官员宣读榜文征收民女进宫,使得黎民悲啼,骨肉离散。

〔云雾重重,画面隐去。

众仙女　人间悲歌,残酷世态,真是惨不忍睹。

意　乐　我身为天仙,怎能眼看生灵受难?我想亲临凡尘,拯救众姐妹脱离苦难。

童　卓　你可知凡尘遥远,前途凶险?

意　　乐　　我戴上镇空之宝双垂璎珞项链，自然平安。

众仙女　　这……

意　　乐　　我意已决，不必阻拦，父王面前，还望代为遮掩。

〔意乐挥手，项链落入手心，她与众仙女稽首告别。

〔音乐起。

〔天空出现一团光华，在五色彩霞中，戴着双垂璎珞项链的意乐仙女似轻纱似云霞飞向人间，飞向那遥远而神秘的俄登国。

〔幕后合唱：

　　　　日月交映哟彩云飞，
　　　　千叶睡莲啊绽新蕾；
　　　　天国公主下凡去，
　　　　婚配诺桑整宫闱；
　　　　解救五百民间女，
　　　　愿向人间洒春晖。

〔幕落。

第一场　合　卺

〔俄登国。

〔春天。

〔王宫，殿宇巍峨，金碧辉煌，香烟缭绕，气势恢宏。

〔幕启：在喜庆的音乐中，宫女们往来穿梭，忙碌地布置着盛典大厅，陈设喜宴。

〔国王诺钦和王后嘉噶尔拉姆在辉煌显赫的仪仗前导下，

　　　　　　在哈日和文武大臣、各国使臣们的簇拥下，升入宝座。

礼　宾　愿吉祥呀，尊贵的诺钦国王！仁慈的嘉噶尔拉姆王后！今天是戊辰正月十五日，木曜佳日，八星聚会，在这嘉祥齐聚的日子里，尊贵的国王和仁慈的王后为英武、智慧、善良的王子诺桑迎娶美艳无双的意乐公主，我们共同祝愿他俩婚姻美满，吉庆如意！

　　　　〔大家欢呼婚姻美满，吉庆如意！

　　　　〔使臣甲率众使臣朝贺。

使臣甲　尊敬的诺钦国王，尊敬的嘉噶尔拉姆王后，美艳聪慧的意乐公主嫁给英武无双的诺桑王子，定会使人民安居乐业，定会使俄登国繁荣兴旺！祝愿吉祥如意，祝愿万事吉祥！

诺　钦　我衷心感谢各国使臣们的美好祝愿。

礼　宾　让我们迎接诺桑和意乐这对无比美满的新人！

　　　　〔音乐起。

　　　　〔在喜庆的结婚仪仗和轻歌曼舞的宫女的引导下，诺桑王子偕意乐公主上。

　　　　〔诺桑偕意乐朝拜国王、王后。

　　　　〔诵经法师把经卷放在诺桑和意乐的头顶上，祝福他们姻缘美满。

　　　　〔诺桑和意乐端起金杯。

礼　宾　奏起美妙的音乐，跳起欢快的舞蹈，唱起虔诚的颂歌吧！

　　　　〔宫女们跳起优美的舞蹈。

诺　钦　（唱）冰峰上雪莲怒放，

　　　　　　　俄登国歌舞吉祥，

意乐仙女

　　　　　　愿你俩白头偕老，

　　　　　　祝国运地久天长。

　　　　　〔诺桑和意乐感谢国王诺钦的祝福。

诺　　桑　父王、母后，尊敬的各国使臣、诸位来宾，现在请大家到喜宴大厅痛饮茶酒，品尝肴馔吧！请！

众　　人　啦嗦。

　　　　　〔在诺桑和意乐的邀请下，诺钦和嘉噶尔拉姆、众使臣、众宾客纷纷前往喜宴大厅赴宴。唯独敦珠华姆依然不动，意乐主动邀请敦珠华姆赴宴。

意　　乐　美丽的敦珠华姆，请你赏光赴宴。

敦珠华姆　哦！王妃，对不起，我心口作疼，等会儿就来。（转身走下）

意　　乐　请你一定来呀！

　　　　　〔诺桑走向意乐，二人互表情意。

意　　乐　（欣喜地）

　　　　　（唱）清风和煦飘四方，

　　　　　　　　人间有情腾仙乡，

　　　　　　　　爱情在我的心中啊，

　　　　　　　　恰似奔腾江河，不尽春光。

诺　　桑　（深情地）

　　　　　（唱）姿容艳丽的仙女，

　　　　　　　　和我结成了伴侣，

　　　　　　　　你那无限的柔情哟，

　　　　　　　　就像清泉滴入我的心底。

意　　乐　（唱）王子啊，你像一轮皎月，

　　　　　　　　把沉沉的黑夜照亮，

　　　　　　　　那万紫千红的花卉，

　　　　　　　　一齐朝着你开放。

诺　　桑（唱）仙女啊！你像空中骄阳，

　　　　　　　　金光四射照耀寰宇，

　　　　　　　　为感谢你赐予的光明，

　　　　　　　　我把洁白的哈达献给你。

意　　乐
诺　　桑（合唱）愿我俩终身相伴恩爱情浓。

　　　　〔意乐仙女取下自己佩戴的双垂璎珞项链，满怀深情地给诺桑王子戴上，光华四射的项链，照耀着诺桑，使诺桑王子更加英姿焕发。

意　　乐　这无比神奇的项链，光晕夺目，色彩斑斓，它是飞腾的双翼，它是防身的利剑，我把它转赠给你，如献出我赤心一片。

　　　　〔诺桑和意乐无比喜悦地手牵手走向喜宴大厅。

　　　　〔敦珠华姆上，看见两人的亲密情景，妒火中烧。

敦珠华姆　哼！这贱婢！刚跑到这儿竟充当起后宫的王妃来了！

　　　（唱）我为夺取未来王后位，

　　　　　　贿赂法师来把密计议，

　　　　　　甜言蜜语设圈老王骗，

　　　　　　强压五百宫女使风威。

　　　　　　看起来，王后宝座谁也抢不去。

　　　　　　突然间，妖魔意乐入宫当王妃。

　　　　　　不把意乐打入冷宫里，

　　　　　　死也不到阴间阎王会。

　　　　〔哈日暗上，窥视敦珠华姆的举止。

意乐仙女

哈　　日　　唵嘛呢叭咪吽。好！很好！不过，赛马前要系紧马肚带，崎岖山路可要当心啊。

敦珠华姆　　尊贵的大法师，刚才的情形你亲眼目睹，那贱婢入宫当了王妃，把我冷落一旁，这样下去，别说我敦珠华姆做不成王后，就连立足打尖之地也难有哇。

哈　　日　　说得很对，尊贵的王妃，诺桑王子即将继承王位，意乐贱婢将会独受恩宠，到那时，你做不成王后，我这法师的地位也难保哇，唉！

敦珠华姆　　尊贵的法师哈日，请你运用才智和法力，帮我除掉那受宠专横的贱婢。只要我登上王后宝座，法师的宝座就将永远属于你，我还再给你增添新的权力！

哈　　日　　感谢你，未来的王后，我哈日永远忠心为你效劳。

（唱）头在后来尾在前，

　　　　本末倒置真稀罕。

　　　　诡计秘诀我俱全，

　　　　除掉意乐解忧烦。

〔突然传来报警的号角。

〔飞奔的驿马，马蹄声一阵紧过一阵。

〔报警武士飞快地跑上。

武士甲　　报！敌国侵犯俄登边境！

武士乙　　报！敌军大肆烧杀抢掠！

〔向内务大臣呈边报。

哈　　日　　（狂笑）好！边境刀兵起，正好施妙计。

敦珠华姆　　（不解地）大法师——？

〔哈日和敦珠华姆耳语。二人狠毒而阴险地窃笑。

〔幕落。

第二场 出 征

〔三天之后，早晨。

〔南门大校场。

〔号角阵阵，鼓声咚咚。

〔幕启：在庄严有力的音乐声中，众官兵排列着整齐的队伍，迈着矫健的步伐来到校场；威风凛凛的诺桑走上祭坛，把"桑"煨起。

诺　　　桑　（唱）统率雄兵赴疆场，

　　　　　　　　　铠甲刀枪射寒光；

　　　　　　　　　旌旗招展军威壮，

　　　　　　　　　马到功成保家乡。

〔诺桑转身至诺钦之前，向父王行礼。

诺　　　钦　（高举金刚宝剑）

　　　　　　（唱）这银光闪烁的金刚宝剑，

　　　　　　　　　是英雄的祖先世代相传。

　　　　　　　　　它抗击过强大的敌人，

　　　　　　　　　它保卫了俄登的尊严。

　　　　　　　　　今日把它交付给你，

　　　　　　　　　希望你战场扬威奏凯旋。

〔诺钦把金刚宝剑赐予诺桑。

意　　　乐　（唱）雄狮要离开雪山，

　　　　　　　　　雄鹰要搏击云天。

意乐仙女

　　　　　　　一曲高歌壮别情，

　　　　　　　请接受我深情的祝愿。

嘉噶尔拉姆　（唱）分别就在眼前，

　　　　　　　孩子啊！不要把我惦念。

　　　　　　　为了黎民百姓，

　　　　　　　希望你英勇向前。

诺　　钦　（唱）带上我国之主的祝愿，

　　　　　　　出征吧，快跨上雕鞍。

　　　　　　　有上天神灵的保佑，

　　　　　　　诺桑啊，盼望你捷报频传。

诺　　桑　（唱）牢记父王教诲，

　　　　　　　不劳鼙鼓频催。

　　　　　　　新婚出征行色壮，

　　　　　　　奋战边疆扬国威。

　　　　　　〔诺钦频频点头，十分赞赏。

诺　　钦　出征的将士军卒们，诺桑王子上有三宝、本尊护佑，下有精兵猛将一往无前，再加上锋利的弓箭，饮血的宝刀，降魔的金刚宝剑，一定能所向披靡，无敌于天下。

　　　　　　〔人们煨起神"桑"，欢呼。

众　　　　格格索索！拉加罗！

哈　　日　请无敌的三宝来分享！请文武本尊来分享！请英武的护法来分享！奉祀世间十二丹玛神，奉祀武士们的所有的战神们！

众　　　　护佑诺桑出征，消灭敌人，祝愿吉祥如意！格格索索！拉加罗！

〔兵将挥舞刀枪，绕神"桑"游行，南门校场之上，神"桑"的袅袅青烟，飘向云霄。刀枪挥舞，犹如电光闪烁，战鼓隆隆，欢呼声震撼大地。

〔军队出发，诺桑向父王、母后告别。意乐紧紧地拉住王子的手，不忍离别。

意　　乐　（唱）比翼双飞在云天，

　　　　　　　一旦分别意恋恋。

　　　　　　　望你莫把意乐念，

　　　　　　　手镯伴你越关山。

　　　　　　　深宫疆场隔千里，

　　　　　　　两心依依永相连。

〔意乐情意缠绵地将手镯戴在诺桑手上，诺桑取下自己的护身符，送给意乐。

〔宫女数人簇拥敦珠华姆上，敦珠华姆见状，勃然变色。

敦珠华姆　啊啧，啊啧！（阴险地）真是难分难舍呀！（转身对旁边一名宫女）是谁请你到这里？（另有用意地）人不知耻像条狗，狗无尾巴像个鬼，滚下！

〔宫女不知所措地下。

〔意乐痛苦地匆匆退下。王子正欲追意乐，敦珠华姆挡住去路。

敦珠华姆　（弦外有音地）殿下只管放心出征，你的意乐，我一定给她应有的照顾。

诺　　桑　（厌恶地）哼！（转身走下，敦珠华姆紧跟）

嘉噶尔拉姆　王儿！

〔敦珠华姆急忙去扶王后。

诺　　桑　母后！（向前迎母后，见敦珠华姆转身不语）

〔嘉噶尔拉姆见状，示意敦珠华姆退下。敦珠华姆尴尬地下。

诺　　桑　母后！

（唱）这神奇的璎珞项链，

　　　　望母后珍重收起，

　　　　危难时交给意乐，

　　　　就能够逢凶化吉。（将项链交给母后）

嘉噶尔拉姆　项链我仔细保管，意乐有我照看。孩子，你放心去吧！我等着你凯旋。

诺　　桑　谢母后！（急下）

〔王后与众宫女，看着远去的王子，一起合十祈求佛陀保佑。

〔幕徐徐落。

第三场　阴　谋

〔距前场数月后。

〔俄登国王诺钦的寝宫。

〔幕启：染病的诺钦斜卧在龙榻上假寐。嘉噶尔拉姆在神案前敬献神灯神香做祈祷，然后走向国王龙榻，见饮食未动，很不安地自言自语。

嘉噶尔拉姆　哎！国王龙体染病数日，王子出征数月，却音信全无……国王心烦意乱，焦躁不安，病疴也更为沉重。

才仁旺姆　王后陛下，这里有我服侍，请您老人家去休息吧。

嘉噶尔拉姆　好！你在这儿好好服侍国王陛下，我到后宫去看看意乐。

才仁旺姆　王后陛下……

嘉噶尔拉姆　你不懂。（停片刻）哎！我放心不下呀！

才仁旺姆　是。

嘉噶尔拉姆　国王陛下醒来后，你要端药给他。（欲下又停）噢！有什么事你报信给我。

才仁旺姆　啦嗦！

〔内务大臣上。

内务大臣　给王后陛下请安！

嘉噶尔拉姆　王儿可有书信？

内务大臣　（摇头）尚无信，国王陛下龙体怎样？

嘉噶尔拉姆　哎！（摇头下）

内务大臣　（焦急）才仁旺姆，国王陛下……

才仁旺姆　轻点声，国王陛下刚刚睡着。

诺　钦　（听到讲话）什么人？

才仁旺姆　是内务大臣。（下）

内务大臣　（上前叩拜）国王陛下。

诺　钦　边境战况如何，王子可有消息？

内务大臣　北方连降暴雨，江河一直猛涨，信差无法通过……

〔诺钦烦躁地挥手。内务大臣退下。

〔才仁旺姆捧汤药上。

才仁旺姆　请国王陛下用药。

诺　钦　不用！（起身）这些天思念诺桑焦躁不安，病魔缠身意乱心烦，难道是阵前失利，王子有凶险？难道

说真有魔怪来作祟？（疲惫、衰弱、昏昏睡去）

〔灯渐暗。

〔追光渐亮，现出哈日阴险狠毒的嘴脸，哈日作法，搅乱国王的神思，制造梦幻。

哈　日　请享呀！请神来享呀！请须弥山顶神王玉皇大帝，三时请神来分享，请分享呀！浓雾把山头笼罩起，大风从四面狂吹起，把国王的梦境搅乱，把凶险的征兆显现，把是非曲直颠倒，把善良邪恶翻转。

〔哈日掐诀念咒。

〔追光渐暗，哈日的形象隐去。

〔狂风吹处，浓雾漫天。

〔一个面目酷似意乐的女妖，呼风唤雨，口吐烈火。

〔火光中，诺桑王子负伤，敌人俘虏了受伤的诺桑王子。

〔王后嘉噶尔拉姆和敦珠华姆被敌人掠走。

〔烈火熊熊，狂风呼啸，浓雾笼罩着整个舞台。

〔梦幻逝去。

〔诺钦国王被噩梦惊醒，冷汗淋淋。

诺　钦　（疾呼）来人，来人！

〔宫女与武士急上。

诺　钦　快召哈日法师！

武　士　是！（急下）

〔诺钦焦躁不安地来回踱步。

〔哈日飞快走上。

诺　钦　快，快！为我占卜一卦。

〔哈日为国王占卜。

| 哈 | 日 | 唉呀呀！不妙呀，不妙！我的卦象从未出现过这样的恶兆。 |

| 诺 | 钦 | 卦象预示着什么？快讲，快讲！ |

| 哈 | 日 | 太阳虽照四洲地，本洲日月受侵蚀。天地茫茫皆不见，全被沉沉黑雾蔽。 |

| 诺 | 钦 | 这，这…… |

| 哈 | 日 | 这象征着：内外灾祸相交，宫内出了女妖；宫外诺桑有生命危险，咱们虽然兵精械利，但是，却要受到血光之灾。看来，诺桑可能陷于敌手，出征将士有土崩瓦解的危险！ |

| 诺 | 钦 | 啊—— |

| 哈 | 日 | 陛下别着急，还有下面的卦象：湖中碧波荡漾，鱼儿白腹向上，虽然精于潜游，终被抛向土中。 |

| 诺 | 钦 | 这象征着什么？ |

| 哈 | 日 | 这象征着陛下你也有凶险，社稷江山难保！象征着敌人侵入国土，象征着王城宫苑被围，象征着王后宫女被人夺，象征着万里江山被火焚，象征着国王陛下被赶跑，象征着恶魔妖女要掌朝！ |

| 诺 | 钦 | 常言道："说话须要有根底，渡河须要有船只。"这些险象有无禳解的办法？它的祸根又在哪里？ |

| 哈 | 日 | 来历不明的"人非人"，
是酿成灾难的总祸根。
噩梦显示出不祥的征兆，
凶象连绵啊大祸降临。 |

| 诺 | 钦 | 你讲的那"人非人"究竟是谁？ |

| 哈 | 日 | 除了那个叫作意乐的魔女之外，还有谁呀！ |

意乐仙女

诺　钦　啊？意乐？不会，不会是她！

哈　日　尊贵的国王陛下呀！

（唱）听我传达神意，

意乐本是魔女，

来此兴妖作祟，

危及俄登社稷。

王子杳无音信，

陛下病缠圣体，

意乐不除江山难保，

快传旨意不可姑息。

诺　钦　（心情沉重，面色阴沉地）

（唱）我心爱的王子诺桑，

和意乐恩爱无比，

若是除去意乐，

诺桑归来定然不依，

如果父子反目，

岂不有失国体？

意乐并无过错，

怎能轻易发出旨意？

（白）还是另想别的办法。

哈　日　陛下您请听！禳解第一法，是那威猛回转术，第二法，则是请你做浴祭。浴池四方须用药砌，还要用那十种动物脂，要用虎豹熊三种猛兽的油脂，要用鱼癞蛙三种水族的油脂，要用鸽鸭雀三种飞禽的油脂，要用那"人非人"她的心脂。这些都备齐，即刻做禳祭。

诺　钦　（十分痛苦地）"人非人"！意乐！心脂！……

〔敦珠华姆和几个妃子上。

众　　妃　请父王陛下，见怜我们这些人吧！

（唱）意乐来到俄登，

　　　　受到宠幸十分骄横，

　　　　鼓动王子远赴边疆，

　　　　把我们打入冷宫。

敦珠华姆（唱）我华姆也是王妃，

　　　　却遭受意乐的欺凌，

　　　　逼得我无法忍受，

　　　　辞别父王自奔前程。

诺　　钦　此话当真？

敦珠华姆　千真万确！有意乐，就没有我华姆；有华姆，就要除掉意乐！

诺　　钦　不，不能啊！

哈　　日　意乐魔女，乃是毁坏外部的斧子，捣乱内部的锛子！

敦珠华姆　父王陛下呀！把外面的毒水引到内部，定会把内部的甘露泼到外面去。

诺　　钦　这……

敦珠华姆（唱）意乐当初未到俄登，

　　　　这里花团锦簇国运昌盛，

　　　　我与王子情深义重，

　　　　父王康泰国家太平。

　　　　自从这魔女来到我国，

　　　　灾祸如同波涛汹涌，

　　　　敌人入侵朝野不安，

　　　　父王啊，快传圣命除去灾星。

意乐仙女

哈　　日　　国王陛下，请您听我最后几句话！

（唱）神意不可违抗，

　　　必须早除祸殃。

　　　如若优柔寡断，

　　　我也远避他乡。

〔诺钦在进行着激烈的思想斗争。

诺　　钦　　慢！

（唱）噩梦胆战惊，

　　　占卜险象生。

　　　若要顾意乐，

　　　社稷化轻风。

　　　除去压祟传法牌，

　　　国土王位千钧重！

〔诺钦万分痛苦地取下法牌，向外转身时，又犹疑起来，焦虑之间，猛然晕眩。

〔敦珠华姆乘机窃去法牌，如获至宝。

〔才仁旺姆发现，乘人不注意时离去。

〔痛苦病弱的诺钦国王晕倒。

敦珠华姆　　（手持法牌高声下令）武士们！跟我走！

〔切光，灯暗。

〔幕急落。

第四场 飞 升

〔王宫花园内。

〔幕启时,意乐正在教宫女们织堆绣,众宫女手持堆绣,簇拥着意乐,边唱边舞着。

〔合唱:摘下天上的彩虹,
　　　　艳丽的颜色融进心中。
　　　　用我们灵巧的双手,
　　　　把美丽的堆绣织成。
　　　　绣上诺桑王子,
　　　　寄托我们怀念之情。
　　　　绣出英武的仪容,
　　　　迎接王子踏上胜利的归程。

〔嘉噶尔拉姆上。

嘉噶尔拉姆　意乐,你们在这儿……?
意　　　乐　母后请看。
　　　　〔众宫女展开堆绣。
嘉噶尔拉姆　(看着)嗯!好,很好!这美丽的堆绣是你们编织的?
宫　女　们　意乐王妃教我们的。
嘉噶尔拉姆　这下你们不再哭哭啼啼的想家了吧?
宫　女　甲　阿姐意乐说等王子凯旋,她将再次请求王子放我们回家骨肉团聚。
嘉噶尔拉姆　意乐,是这样吗?

意乐仙女

意　　　乐	是这样。
嘉噶尔拉姆	那你们就祈祷王子早早得胜回来吧！
宫　女　们	啦嗦！谢王后。
嘉噶尔拉姆	这美丽的堆绣送进后宫里。
宫　女　们	啦嗦。（三宫女捧堆绣下）

〔众人欲下，突然传来才仁旺姆的呼喊声。

才仁旺姆	启禀王后陛下，大事不好！
嘉噶尔拉姆	什么事，这样惊慌？
才仁旺姆	（唱）万里晴空霹雳响，
	宫内大祸起萧墙。
	华姆哈日窃权杖，
	要害王妃一命亡。
嘉噶尔拉姆	（大惊）啊！
才仁旺姆	（唱）火燃眉尖情势紧，
	眼下便要动刀枪。
	冒死赶来送信息，
	意乐王妃快躲藏。
嘉噶尔拉姆	他们打算干什么？
才仁旺姆	他们说，意乐王妃是神仙抛出的厌弃物，为了这个原因……
意　　　乐	怎么样？
才仁旺姆	为了这个原因，他们说要把她的心肝扒出来做法事！
众　宫　女	（大惊）啊！
嘉噶尔拉姆	（气愤地）有这等事？真是反了！有我在此，看他们谁敢胡闹。

才仁旺姆　王后呀,哈日、华姆妖言惑众,蒙蔽国王,他们又骗到国王的法牌,就是王后您也无法与国王的命令抗争。

嘉噶尔拉姆　这……

意　乐　王后放心,他们到来,孩儿自会和他们辩理。

（唱）树身正何惧风弄影,

　　　月华明不怕云雾浓,

　　　清与浊不难比较,

　　　是与非自会分明。

〔一宫女匆匆奔上。

才仁旺姆　哈日、华姆手持凶器喊杀连天,已经围住后宫,阿姐意乐,你,你快逃走吧!

嘉噶尔拉姆　太不像话了,我去请求国王收回圣命。（急下）

宫女们　阿姐意乐你……?

意　乐　不用担惊!你们快点走开吧,大家不要为我受了连累。

宫女们　这……

意　乐　快去吧!

〔众宫女无奈渐次离去。

〔敦珠华姆、哈日带领众人耀武扬威上。

敦珠华姆　哈哈,意乐,你的好日期到了!

意　乐　哼!（不屑地转过身去）

哈　日　来呀,把意乐这个妖孽拿下!

众兵丁　啦嗦。

〔众兵丁欲上前捆绑意乐,才仁旺姆与宫女们奔上前护住意乐。

意乐仙女

敦珠华姆　你们这些不识好坏的贱坯子!来人,给我狠狠抽打。

意　　乐　住手!这是后宫花园,你们持刀闯入,擅打宫女,难道要造反吗?

哈　　日　嘿嘿,你死到临头,还敢聚众抗拒,你看这是什么?(高举法牌)国王下了命令,要把妖孽扫清,意乐兴邪作祟,立即刀下见红。

意　　乐　妖孽正是你们!(愤怒地)华姆、哈日狼狈为奸,诬陷意乐制造事端,王子不在朝中,你们蓄意谋反,平时坑害百姓,现在又欺上弄权。可知邪不压正,你们的好梦难圆。

敦珠华姆　哼!还敢嘴硬。这石崖已布满了罗网,看你白鹭向哪里飞逃?这柳林已布满了鹞子,看你黄莺向哪里去飞?

哈　　日　这草原已布满了猎犬,看你雌鹿向哪里去躲?这王宫已被团团围住,看你意乐向哪里去藏?

意　　乐　日月经天,乾坤浩荡,你们一只黑手能遮多大地方?

哈　　日　谁和你斗嘴饶舌,给我绑起来!

众　兵　丁　呀!(呼喊着扑向意乐)

〔意乐举起诺桑赐给她的护身符,顿时一道道强光如同利剑闪射四方。

哈　　日　不好,妖女施展魔法,这可怎么办?

〔敦珠华姆、哈日一时无策。

才仁旺姆　意乐姐呀,你快逃走吧!快,快呀!

敦珠华姆　好哇,你这奴才,来呀!给我拿下这个小妖精。

兵　　丁　呀!(押才仁旺姆)

敦珠华姆　哼哼!才仁旺姆,你真忙啊。俗话说,野鸽吃饱了青稞想和凤凰展翅同翔，奴才吃饱了糌粑就跟贵人翻脸。你挑拨离间在意乐面前把我诽谤，你通风报信妄图逃避罪责，我没找你算账，你倒自投罗网，前来找死。

才仁旺姆　意乐王妃心地善良，为人贤惠，你们不能颠倒是非，加罪无辜！

众 宫 女　是呀！你们为啥伤害阿姐意乐？

哈　　日　呸！你们都给我闭住狗嘴！

敦珠华姆　哼！今天我倒要看看意乐的善良和贤惠。来人！扒下才仁旺姆的心肝代替意乐女妖的心肝做祭天法事。（兵丁拖才仁旺姆欲下）

众 宫 女　（惊叫）才仁旺姆！

意　　乐　啊！才仁旺姆！（扑向才仁旺姆）

〔恶人哈日见状，即从怀中取出念珠，狠狠地向意乐砸去，意乐忽然头晕目眩，支撑不住。哈日乘机抢走护身符。

众 宫 女　阿姐意乐！

才仁旺姆　阿姐呀！（挣脱兵丁，奔向意乐）

意　　乐　（无力地）才仁旺姆，我的好妹妹。（二人紧抱）

敦珠华姆　（狂笑）哈哈哈……

哈　　日　（得意）快，快把妖女捆绑起来！

〔兵丁上前捉住意乐。

敦珠华姆　为了父王的康宁，为了国家的太平，先取妖女意乐的心肝，再让她葬身在烈火之中。

哈　　日　准备法器！

众 兵 丁　呀！（分头下）

〔众宫女哭泣求饶。

意乐仙女

意　　　乐	姐妹们，不要求情，也不必难过！豺狼想吃人就让他们吃吧，眼泪不可能打动他们。来！你们都过来。（宫女们上前）众姐妹骨肉团聚的心愿未能实现，我心里如刀绞锥刺，不过我相信，只要诺桑王子凯旋，你们就有那出头的一天！
众　宫　女	阿姐意乐！
敦珠华姆	少废话，快把女妖剜心煨桑！
哈　　　日	扒——心——煨——桑！

　　〔法号声、钟鼓声、哭喊声、念"嘛呢"声交杂在一起，令人毛骨悚然。哈日手捧念珠念起咒经。

　　〔兵丁抬鼎点燃干柴，刽子手手执凶器，嘶喊着向意乐扑去。

　　〔在这千钧一发的时刻，突然嘉噶尔拉姆奔上，随从宫女手捧酒盘上。

嘉噶尔拉姆	住手！

　　〔王后的出现使众人一惊。顿时全场死一般寂静。王后怒视敦珠华姆、哈日。哈日心虚地连连后退。

敦珠华姆	（行礼）呃！母后，除掉意乐妖女，是父王的手谕，现有法牌在此，望母后不要阻拦。（对兵丁）还不动手？！
嘉噶尔拉姆	等一等，我身为王后，岂不知国家法度，国王法牌一下，绝难更改。只是意乐与诺桑夫妻一场，在这诀别时刻，奠她水酒一杯，总不违反国家的法度吧？
敦珠华姆	这……
嘉噶尔拉姆	怎么？

敦珠华姆　　好吧，（对兵丁）你们闪过一旁。

嘉噶尔拉姆　孩子！（走向意乐）

意　　乐　　母后！（向王后扑去）

嘉噶尔拉姆　意乐，苦命的孩子，原指望你在俄登永享人间欢乐，谁知你命遇灾星，母后我不能力挽狂澜，只好送上一杯水酒为你饯行。（拿酒杯）

　　　　　　（唱）我与你分离在眼前，

　　　　　　　　　手捧着露酒泪涟涟。

　　　　　　　　　饮一口能使你身热心暖，

　　　　　　　　　饮两口昔日情牢记心间，

　　　　　　　　　饮三口能使你两翅飞展，

　　　　　　　　　揭去那红绫帕自见机关。

　　　　　　〔王后送托盘交给意乐，以目示意。

意　　乐　　谢母后！（接托盘）

　　　　　　（唱）母后她待意乐恩重如山，

　　　　　　　　　担风险送露酒情比海宽。

　　　　　　　　　饮一口暖融融春风扑面，

　　　　　　　　　饮两口如甘露润我心田，

　　　　　　　　　饮三口抖红绫显露项链，

　　　　　　　　　辞母后乘长风飞返九天。

　　　　　　〔意乐抖去托盘上覆盖的红绫，高举项链奔上石山。

哈　　日
敦珠华姆　　快抓人，快点火！

嘉噶尔拉姆　（挡住众人）谁敢向前？

意　　乐　　（登上石山）

　　　　　　（唱）森林被围困，

意乐仙女

　　　　　　黄莺高飞去，

　　　　　　展翅蓝天里，

　　　　　　婉转歌声起。

　　　　　　项链化金星，

　　　　　　飞向寻香地，

　　　　　　阴谋难得逞，

　　　　　　害人终害己。

　　　　　　天理昭昭张法网，

　　　　　　恶人啊，

　　　　　　到那时看你们逃向哪里？

　　　〔意乐高举项链，光彩四射。

哈　　　日
敦珠华姆　（大惊失色）啊……

　　　　　〔意乐手持项链，驾朵祥云，在一片金光中冉冉
　　　　　　飞升。
　　　　　〔意乐化作耀眼的金星，顷刻消失在苍穹。
　　　　　〔敦珠华姆、哈日目瞪口呆，发出绝望的哀鸣。
　　　　　〔幕急落。

第五场　凯　旋

　　　　　〔南门校场。
　　　　　〔幕启：诺桑凯旋，诺钦、嘉噶尔拉姆率众相迎。

诺　　　桑　父王、母后、臣民百姓们！此次出征，战败魔军，
　　　　　国威大振，恢复了北方地区的和平与安宁，订下了

互不相扰的誓盟。为了我们的胜利，为了人民的安居乐业，举杯痛饮吧！

〔诺桑高举金杯痛饮，群众欢呼。

嘉噶尔拉姆 （唱）我儿领兵去征战，

　　　　　　　　望得母后眼欲穿。

　　　　　　　　幸喜今日旌旗展，

　　　　　　　　神灵佑护庆凯旋。

诺　　钦 （唱）诺桑英勇歼魔军，

　　　　　　　　战功赫赫镇边关。

　　　　　　　　大获全胜扬国威，

　　　　　　　　今日痛饮庆功筵。

诺　　桑 （唱）父王洪福高于天，

　　　　　　　　保佑孩儿胜利还。

　　　　　　　　欢迎人群如潮水，

　　　　　　　　为何不见意乐面？

嘉噶尔拉姆 这……

诺　　钦 这……

诺　　桑 意乐她……？

嘉噶尔拉姆 她，她，她……

诺　　桑 她怎么样了？（自语地）父王母后脸色变，吞吞吐吐不明言。莫非宫廷生变故？莫非平地起祸端？意乐如今在何处？儿走后意乐可平安？不祥的预感心中起，父王母后啊直言相告莫隐瞒。

嘉噶尔拉姆 （唱）诺桑不要胡猜想，

　　　　　　　　母后有话对你讲。

　　　　　　　　意乐虽不在宫廷，

意乐仙女

平安无恙莫忧伤。

诺　　桑　　母后……

诺　　钦　　（故意岔开）官兵大众们，现在都回归营地歇息去吧！

官 兵 们　　啦嗦！（纷纷下）

诺　　桑　　父王啊！

（唱）抵御外患赴北方，

征战半载返家乡。

临行时意乐执手将我送，

叮嘱我奋勇杀敌保边疆。

归来时为何不见意乐女？

母后她欲语又止不寻常。

父王不必再遮掩，

快对孩儿说端详。

诺　　钦　　（唱）意乐返回天国去，

你选择吉日早登基。

一切已经成过去，

我儿且莫再痴疑。

（白）敦珠华姆，还不敬酒？

敦珠华姆　　（斟满美酒，谄媚地）

（唱）英俊的诺桑王，

无敌的诺桑王，

俄登的雄鹰，

我心上的太阳，

捧起庆功的玉液，献上爱情的琼浆，

请享用这甜蜜的饮料，

至高无上的诺桑王。

诺　　　桑　哼！不见了美好的倩影，却看到丑恶的形象；失去了纯洁的真情，招来那矫饰的伪装。华姆啊，请收回你的心意，伪装的语言解不开惆怅。

〔敦珠华姆不知所措地退下。

诺　　　桑　（唱）华姆啊，请谅解我烦乱的心绪，
　　　　　　　　　父王啊，请回答我的问题。
　　　　　　　　　究竟是什么缘故，
　　　　　　　　　使我们夫妻分离？

诺　　　钦　（唱）请看那敦珠华姆，
　　　　　　　　　姿容何等的艳丽。
　　　　　　　　　俄登国中多美女，
　　　　　　　　　任挑任选随你意。

诺　　　桑　（唱）敦珠华姆我不爱，
　　　　　　　　　九天仙女我不恋。
　　　　　　　　　寻觅意乐走天涯，
　　　　　　　　　不见意乐不回还。

诺　　　钦　（大怒）你，你，你……
　　　　　　（唱）忤逆的言词出了唇，
　　　　　　　　　废弃国政为女人。
　　　　　　　　　天涯海角随你去，
　　　　　　　　　俄登不准你容身。

嘉噶尔拉姆　（上前解劝）国王息怒……

诺　　　桑　哼！

诺　　　钦　来人，卸下他身上的盔甲、腰间的宝剑！

〔军士应声，准备上前，诺桑自己解下宝剑。

诺　　　桑　宝剑啊，我心爱的宝剑，你随我扬威边关，厮杀征

战,如今我忍痛将你交还,在这没有爱情的国度,哪有正义可言!(解甲交剑)

诺　　钦　　哼!(愤怒地回转宫中)

嘉噶尔拉姆　(上前抱住王子)

(唱)还未庆功就要分离,

为娘心头鲜血淋淋。

面对着即将继承的王位,

难道你真的忍心抛弃?

诺　　桑　(唱)还未庆功就要分离,

也许这是上天的旨意。

母后啊,请用你慈善的心,

告诉我是谁制造了这场悲剧?

〔才仁旺姆捧堆绣上。

嘉噶尔拉姆　(唱)为国亲征的诺桑,

杀敌人保卫家乡,

今日你凯旋归来,

百姓们歌舞吉祥。

捧上的五彩金杯,

是欢迎你的酒浆,

清亮醇香的甘露,

用青稞制成佳酿,

坏人的污秽未染,

王儿你慢饮品尝。

你父王受人欺蒙,

乌云遮蔽了阳光,

骇人听闻的事件,

　　　　　　　降落到意乐身上。
　　　　　　　我儿留下的项链，
　　　　　　　娘已交给意乐女。
　　　　　　　她即向寻香飞去，
　　　　　　　恶人们目瞪口张，
　　　　　　　像瞎子没人引路，
　　　　　　　像跛子丢失拐杖。
　　　　　　　孩子你胜利回国，
　　　　　　　为娘我百结愁肠，
　　　　　　　真情话儿对你讲，
　　　　　　　希望你心中珍藏。
　　　　　　　劝儿听娘一句话，
　　　　　　　和我一同回宫墙，
　　　　　　　国家要有英明主，
　　　　　　　莫叫父母把心伤。
　　　　　　　意乐临别念王子，
　　　　　　　精织堆绣情意长。
　　　　〔将意乐织成的堆绣交给诺桑。
诺　　　桑（唱）慈母的话儿我心中藏，
　　　　　　　手捧堆绣生悲伤。
　　　　　　　决心去把爱妃找，
　　　　　　　请母后善自珍重，如意吉祥。
　　　　〔诺桑拜别母后，剪影，切光。
　　　　〔幕落。

意乐仙女

第六场　寻　觅

〔半月后。

〔幕启：诺桑疲惫地奔上，他四处呼喊着寻找意乐。

诺　桑　（唱）跋山涉水觅同心，

　　　　　　　烟波浩渺何处寻？

　　　　　　　千呼万唤无人应，

　　　　　　　手捧宝镯向前行。

〔诺桑继续赶路，蓦地一山魈张牙舞爪地扑来。诺桑持刀格斗山魈，几个回合之后，诺桑刺中山魈。一股青烟突起，山魈变成许多毒蛇，将诺桑缠绕；在危急关头，诺桑取出宝镯，宝镯光华四射，毒蛇们各自逃命。刚刚脱出蛇阵的诺桑，面对茫茫四野，正在徘徊犹豫，忽然四面万丈峭壁合拢，无路可走，山魈发出阵阵狂笑。

〔平地升起一股烟云，一大仙乘云出现在诺桑面前。

大　仙　（唱）尊贵的俄登王子啊，

　　　　　　　你赤诚一片感动天。

　　　　　　　老朽特来除凶险，

　　　　　　　寻香天国虽遥远，

　　　　　　　茫茫迷津我指点。

　　　　　　　天上玄机已安排，

　　　　　　　诚重功德自圆满，

夫妻若得重聚首，

认准东方直向前。

诺　桑　承蒙指点，不胜感激。（合十跪拜）

〔大仙用金刚神器一指，一声惨叫，峭壁炸开，云烟袅袅，大仙隐去。

〔石山开处，出现了一片仙苑胜境，鹿鸣呦呦，花香鸟语，泉水清澈。

〔诺桑到清泉旁饮水洗尘，诺桑长途劳累，便躺在斜坡花草中睡去。

〔仙乐阵阵，童卓拉姆等三仙女背着银瓶，前来取水，猛发现诺桑，十分惊异。童卓将一块石子投向泉水中，水溅在诺桑脸上，诺桑惊醒。

三仙女　（唱）泉边的青年，

你来自何方？

为什么这样莽撞？

你可知这是寻香国的清泉，

待在这里很不妥当。

诺　桑　（唱）三位天仙般的姑娘，

原谅我来自外乡。

既然不该坐在这里，

我可以站到一旁。

〔三仙女到泉边取水。

诺　桑　三位天仙般的姑娘，请告诉我这是什么地方？银瓶取水有什么用处？请满足我好奇的愿望。

童　卓　（唱）这里是仙苑宝地，

对外人怎好细讲？

　　　　　你不必问短问长，

　　　　　最好是早早还乡。（舀水）

〔诺桑乘其不备，将水瓶抢过。

童　　卓　异乡的青年别这样，有什么要求好商量，可不能粗鲁莽撞，抢我水瓶不应当。

诺　　桑　我来自遥远的俄登，与这圣地缘分长，请你回答我的提问，切莫叫我大失所望。

童　　卓　这里是天神的宫墙，寻香达郭是我父王，我是童卓拉姆三公主，伴月陪星岁月长。只因阿姐人间去，身染凡尘意彷徨，为洁身心取泉水，洗涤杂念沐兰汤。

诺　　桑　山泉清清水流长，怎比恋人情丝长。令姐为何到人间？请把芳名对我讲。

童　　卓　（唱）提起阿姐谁不晓，

　　　　　寻香国里美芙蓉，

　　　　　生来仁慈又贤惠，

　　　　　意乐仙女是她的名。

诺　　桑　（喜出望外地）

　　　　　（唱）童卓仙女请牢记，

　　　　　望你转告意乐女，

　　　　　银瓶之水要用尽，

　　　　　再向瓶底看仔细。（暗将手镯按入瓶中）

〔三仙女背水而去。

诺　　桑　（欣喜地）

　　　　　（唱）只要心头存一念，

　　　　　万里奔波若等闲，

　　　　　水瓶穿线信物传，

　　　　　天国圣诚重团圆。

　　〔幕后传来意乐的歌声：

　　　　　宝镯生辉吐光华，

　　　　　送来王子到我家，

　　　　　云雾阻隔难相见，

　　　　　近在咫尺如天涯。

诺　桑　（唱）耳听声音心头喜，

　　　　　牵动情丝千万缕，

　　　　　不见倩影心焦虑，

　　　　　心上人儿在哪里？

　　〔诺桑急切地寻找，意乐在云中显形。

诺　桑　（高喊）意乐！

意　乐　诺桑！

　　〔黑云滚滚，意乐隐去，神臣洛哲华等出现。

洛哲华　对面男子仔细听，寻香天王有旨意，擅自唐突来会面，亵渎神灵罪不轻，天上不比凡间地，诺桑随我进宝殿，见了天王自分明。

　　〔神兵们引诺桑下。

　　〔幕急落。

第七场　团　圆

　　〔数日后，寻香国王宫，殿宇巍峨，画栋雕梁，祥云缭绕，气象万千。

意乐仙女

〔幕启：马头天王与王后意旺达格坐在宝座之上，文武大臣肃立两旁。

洛哲华 （匆匆上）启禀天王，三天比武诺桑接连战败数员上将。

意旺达格 王子诺桑果然武艺高强，与我们的女儿意乐十分匹配。

马头天王 （唱）三天的较量激烈无比，

诺桑的武艺无人对敌，

身为国君哪能只凭英勇，

还要用智慧解答难题。

（白）召仙女们上殿。

洛哲华 众位仙女上殿！

〔众仙女飘然而进，个个仙姿婀娜，长袖轻扬，香纱遮面，统一装束。在悠扬的仙乐中翩翩起舞。

马头天王 绿色的松耳石做指环，项悬七宝珍珠链，五色云霓化羽衣，鲛绡香纱遮颜面。哈哈，全都一般无二，连我也难辨真假了。召诺桑！

洛哲华 诺桑王子上殿！

〔顶盔掼甲的诺桑英姿勃勃登场。

诺　桑 诺桑拜见天王！

马头天王 俄登王子诺桑，你超群的武艺，我已鉴赏，现在要进行一场智慧的较量，在第三遍钟声敲响之前，你要在这装束佩戴一般无二的仙女当中准确地把意乐找出来。如果能做到，我将祝福你和意乐白发到老，同返俄登。

诺　桑 （沉着地）谨遵圣命！

〔金钟嘹亮。

〔众仙女婆娑起舞，诺桑在其间穿插寻找，诺桑分辨不出，十分焦虑。

〔蓦地，第二遍钟声响。

洛哲华　诺桑，第二遍金钟敲响，你要赶快挑选，如果三遍钟响，你就后悔不及了！

诺　桑　（大吃一惊）啊！

（唱）一千五百位天仙女，
　　　　香纱遮面装束一般整齐，
　　　　要找出意乐必需施巧计，
　　　　我欲擒故纵弄玄虚。

（转身走向马头天王）

（唱）受尽艰辛来到天国，
　　　　天王刁难折磨太多，
　　　　与其在此任人摆布，
　　　　不如回去治理国家。
　　　　诺桑痴情苍天可鉴，
　　　　意乐啊，你虚情假意嘲弄人，
　　　　堆绣啊，随寻香公主另寻乐。

〔诺桑把意乐亲手绣的堆绣扔在地上，做离去状，意乐忘情，急切地回身张望，被诺桑发现。

诺　桑　（狂喜）哈哈，我找到意乐了！

〔诺桑持堆绣搭在意乐项上。

〔敲响第三遍钟声。

马头天王　童卓，你去查看，可是意乐？

童　卓　（上前揭去意乐脸上的香纱）呀！

众　人　（惊呼）意乐！

意乐仙女

诺　　桑　（唱）夫妻今日重相见，

　　　　　　　　云中又结并蒂莲。

意　　乐　（唱）你痴情一片如春，

　　　　　　　　点点渗透我心田。

诺　　桑
意　　乐　（合唱）白云深处开双莲，

　　　　　　　　恩爱夫妻又团圆。

　　　　　　　　天上地下结同心，

　　　　　　　　人间有福胜神仙。

意　　乐　（唱）诺桑妙计解难题，

　　　　　　　　意乐情深两相依。

　　　　　　　　二次再去俄登国，

　　　　　　　　请传密宗身、语、意。

马头天王
意旺达格　（合唱）威武的雄狮，聪明的诺桑，

　　　　　　　　你文武双全，果然不负众望，

　　　　　　　　难题解答得圆满，

　　　　　　　　唯你堪配凤凰。

　　　　　　　　佛家密宗传给你们，

　　　　　　　　祝你们国运恒昌，美满吉祥。

意　　乐　（唱）稽首行礼辞父王，

　　　　　　　　祝愿天国永恒昌。

诺　　桑　（唱）愿天王母后寿无疆，

　　　　　　　　天上人间岁月长。

马头天王
意旺达格　（合唱）愿你们回到南赡部洲地，

　　　　　　　　白头偕老无灾殃。

　　　　　　　　事业犹如上弦月，

众生安乐大吉祥。

〔鼓乐大作，众仙女拥着诺桑与意乐重返人间。

〔幕急落。

尾声 解 救

〔数日之后。

〔俄登国如意大厅。

〔幕启：两名内臣把插在福运之门当中的福运彩箭高高举起，献于国王座前。

〔庄严的音乐声、海螺声中，诺桑、诺钦等出场，举行登基仪式。

诺　　钦　呀！现在，我们在闻喜宫如意大厅之中，神狮高举的宝座之上，洁王诺桑登基大典开始！

〔鼓乐齐鸣，螺声阵阵，诺钦把传国玉玺、宝剑赐予诺桑。

诺　　钦　诺桑王子听开怀，孤王年迈神智衰，无心揽政掌朝纲，余生忏悔拜佛台。

诺　　桑　（唱）父王圣意作禅让，
　　　　　　　　孩儿亲政愿富强。
　　　　　　　　现在应按国家法，
　　　　　　　　处理华姆、哈日黑心狼！

诺　　钦　请新王处理朝政。

〔诺钦与嘉噶尔拉姆下。

意乐仙女

诺　桑　敦珠华姆挑拨离间，扰乱宫廷，残害无辜，罪大恶极，立即处死。

一武士　是！

诺　桑　恶魔哈日，贪权受贿，使用种种妖术，在我国内外制造事端，祸国殃民，使我国声威遭受巨大挫折，按国法，将他发配荒原！

一武士　是！

〔二武士执令箭下。群众同声欢呼。

意　乐　诺桑王！

（唱）征来的五百民间女，

　　　　思念亲人常悲戚，

　　　　恳请国王发慈悲，

　　　　莫使骨肉两分离。

诺　桑　（唱）五百女齐还，

　　　　愿到何方请自便，

　　　　再赴民间去安抚，

　　　　施政以德乐无边。

意　乐　（唱）人生举止有自由，

　　　　不可害人结冤仇，

　　　　骨肉团聚回家去，

　　　　鱼归沧海任遨游，

　　　　祝福五百诸姐妹，

　　　　各得其所乐无忧。

〔宫女们感动之极，恭敬地顶礼。

〔诺桑下诏，人们齐声高呼，抛撒五色粮食。这时，鲜花缤纷，因缘妙会，嘉祥备至，人们跳起庆祝吉祥的舞蹈。

〔吉祥词：

> 愿吉祥，愿吉祥，
> 春风化雨甘霖降，
> 牛羊繁盛谷满仓。
> 愿吉祥，愿吉祥，
> 公正慈爱遍人间，
> 嘉祥备至欢乐无疆！

〔幕徐徐落下。

〔剧终。

大型神话藏戏

苏吉尼玛

编剧：多杰太

黄南藏族自治州文工团　1987年首演

时　　间：很久以前。

地　　点：森吉洛哲国。

剧中人物：

　　　　　　苏吉尼玛——脱胎于鹿腹降生的仙女。

　　　　　　达哇森格——森吉洛哲国年轻的国王。

　　　　　　达瓦德宏——森吉洛哲国的老国王。

　　　　　　勒　华　毛——王后，达哇森格之母。

　　　　　　达哇旋努——小王子，达哇森格之弟。

　　　　　　阿波纳格——森吉洛哲国的大臣。

　　　　　　隐　　士——修行上师，苏吉尼玛的养父。

　　　　　　通灵鹦鹉——森吉洛哲国的国宝、神鸟。

　　　　　　妖妃柔安——达哇森格的妃子。

　　　　　　甘　　德——欺诈行骗的女巫。

　　　　　　花仙、空行度母、虎、豹、熊、罴、鹿、鹤、兔等飞禽走兽，大臣、宫女、武士、猎人、黎民百姓、屠夫等。

苏吉尼玛

序幕　降　生

〔悠扬的歌声：

　　　　霓虹喷射出霞光，

　　　　百花轻吐着芬芳。

　　　　降生了，美丽的鹿女，

　　　　像海水捧起红艳的骄阳。

　　　　梵音轻轻地回荡，

　　　　仙女散布着吉祥。

　　　　祝福你，苏吉尼玛，

　　　　给人间带来了圣洁的光芒。

〔歌声中幕启：

　场上是蓝天、碧水、瑞霭、祥云，株株翠竹摇曳，丛丛鲜花绽放。

〔一声婴儿的哭声，闪现出万缕金光。花丛中一朵花蕾开放，花中捧一个襁褓中的女婴。母鹿在花丛旁静卧，小鹿与白鹤在花前曼舞……

〔歌声：

　　　　东方金刚勇识的空行度母，

　　　　南方珍宝圣地的空行度母，

　　　　西方无量光佛的空行度母，

　　　　北方万事如意的空行度母，

　　　　用孔雀翎羽挥洒纯洁的甘露，

请为美丽的苏吉尼玛赐福。

〔四位空行度母在歌声中出现。她们手托金瓶,高举孔雀翎,在白云中舞动,向女婴洒下甘露。

〔仙乐和霞光召来了在此坐关修行的隐士,他匆忙赶来。

隐　　士　（见状,欣喜地）唵嘛呢叭咪吽!感谢度母赐福,喜庆鹿女降生,我一定悉心教养,保佑她纯洁康宁。(虔诚地向空行度母行礼)

〔四位度母挥动长袖,天降花雨,驾云离去。

〔苏吉尼玛在花雨中渐渐长大。她走出花蕊,轻快地边舞边唱着。

苏吉尼玛　（唱）万里长天大海一般湛蓝,
　　　　　　　　延绵雪山白银一样灿烂。
　　　　　　　　森林啊,谁使你四季常青?
　　　　　　　　山泉哟,谁赐你不竭之源?
　　　　　　　　美丽的大千世界令人神往,
　　　　　　　　愿与生灵万物永结善缘。

〔苏吉尼玛欣喜地向四下观看。

〔隐士珍爱地看着养女也伴随而舞。

苏吉尼玛　（依偎着母鹿,仰面看着隐士,亲切地）父亲!

隐　　士　（抚摸着女儿的头顶,慈祥地）苏吉尼玛!

〔造型定格。

〔幕落。

苏吉尼玛

第一场　结　缘

〔绿荫密密，泉水淙淙，山花灿灿，嫩草青青；白云在蓝天游动，微风与溪流奏鸣，这一切呈现出宁静、和平的图景。

〔突然，音乐转急，如人声喧哗，似铁骑奔突……

〔在武威雄壮的铁甲武士簇拥下，年轻的达哇森格国王与大臣阿波纳格上场，通灵鹦鹉蹦跳着随上。

猎　　人　（跑上，向国王行礼）启禀英武尊贵的达哇森格国王，那群践踏花苑的野猪不知去向。

达哇森格　四季常青的花苑是我们国家祥瑞的象征，绝不能放过践踏百花的畜生。（对大臣）忠心的阿波纳格，赶快下令，把森林围个水泄不通，宁可杀死森林里所有的生灵，也不能让一头该死的野猪逃生。

阿波纳格　（犹豫地）这……

鹦　　鹉　（施礼）我那最最仁慈的陛下，请收回你刚刚说出的话，因为……

达哇森格　（打断）不要多嘴！（对大臣果断挥手）赶快下令！

阿波纳格　（无奈地）武士们，包围丛林！

〔众武士放箭，拉网，追杀野兽下。国王、大臣、鹦鹉亦下。

〔少顷，美丽的苏吉尼玛上场。她左手托着金瓶，右手拿着一束吉祥草，口中诵念嘛呢，跪在泉边接水。

〔小鹿、山兔、孔雀、白鹤等动物蹦跳着来到苏吉尼玛的身边，苏吉尼玛欣喜地用吉祥草沾着金瓶中的清水洒向它们，并一起欢乐地舞着。

〔随着一声猛虎的狂啸，虎、豹、熊纷纷逃上。苏吉尼玛预感到发生了变故，她惊讶地看着远方。

〔远远传来呐喊之声，一头跑鹿带箭窜上，跌倒。苏吉尼玛急上前救护。

〔众铁甲武士上，群兽慌乱。

苏吉尼玛 （护住群兽）闯入森林的人们呐，请收起弓箭，不要向前。

〔众武士停止了前进。

〔达哇森格与大臣、鹦鹉急上。

猎　　人 （上前禀报）国王陛下，这位姑娘她……

达哇森格 你，退下。

鹦　　鹉 （跳至苏吉尼玛跟前细看，旁白）哎呀，天哪！凭着我可怜的阿妈起誓，我可从没见过这鲜花一般漂亮的姑娘啊！

达哇森格 （上前）为什么挡住我的武士？

苏吉尼玛 （恳切地）仁慈的猎人啊！千万不可鲁莽。你看那雄鹰在天空飞翔，花儿在地上开放，鹿儿在泉边奔跑，鸟儿在林中歌唱，正因为它们来到世上，人间才有这安乐的景象。它们既然降生，就该平安生长，为什么要过早地结束它们的性命，把利箭射入它们的胸膛？难道你们的到来，就是给生灵带来死亡？尊贵的人啊，请好好想一想，什么叫作慈悲？什么叫作善良？

达哇森格 啊！银铃般的声音在我耳边振荡，明晰的语言像泉水在我心头流淌，她的话使我无法拒绝，只有心甘情愿接受她的主张。武士们，撤了围场！

苏吉尼玛

武 士 们　啦喙！（退去）

苏吉尼玛　禁止不住的目光，偷偷地把他张望，他年青英武却不骄狂，虽有权势但心地善良。

达哇森格　啊！望着那莲花一般的面庞，不由我意乱心慌，不想林野之中，竟有这神仙样的姑娘！难得她年纪轻轻，却有一副菩萨心肠。

鹦　　鹉　（将达哇森格拉到一旁）国王！

达哇森格　你又要做什么？

鹦　　鹉　这位俊美的姑娘，仁慈善良，仪态端庄，带回国去做你的新娘；如果错过好机会，难免日后眼泪汪汪。

达哇森格　（会意地一笑）你不必多讲，我自有主张。

鹦　　鹉　明白了就好。

达哇森格　阿波纳格。

阿波纳格　国王。

达哇森格　命令武士离开森林，不许伤害飞禽走兽。

阿波纳格　是。（下）

鹦　　鹉　我留在这里不受欢迎，不如离开轻松轻松。（飞下）

达哇森格　天仙一样的姑娘啊！

　　　　　（唱）今日清晨离开王宫，

　　　　　　　　追赶野猪来到林中，

　　　　　　　　你我巧遇三生有幸，

　　　　　　　　请问姑娘你的芳名？

苏吉尼玛　（唱）英俊的森吉洛哲国王，

　　　　　　　　这宁静的森林是我的家乡，

　　　　　　　　我的名字叫苏吉尼玛，

　　　　　　　　金瓶取水来到泉旁。

达哇森格　（唱）美丽善良的苏吉尼玛，

　　　　　　　你是一朵醉人的鲜花。

　　　　　　　把芬芳留给苍莽森林，

　　　　　　　用美德把愚顽感化。

　　　　　　　我高贵的心已被你征服，

　　　　　　　只有你才能约束我感情的野马。

　　　　　　　请求你做我的王妃吧，

　　　　　　　让我们用爱情和仁慈治理国家。

苏吉尼玛　（唱）一句句话儿烈火一样，

　　　　　　　重重地烙在我的心上。

　　　　　　　我的脸火一样发烫，

　　　　　　　嘴里面像含着蜜糖。

　　　　　　　意志迷乱心儿荡漾，

　　　　　　　难道我真的把他爱上？

　　　　　　　离去吧，赶快离去，

　　　　　　　免得感情的马儿脱了缰。

　　　　　〔苏吉尼玛抱起金瓶，慌乱地低着头欲下。

达哇森格　（欲拦，又怕莽撞，焦急地）苏吉尼玛！

　　　　　〔鹦鹉突然跳上，拦住苏吉尼玛。

鹦　　鹉　姑娘，姑娘，不要慌张，到底愿不愿做他的新娘？不要走，咱们慢慢地商量。

苏吉尼玛　（轻声地）求求你，放我过去。

鹦　　鹉　（故意地）今天实在机会难得，你当了王妃多么快活；要是硬不答应，国王一发火，你的小鹿、小兔、小熊、小虎一个也别想活。

苏吉尼玛　（焦虑地）这……

苏吉尼玛

〔阿波纳格上。

阿波纳格　　天色过午，请陛下回宫。

达哇森格　　等一等。（对苏吉尼玛）俊美的姑娘，你是否愿意和我一路同行？

苏吉尼玛　　（委婉地）我本是一个山野的姑娘，与国王匹配很不相当，我只盼自由自在，没有一丝非分之想。况且婚姻大事关系一生，苏吉尼玛怎敢自做主张？如果国王情真意切，请和我的父亲商量。

达哇森格　　（急切地）令尊他……

苏吉尼玛　　（指着）远处那个草棚，父亲就在棚下坐关修行。

阿波纳格　　请姑娘领路，我们一同前行。

鹦　　鹉　　不用，不用，由我去请。（跳下）

苏吉尼玛　　（诵念嘛呢）像大海掀起了洪波，我心灵的渡船不停地颠簸，今天发生的事情不知是福是祸，求护法诸神保佑，愿父亲做出吉祥的定夺。

达哇森格　　（来回走动着）太阳的影子向西移挪，无情的时间在我身边走过。鹦鹉为何还不回来，叫人心急如火。

阿波纳格　　请国王耐心等待，鹦鹉神鸟不会有错。

〔幕内鹦鹉声："贵客到！"一阵缥缈的祥云，鹦鹉推着隐士喊着"老头，快走，快走！"上场。

鹦　　鹉　　心急的国王，贵客来到。

隐　　士　　尊贵的达哇森格国王你好！

达哇森格　　可敬的上师你好！

〔达哇森格与阿波纳格恭敬地向隐士施礼。

隐　　士　　你这位冒失的使者把我请来有何见教？

达哇森格　　（唱）尊敬的上师啊，

　　　　　　　　恕我直言，美丽的苏吉尼玛使我意惹情牵。
　　　　　　　　如果和她做夫妻终身无憾，
　　　　　　　　请求您啊，成全这美满姻缘。
隐　　士　（唱）国王您出身显耀，
　　　　　　　　小女她门第不高。
　　　　　　　　何况她是母鹿生养，
　　　　　　　　怎和你执政掌朝？
达哇森格　（唱）鹿腹降生不要紧，
　　　　　　　　不选种姓选佳人。
　　　　　　　　只要这如花似玉的貌，
　　　　　　　　只要这金子一般的心。
隐　　士　国王一片真，感动天地，本应成全你们做夫妻，只是小女已是佛门弟子，若要娶她为妃，你必须也把佛门皈依。
达哇森格　（毅然允诺）这件事情又有何难，面对青天我立下誓言，我们举国上下皈依佛门，让慈悲善行在森吉洛哲流传。
隐　　士　（对苏吉尼玛）我心爱的女儿呀！你可曾听清我们的言语，做达哇森格的王妃你可愿意？
苏吉尼玛　（羞涩地）这一切全凭父亲做主，女儿绝不违背父亲的心意。
隐　　士　对着雪山，对着大地，对着森林，对着小溪，我郑重地宣告，苏吉尼玛和达哇森格结为夫妻。
苏吉尼玛　女儿遵命。（行礼）
达哇森格　感谢上师。（行礼）
　　　　　〔虎、豹、熊、鹿、兔、鹤等欢欣地舞上。
　　　　　〔苏吉尼玛捧出鲜果献给国王。

苏吉尼玛

达哇森格　（对阿波纳格）请叫武士列队，迎王妃苏吉尼玛回宫。

阿波纳格　国王啊，今日打猎你我都身穿战袍，这样迎娶王妃不合礼貌。

达哇森格　对，对，言之有理，我们快到林子外面更衣，然后再来把王妃迎娶。

阿波纳格　尊敬的上师，请稍等，我们去去就来。

隐　　士　请便。

〔国王、大臣、鹦鹉下。

苏吉尼玛　今日女儿成婚，实在舍不得离开父亲。

隐　　士　父女分别，我也十分悲痛，可是你们的姻缘命中早已注定。去吧，孩子，不要忘了用慈悲普度众生，要布施黎民，要体恤百姓，帮助你的丈夫把国家治理得富裕太平。

苏吉尼玛　女儿谨遵父命。

隐　　士　（从怀中取出一串佛珠）女儿呀！这宝贝佛珠一串，你要带在身边，如今世道艰险，宫中难免有麻烦，只要心存善念，这佛珠就可以震慑邪恶，远避祸患。不过，你要牢牢记住，宝贝不能让别人发现，就是你最亲爱的丈夫，也不能看见；一旦拿出身外，就要招来灾难。

苏吉尼玛　（虔诚地接过佛珠，仔细收起）女儿记下了。

〔换了装的国王、大臣和鹦鹉、武士上。

阿波纳格　森吉洛哲国新登基的国王，前来迎娶王妃苏吉尼玛！

〔苏吉尼玛与国王见礼，然后二人朝隐士跪拜。

隐　　士　（将一把鲜花撒向二人）

（唱）用你们赤诚的善心，

把国家朝政治理，

为黎民带去安乐，

祝女儿吉祥如意。

〔国王与苏吉尼玛在大臣、鹦鹉、武士的簇拥下与隐士和群兽告别。

〔难分难舍的造型。

〔幕落。

第二场　善　行

〔一个月之后。

〔如意大厅之内，玉石台阶高处置放着一尊石象，象背上设有宝椅，左首是光辉灿烂的黄金宝椅，右首是洁白如雪的白玉宝椅。厅内经幢高悬，开阔、明朗。

〔在气势宏大、辉煌的乐曲中幕启。

〔一队盛装的宫女，掌着宫扇，打着宝伞，簇拥着王妃苏吉尼玛与小王子达哇旋努上。

侍　　臣　（跪叩）启禀王妃，百姓们在宫门外叩头求雨。

苏吉尼玛　宣百姓们进宫。

侍　　臣　（高声地）半年来天旱不雨，森吉洛哲发生旱情，土地裂缝，寸草不生，为了解除疾苦，苏吉尼玛王妃在如意大厅布施百姓，黎民们可以进宫。

〔众百姓纷纷拥入大厅。

苏吉尼玛　（急忙起身）乡亲们好！

苏吉尼玛

百 姓 们　高贵的王妃吉祥如意！（行礼）
侍　　臣　（高声地）尊贵的达哇森格传下旨意：柔安王妃交回黄金钥匙，三百六十座宝库和后宫大事统由苏吉尼玛王妃主持。
　　　　　〔妖妃柔安满面怒容走上，后面一个宫女捧大红绒盒随上。
百 姓 们　柔安王妃好！（行礼）
苏吉尼玛　柔安王妃请坐。
妖　　妃　哼！（不予理睬地站在一旁）
　　　　　〔两宫女上前接过绒盒打开，里面是一把巨大的闪闪的发光金钥匙。
苏吉尼玛　开库布施！
妖　　妃　（气愤地）哼！（下）
达哇旋努　（从宝座旁跑下，举起钥匙高兴地蹦跳着）金钥匙，多好看的金钥匙呀！
百 姓 们　（趋前争看）佛爷呀，世上有这么大的金钥匙吗？
达哇旋努　（跑上台阶，把钥匙交给苏吉尼玛）王妃嫂子，请你收下。
苏吉尼玛　你把它交给侍臣。
　　　　　〔侍臣上前跪接钥匙。
苏吉尼玛　你用它打开宝库，给百姓们把口粮分足，再对大家说清楚，因为干旱成灾，捐税一律免除。
侍　　臣　是！
苏吉尼玛　再取出茶糖油盐，取出氆氇绸缎，叫百姓们吃饱穿暖，再不必啼饥号寒。
侍　　臣　遵旨。（起身，对宫女们）跟我来！

〔宫女随侍臣下。

老　　人　（激动地）仁慈的王妃呀,我一直担心这是一个美梦,难道我们这些低贱的庶民真的走进了这天堂一样的大厅?

苏吉尼玛　老人家,这一切都是真的,请你不必怀疑。

达哇旋努　这是王宫里的如意大厅,老人家,你不是在梦中。

老　　人　（拍着额头）啊,这一定是佛祖显灵。（趴下,叩头不止）

白发婆婆　（颤抖地摇动嘛呢）我只说这里日月当空,原来是王妃仁慈的眼睛;我只说世上黄金最贵重,可是,黄金也比不上王妃的恩情。

百 姓 们　最美丽的王妃啊,您对我们的大恩胜过天上降下的甘霖,虽然天下大旱,可您的恩泽润透了百姓的心田。（大家一齐跪倒）

苏吉尼玛　（慌忙走下台阶,上前搀扶百姓）我虽然是个王妃,也是贫民出身,百姓的疾苦,早已记在我心,尽管人的种姓有高有低,但是彼此都要帮助、亲近。请不必感谢苏吉尼玛,使百姓不受饥荒,难道不是我王妃的本分?

达哇旋努　对,我长大也要像嫂子一样爱惜黎民。

苏吉尼玛　（拉着旋努的手,亲切地）旋努小弟,你说得真好。

〔音乐骤起。

达哇旋努　王妃嫂子,你看,他们来了!

〔侍臣与宫女手托各种布施赏赐舞上。

〔歌声:

　　　　黎民百姓进王宫,

苏吉尼玛

　　　　雪山森林笑盈盈。
　　　　布施如同及时雨，
　　　　点点滴在人心中。
　　〔歌舞中百姓接过布施赏赐。
　　〔歌声：
　　　　如意大厅乐融融，
　　　　喜泪飞弹见真情。
　　　　不是王妃施仁政，
　　　　庶民哪能沐春风？
　　〔一内侍急上。

内　　侍　国王驾到！
　　〔苏吉尼玛、达哇旋努上前施礼相迎，百姓们低头
　　　行礼。
　　〔武士列队，国王上场，鹦鹉随上。

全　　体　尊贵的国王吉祥康泰！
达哇森格　大家免礼。（一手拉着王妃，一手拉着小弟）你们这儿可真热闹哇！（巡视百姓们）王妃的布施丰厚吗？你们心中快乐吗？
白发婆婆　苏吉尼玛王妃慈爱极啦，就像是普度众生的菩萨！
达哇森格　（愉快地大笑）哈哈哈哈。
百 姓 们　（齐唱）苏吉王妃来到宫垣，
　　　　像太阳照在我们心间。
　　　　就凭她给予的恩惠，
　　　　如同亲眼把佛祖看见。
达哇森格　（欣喜地）好！好！
鹦　　鹉　王妃今天布施百姓，国王陛下打从心眼里高兴，我鹦

鹉表演一个节目，请看看我拿手的本领。

〔国王、王妃、旋努走上石阶，坐入宝椅。

〔轻快、调皮的乐曲中，鹦鹉做出许多滑稽可笑的姿态，表演了许多舞蹈技巧。

〔大家兴高采烈地谈笑着，拍掌应和。

〔忽然传来歌声，吸引了人们的注意。接着女巫甘德上场。

鹦　　鹉　（旁白）啊，世人们留心呀，来了一只会变的乌鸦。

甘　　德　（施礼）尊敬的国王、王妃，你们不会因为一个可怜的孤身女人的来迟而不给予恩典吧？

达哇森格　能歌善舞的甘德，你来得正好，请先让我们欣赏你的歌舞，对你的表演，王妃一定加倍酬报。

甘　　德　谢王妃。

鹦　　鹉　哼！卖野药的总用假货骗取金银，巫婆总是装神弄鬼来蒙蔽世人，他们就有这种本领，能把河滩里的石头硬说成待采的黄金。

甘　　德　鹦鹉啊，快去养养精神，最好不要乱嚼舌根。

鹦　　鹉　那就看你表演吧。（跳至宝椅旁）

〔甘德双手戴上串铃，奔跑着，抖动着，她边舞边唱。

甘　　德　（唱）我是那画上的彩霞，

　　　　　　　　我是朵纸做的鲜花，

　　　　　　　　只要世人们相信，

　　　　　　　　谁管它是非真假。

　　　　　　　　我有一个美好的想法，

　　　　　　　　献给国王、王妃陛下。

　　　　　　　　你们将长生不老，

苏吉尼玛

不生一根白头发；

金银要堆积如山，

珍宝从天上掉下。

如果不能应验，

罚我变癞蛤蟆。（发狂地跳着）

〔国王与百姓们哈哈大笑。

达哇森格 （站起）美丽的王妃送给我们幸福，鹦鹉和甘德又给我们带来欢乐，只是那西沉的日色，告诉我们已经到了该用餐的时刻。回去吧，百姓们，去用王妃的布施，驱赶你们腹中的饥饿。

百 姓 们 感谢国王、王妃的恩德。（叩拜，纷纷离去）

侍　　臣 国王、王妃驾转内宫。

〔武士、宫女拥国王、王妃、旋努、鹦鹉下场。

〔静场片刻，舞台转暗。

〔妖妃柔安像幽灵一般地上场。

〔一道聚光直射白玉宝椅。

〔妖妃像疯了一样跑上台阶，猛地扑向宝椅。

妖　　妃 （痛苦地）白玉宝椅，白玉宝椅，你曾是我的座位，如今却把别人抱在怀里，我怎能甘心，怎能愿意？啊！我怎能咽下这口腌臢气？（转身咬牙切齿地）苏吉尼玛你这贱婢，自从你来到宫廷，国王就被你所迷，你抢走我的钥匙，夺去我的权力，取代我的地位，霸占我的宝椅。你还改变我的法度，把叫花子请进宫里，你布施穷鬼，叫他们叩头感激。（狂笑）哈哈哈哈，好吧，我叫你高兴，我叫你得意，我要把三百六十座宝库烧成飞灰，嫁祸于你。到那时，哼哼，看我抽你的筋，剥你的皮，我要叫你趴在我脚下哭泣、战栗，叫国王再回到我的身边，把地位、权力归还到我的手里。哼哼……（四下观看，见无人，她跳下台阶）来吧，火！张起你的烈焰，吐出你的红舌，烧吧，烧吧，地狱中的怒火！（她疯狂地跳着，旋转着，突然，显出原形，变成丑恶的魔刹）

〔魔刹踩着沉重、恐怖的乐曲，口喷烈火，一刹那满台大火，铺天盖地。

〔钟声骤起，幕后一片喊声："宝库起火了，快去救火呀！"

〔武士们挥舞戈矛扑打火焰，被烈火烧退。

〔宫女们舞动氆氇扑打火焰，被烈火烧退。

〔老王由内侍搀扶着急上。

达瓦德宏 我的宝库，我的宝库，你们快，快救……

〔魔刹朝老王喷出一口烈火，老王晕倒。国王、旋努、大臣带人上。

达哇森格 快搀父王回宫。

〔内侍扶老王下。

〔国王率众救火，冲不进去反被火烧。阿波纳格被火冲击倒地。

〔苏吉尼玛带宫女上。苏吉尼玛脱下斗篷给大臣盖上，命宫女扶下。

苏吉尼玛 国王陛下。

达哇森格 你来做什么？赶快回去。（对众人）跟我来！（率众冲下）

〔苏吉尼玛欲随下，百姓们上。

苏吉尼玛

百 姓 们　王妃陛下,现在全城起火,我们的家……
苏吉尼玛　你们的家……
百 姓 们　我们已无家可归了!

　　　〔合唱:啊!

　　　　　大火熊熊,烈焰腾空,

　　　　　全城化焦土,处处有哭声,

　　　　　快保住民房,快救救百姓。

　　　〔达哇森格和众人退回,百姓们扶受伤武士下场。

　　　〔苏吉尼玛一人留在场上。

苏吉尼玛　(目送众人下场,激情地)

　　　(唱)火蛇乱窜烈焰飞,

　　　　　黎民家业化成灰,

　　　　　哭声悲切人心碎,

　　　　　怎能灭火解垂危?

　　　　　苍天不语地不应,

　　　　　求救的双手伸向谁?

　　　(她焦虑地走动着,猛有所悟)

　　　(接唱)猛记起我的怀中藏宝贝,

　　　　　何不请佛珠显神威?

　　　〔苏吉尼玛欲取佛珠,忽然耳畔响起一个声音:"佛珠不能离开身体,不然就要招来灾难!""招来灾难!""灾难!""灾难!""灾难!!!"

苏吉尼玛　(大吃一惊)啊!

　　　(唱)父亲的嘱咐千斤重,

　　　　　一字一句记得清,

　　　　　我怎能自作主张违父命……

（将手从怀中抽出）

〔白发婆婆呼喊着："火！火！"蹒跚跑下。

苏吉尼玛　（自语地）不成。

（唱）遵父命怎能够扑灭火情？

为国为家为百姓。

何惧自己招灾星？（毅然从怀中取出佛珠）

〔魔刹奔来朝苏吉尼玛喷出一口烈火，苏吉尼玛高举佛珠，射出耀眼金光，魔刹扑跌倒地，地上冒出一股浓烟，烈火顿时消灭，苏吉尼玛冲下。

〔少顷，一片阴森的蓝光铺满舞台，女巫甘德怀抱琵琶走上。她发现躺在地上的妖妃，急忙扶起。

甘　德　哎呀，柔安王妃，你怎么独自睡在这里？我扶你回宫吧！

妖　妃　去，去，去！快去给你的苏吉尼玛王妃唱歌跳舞开心解闷去吧。

甘　德　哎呀，王妃呀，你可不要冤枉好人，我还不是逢场作戏！论起来，还是咱们交情最深。

妖　妃　这话当真？

甘　德　撒谎就烂掉嘴唇。

妖　妃　既然你和我贴心，那就请你帮我除掉一个仇人……

甘　德　没错，只要你舍得金银。哎，他是什么人？

妖　妃　苏——吉——尼——玛！

甘　德　（大吃一惊）啊……

妖　妃　我给你满箱珠宝，大斗黄金。

甘　德　好，白银能买动黑心，这桩生意别再让给旁人。

妖　妃　（拉甘德到一旁悄声地）苏吉尼玛随身带着法宝，对

苏吉尼玛

　　　　　她谁也伤害不了，你使出骗人的拿手本事，设法给她换掉，只要法宝到了我手，就不愁把她苏吉尼玛收拾不了！

甘　　德　好，待我回去算上一卦，看看她的法宝是什么东西，然后你照样做一个假的，到时候咱俩演它一场好戏！

　　　　〔二人慢动作溜下，灯光渐渐转暗。
　　　　〔幕落。

第三场　陷　害

　　　　〔次日。
　　　　〔国王的寝宫之内。纱帐半卷，铜镜高悬，一道淡淡的红光投射在纱帐之上。
　　　　〔幕启：王妃苏吉尼玛坐在梳妆台前对镜梳理晨妆，两个宫女正为她整鬓插花。
　　　　〔达哇森格上场，他轻轻走向苏吉尼玛。
　　　　〔一宫女失手，一枝花钿落地，发出轻微的声响。

苏吉尼玛　（小声地）仔细些，国王昨日救火劳累，此刻正在酣睡，万万不可惊动了他。

宫　　女　是！

　　　　〔达哇森格站在苏吉尼玛身后，深情地望着王妃。

苏吉尼玛　（从镜中看到身后的国王，急忙起身）国王陛下。

宫　　女　（行礼）国王陛下。

苏吉尼玛　是不是我们的不慎，打扰了你的睡眠？

达哇森格　没有，没有，是我自己醒来的，我一会儿就要去察看灾情，安抚百姓，怎么能贪睡不醒？

苏吉尼玛　昨天不是说妥，善后的料理由我去做，难道睡了一觉，就被你忘过？

达哇森格　昨天你给百姓施舍，随后又舍身救火，累瘦了你满月一样的花容，我的心里怎能舍得？（忘情地伸手去摸了一下王妃的脸庞）

〔二宫女忍不住回身偷笑。

达哇森格　（发现，掩饰地）看你们笨手笨脚，连个头都梳不好，还不给我退下，不要在这惹我烦恼。

宫　　女　是！（退下）

苏吉尼玛　陛下，她们并不笨手笨脚……

达哇森格　（狡黠地）但是她们却碍手碍脚。

苏吉尼玛　（嗔笑地）你……

达哇森格　（故作认真地）苏吉尼玛，你说，昨天火势那么大，怎么转眼之间全都熄灭啦？

苏吉尼玛　还不是因为陛下勇敢开道，臣民百姓奋力扑救的功劳？

达哇森格　（微然一笑）我听百姓们说，扑灭大火是王妃你的功劳。

苏吉尼玛　（意外地）我？

达哇森格　因为你有件灭火的珍宝。

苏吉尼玛　（一惊）珍宝？（掩饰地）我本是贱民出身，哪有什么珍宝，分明是百姓们瞎猜，陛下不要拿我取笑。

达哇森格　既然没有，那么你过来，让我在你身上搜一搜，找上一找。（上前去拉苏吉尼玛）

苏吉尼玛　不！（转身绕梳妆台而逃）

〔二人追逐着，嬉笑着……

苏吉尼玛

达哇森格 （一把拉住苏吉尼玛）看你往哪儿跑！

苏吉尼玛 （边笑边挣扎，气喘地）好陛下，求求你，别，别闹，万一被人看见多不好。

〔达哇森格用劲一拉，苏吉尼玛跌入他的怀中。达哇旋努上，见状暗笑。

达哇森格 （欢快地大笑）哈哈哈哈。

〔达哇旋努一声咳嗽，二人吃了一惊。

达哇旋努 别怕，我近来眼睛不好，什么也没看到。（暗笑）

〔苏吉尼玛趁机推开达哇森格。

苏吉尼玛 小弟来了，快请坐。

达哇旋努 王妃嫂子，实在对不起。

（唱）老父亲传下旨意，

　　　请哥哥有事商议，

　　　扰了柔情乱了蜜意，

　　　嫂子你莫怪小弟。（做鬼脸笑）

苏吉尼玛 （笑）旋努小弟，实在调皮。

（回头对国王）陛下还不快去。

达哇森格 等着我，我很快回来陪伴你。

宫　　女 （上）王妃陛下，女巫甘德求见。

达哇森格 快快召见甘德，正好让她陪你消除寂寞。（对旋努）咱们走吧。

〔二人下场。

苏吉尼玛 （对宫女）去把甘德请进来吧。

宫　　女 是！（下）

〔甘德怀抱琵琶满面春风上场。

甘　　德 仁慈的王妃你好！（施礼）感谢你昨日对我的布施。

苏吉尼玛　物品长年在金库堆积，不如先把灾民救济，只是昨日一场大火，百姓们又遭灾难，使我心中忧虑。

甘　　德　王妃不必难过，我来替你解除寂寞。

苏吉尼玛　甘德呀，怎样使我快活？跳舞还是唱歌？

甘　　德　王妃呀！（弹起三弦慢慢地舞动身体）

（唱）苍天湛蓝如同绸缎，

　　　有太阳月亮装点，

　　　谁又能预知灾星出现，

　　　这就是苍天的特点。

　　　大地璀璨如同地毯，

　　　有五谷丛林装点；

　　　谁又能预知野火出现，

　　　这就是大地的特点。

苏吉尼玛　（高兴地）妙，妙，妙极了。

甘　　德　（接唱）日月不停流转，

　　　　　万物时时变换，

　　　　　谁能把它改变？

　　　　　只有听其自然。

　　　　　白雪铺盖山川，

　　　　　冬季代替秋天，

　　　　　谁能使时光倒转？

　　　　　只能任它变迁。

苏吉尼玛　你是说人世上什么事情都可以出现，谁也无法猜测，谁也无力改变？

甘　　德　对，昨天穿绫罗绸缎，今天就破衣烂衫；今天涂脂抹粉，明天就蓬头垢面。你看王妃柔安，从前指指点点，

苏吉尼玛

威风八面，可是自你来后，她就被冷落在一边。

苏吉尼玛　（唱）只要心中存善念，

何惧世间冷与暖。

一瓣心香拜佛前，

定能消灾解危难。

阿姐柔安心不善，

真诚相待多规劝。

今天我就求国王，

金钥匙还给柔安。

甘　　德　（旁白）哼！她倒心地慈祥，她那阿姐柔安可不这么想。看现在时机已到，让我用奸诈骗取她的善良。（对苏吉尼玛）王妃啊！你为人慈悲，菩萨心肠，为了表示我的敬佩，我继续为你弹唱。（拨动三弦，忽做难过状）

（唱）为什么天地旋转？

为什么上下倒颠？

莫不是老病又重犯？

王妃啊！

赶快救命不可迟延。（栽倒在地）

苏吉尼玛　甘德！（急上前去扶）

〔宫女急上，搀甘德坐在梳妆台旁。

宫　　女　甘德！

甘　　德　（睁开眼睛）哎呀！不得了，我头晕、眼花、腿麻、心跳，啊……

苏吉尼玛　（关切地）刚才还有说有笑，怎么突然病倒？

甘　　德　（故做昏迷状，有气无力，断断续续地）唉！从小有這冤孽病症，一犯就、就不省人事，那年有……有位大师，用神奇的珍、珍宝把我救醒，谁知今天忽然重犯，这也是命中注定，没有佛宝加持，甘德难保性……命，仁慈的王、王妃，救命，救……命……（装死）

宫　　女　甘德！

苏吉尼玛　甘德！

宫　　女　没有气息，不睁眼睛，脸色发青，脖子发硬，哎呀，我看她活不成。

苏吉尼玛　啊？活不成？（起身，来回走动着，自语地）要用佛宝加持？这……难道我……（转身看了看"死"去的甘德，决然地）救人性命这难道不是善行？（对宫女）你们先都出去吧。

宫　　女　（不解地）出去？

苏吉尼玛　你们先出去，等会儿我再叫你们。

宫　　女　是！（退出）

苏吉尼玛　（急忙从怀中取出佛珠）佛珠啊，请保佑她，加持她，让她快快苏醒！（用佛珠在甘德面门晃动着）

甘　　德　啊！

苏吉尼玛　甘德醒一醒，你快醒一醒！

甘　　德　（慢慢睁开眼睛）哎呀，王妃，我这是怎么了，为什么睡在您的寝宫？

苏吉尼玛　刚才你犯了旧病，我用佛宝把你救醒。

甘　　德　（翻身爬起，跪地叩头）哎呀，是您对我有救命之恩，是您使我二次为人。（又叩头不止）

苏吉尼玛　好啦，快起来吧！（欲收佛珠）

苏吉尼玛

甘　　德　　善良的王妃啊，请让我摸一摸佛宝，让佛宝赐我福分，永远除去这该死的病根。（又要跪下）

苏吉尼玛　（用手去搀）甘德……

甘　　德　　（趁机一把拿过佛珠）这是多好的宝贝呀！

（唱）捧着你我觉得神清气爽，

看着你我觉得两眼有光，

眼不花，头不涨，

腿不麻，心不慌，

刚才像掉进冰窟窿，

现在像阳光照亮心房。

甘　　德　　（手捧佛珠三次举过头顶）请神灵将我保佑！（朝面部用佛珠碰三次）请赐语将我保护！（朝胸部用佛珠碰三次）请授意将我保护！（朝胸部又碰了三次）请用佛祖身、语、意（暗中调换佛珠，将真的藏起，将假的取出）将我佑护。（然后手捧佛珠向天空深施一礼，将假佛珠交还给王妃）感谢王妃陛下，请收起佛宝。

苏吉尼玛　（收藏假佛宝，叮咛着）佛珠的事情，千万不要对别人说起。

甘　　德　　请王妃放心。（暗中取出迷幻药，趁苏吉尼玛转身时向她吹去）

〔苏吉尼玛被迷，身不由己，甘德把她引至梳妆台前，叫她昏昏睡去。

〔二宫女走上，甘德藏身帐后，吹迷幻药，二宫女也昏迷倒地。

〔甘德朝幕后击掌，发出信号。

〔妖妃急上,她朝内叫道:

"鹦鹉快来呀!"与甘德交换眼色后,躲下。

鹦　　鹉　(上)你叫我有什么事情?咦!人到哪里去了?为什么跟我耍笑?(四下寻找)

〔甘德手持迷幻药跳至鹦鹉面前。

鹦　　鹉　(被吓了一跳)啊!

甘　　德　尖嘴鹦鹉,看你往哪里逃?(施展迷幻之术)

鹦　　鹉　啊……(急忙退躲)

〔甘德不断朝鹦鹉吹药,鹦鹉被迷,步伐散乱。

妖　　妃　(突然出现,她手持一把尖刀,狂笑)哈哈哈哈,贼鸟,你也有今天!

〔鹦鹉站立不稳,晃晃摇摇,形成了一段迷惘的独舞。

鹦　　鹉　(边舞边说)啊,对阴谋为什么难于提防?因为我们不会像邪恶那样去思想。人们啊,你们都过于天真,认为人人都有一副慈悲心肠。(猛烈地摇晃)现在我中了奸计,恶人不会对我客气,只求佛祖保佑苏吉尼玛,赶快脱离凶险之地。(跌倒在地)

甘　　德　它已经倒在地上。

妖　　妃　我把尖刀刺进它的胸膛。

甘　　德　把鲜血涂在苏吉尼玛的面庞。

妖　　妃　(涂罢血迹)走,快去把金钟敲响。(急下)

甘　　德　柔安王妃,不要忘了给我的奖赏!

〔追下。

〔传来阵阵钟声。

〔老王、太后、国王、旋努及侍臣、宫女急上,众人见状大惊。

苏吉尼玛

达哇旋努　（用手一指）父王请看！

达瓦德宏　啊！（扑上前去）我的神鸟，我的鹦鹉，是谁这样狠毒，夺去了你的性命？

达哇森格　苏吉尼玛，苏吉尼玛！

宫　　女　王妃，王妃！

苏吉尼玛　（悠悠苏醒，见大家都在，不觉一惊）啊！（欲起身，但站立不稳，宫女急忙扶住）参见父王、母后！

达瓦德宏　哼！你干的好事！

苏吉尼玛　（不解地）我……

达瓦德宏　我问你是谁把鹦鹉的性命断送？

苏吉尼玛　（闻言大惊）这……（见鹦鹉）鹦鹉，它，它……

达瓦德宏　你不用故作吃惊，你嘴上的血迹还没有擦净。

苏吉尼玛　（擦嘴，见到手背上的血痕）啊！（晕倒）

达瓦德宏　把苏吉尼玛打入冷宫！

达哇旋努　请父王暂息雷霆。

达哇森格　苏吉尼玛她不知详情。

达瓦德宏　哼！

　　　　　　（唱）通灵鹦鹉丧了生，

　　　　　　　　　寝宫地毯血染红。

　　　　　　　　　妖孽作祟宫廷乱，

　　　　　　　　　苏吉尼玛是祸害精。

达哇旋努　（唱）讲话需要有凭证，

　　　　　　　　　父王武断不公平。

达瓦德宏　（唱）分明是她害了鹦鹉的命，

　　　　　　　　　嘴上血迹是证明。

　　　　　　　　　昨天大火烧宝库，

苏吉尼玛必知情。

达哇森格　（唱）她昨日救火不惜命，

　　　　　　　　　是非黑白要分清。

太　　后　（唱）她昏昏沉沉不清醒，

　　　　　　　　　你父子一时讲不清。

　　　　　　　　　先让她上床去休息，

　　　　　　　　　她醒后详详细细问分明。

达瓦德宏　不行！苏吉尼玛若是妖孽，怎能留在后宫？先叫她住在花苑，如果一夜之间凋谢的百花全都开放，就证明她确有冤情。

达哇森格　要是百花不能开放呢？

达瓦德宏　哼，哼！休怪我对她绝情。

　　　　　〔宫女搀起昏迷的苏吉尼玛，准备出宫。

达哇森格　父王！

　　　　　〔幕落。

第四场　劫　难

〔当天夜晚。

〔在被野猪践踏过的花苑之中，百花枝叶横陈，花事凋零。天上冷月清辉，星光惨淡，更增添怅然之情。

苏吉尼玛　（独立苑中，触景生情地）

　　　　　（唱）乌云遮明月，

　　　　　　　　寒风吹朗星，

　　　　　　　　独伴残花叹凄凉，

苏吉尼玛

谁解我一腔愁情？

我原想，

普救众生施仁政，

国泰民安庆升平。

谁知道，

水上行船遭风险，

恶浪滔天来势凶。

我只说，

夫妻比翼天空舞，

恩爱缠绵度一生。

哪知道，

恶人暗算施毒计，

栽赃陷害造冤情。

面对着枯枝败叶伤心景，

有谁知我心，

有谁解我情？

达哇森格啊！

可听见我对你的呼唤一声声。

〔回身提金瓶浇花，忽听到脚步声，起身察看。

〔达哇森格匆匆上。

达哇森格 苏吉尼玛！

苏吉尼玛 （惊喜地）达哇森格！（难过地扑在达哇森格的怀里）

达哇森格 苏吉尼玛，今天你受委屈了。

苏吉尼玛 受点委屈我倒不怕，就是心痛那可怜的鹦鹉，不知道是什么人干的，他的心肠竟然这么狠毒。

达哇森格 通灵鹦鹉是我国的国宝，要是查出栽赃害你、残杀鹦

　　　　　　鹉的坏人，我绝不轻饶。（猛然想起）咦！今天一早你和宫女怎么都昏昏睡倒？恶人把血抹到你脸上，难道你一点都不知道？

苏吉尼玛　　今天的事儿实在蹊跷，先是甘德旧病复发，我赶紧把她治好，她走后我也眩晕、心跳，一时就失去知觉。

达哇森格　　蹊跷……难道？

苏吉尼玛　　陛下不必疑猜，我只求你设法证明我的清白。

达哇森格　　苏吉尼玛！

　　　　　　（唱）不要急躁，暂且等待，
　　　　　　　　　不要烦恼，暂且忍耐，
　　　　　　　　　戏水的金鱼识大海，
　　　　　　　　　我知道你慈善的心怀。
　　　　　　　　　请你相信达哇森格，
　　　　　　　　　我一定向父王证明你的清白。

苏吉尼玛　（唱）句句话语，多么温存，
　　　　　　　　　缕缕柔情，多么深沉，
　　　　　　　　　严寒数九盼阳春，
　　　　　　　　　春光和煦温暖我的心。
　　　　　　　　　苏吉尼玛感谢你，
　　　　　　　　　烈火之中我见到了真金。

达哇森格　　苏吉！

苏吉尼玛　　陛下！

达哇森格
苏吉尼玛　（合唱）夜雾重，夜色浓，夫妻相会无限情。

苏吉尼玛　（唱）风寒露重你快回宫。

达哇森格　（唱）天黑夜冷你多珍重。

达哇森格
苏吉尼玛　（合唱）风寒露重，天黑夜冷，

苏吉尼玛

    盼只盼云散风停，

    一轮明月照花影，

    美与丑、黑与白自然分明。

苏吉尼玛　陛下，你快回宫吧！

达哇森格　我回去劝说父王，明早定来接你回宫。（急下）

苏吉尼玛　（回身扶起一枝残花，深情地）花儿呀，你曾经无比娇艳，如今却花谢香残，求佛祖保佑让百花竞放，求百花仙子把芳香送到人间。

〔扶枝整叶，培土浇水，然后坐在石桌旁不觉昏昏睡去。

〔一阵轻烟薄雾，仙乐飘逸。众花仙身披白纱、头戴花冠从空而降。

〔歌声：带着两袖清香，

    捧着绚丽彩色，

    花仙驾雾腾云，

    来到森吉洛哲。

    为救善良的苏吉，

    使她解脱灾祸，

    让百花重新开放，

    证明苏吉没有过错。

    扶起败叶残枝，

    救活鲜花朵朵，

    留下吉祥征兆，

    满园天香国色。

〔花仙们边唱边舞，百花枝挺叶振，刹那间万紫千红，百花齐放。

〔花仙们围着苏吉尼玛，向她祝福后飘然离去。

〔悠扬的仙乐被既沉闷又轻佻的不和谐的音乐所代替，音乐中两条黑影鬼鬼祟祟地上场。

黑　影　甲　（向苑内窥探）哎哟，不得了，花儿，花儿……

黑　影　乙　花儿怎么样？

黑　影　甲　花儿都开了！

黑　影　乙　（大惊）啊！这可怎么好？

黑　影　甲　百花重新盛开，帮助苏吉尼玛脱离了祸灾。

黑　影　乙　国王不会就此罢休，一定继续追查凶手。

黑　影　甲　万一露出破绽，咱俩全都完蛋。

黑　影　乙　这，这可咋办？

〔二黑影焦虑地思考着……

达哇旋努　（手捧大红披风上）嫂子遭到不幸，实在叫人同情，今晚夜风寒冷，担心把王嫂冻病，我偷偷离开后宫，给她送来披风。（摸索向前）

黑　影　乙　嘿，听我告诉你，我有个好主意。

黑　影　甲　什么主意？（向乙靠近）

达哇旋努　（发现声音）夜静更深，这儿咋会有人？（思索着）对，待我悄悄向前，听他们怎样交谈。（靠近黑影）

黑　影　乙　趁现在无人知晓，快拔出杀人的钢刀……

黑　影　甲　你要干什么？

黑　影　乙　把开放的花朵都剁掉！

达哇旋努　（大吃一惊）啊！

黑　影　乙　要是不毁掉百花，你我的心血岂不白花？留下这个祸害，总是心上的疙瘩。

黑　影　甲　好吧！

达哇旋努　（大叫）什么人？！

苏吉尼玛

〔黑影大惊,回身欲逃。小王子紧追不舍,当他拉住一个仔细看时,一道聚光照亮黑影,原来是妖妃与女巫。

达哇旋努 原来是你们,打算毁花害人,今天露出本相,走,随我去见王兄和父亲。

妖　　妃 (恼羞成怒)你为什么离开后宫,来到这儿偷听?既然你已知情,怎能饶你性命?

达哇旋努 平常装模作样,原来是吃人的豺狼,今天碰到我的手上,一定要在国王面前撕去你的伪装。(一把扯住妖妃,妖妃给甘德使个眼色,甘德扑上捂住小王子的嘴巴,二人生拉硬扯将达哇旋努拉下)

〔甘德复上,将一把钢刀藏于苏吉尼玛的身旁。急下。
〔少顷,舞台转亮,天色微明。
〔达哇森格与一宫女上。

宫　　女 启禀国王,苑内出现吉祥景象。

达哇森格 (急上前去看)啊!果然百花齐放,苏吉尼玛王妃如同美丽的睡莲一样,她真是妙音仙女的化身,给我国带来吉祥。(对宫女)你快去禀报老王,你快替王妃换装。

宫　　女 是!(下)

达哇森格 (轻声地)苏吉尼玛,美丽的仙女,快快醒来,随我回去!

苏吉尼玛 (醒来)啊,陛下……

〔苏欲起身行礼,被达哇森格制止。

苏吉尼玛 (四下观望)这是什么地方,怎么美如天堂?

达哇森格 这是上天呈示的景象,赞美你的纯洁与善良。(抚慰着苏吉尼玛)

苏吉尼玛　（幸福地）啊，达哇森格国王！（偎靠在达哇森格怀中）

〔一官女捧衣服上。

达哇森格　快给王妃换装。

官　　女　是！（给苏吉尼玛换装）

〔幕后内侍喊声："老王驾到！"达哇森格与苏吉尼玛施礼相迎。

〔老王、太后、妖妃和官女、侍臣上。

达瓦德宏　（看着花苑景象，哈哈大笑）百花重吐芬芳，给国家降下瑞祥。苏吉尼玛，我的儿媳，请原谅父王把你冤枉。

太　　后　（拉住苏吉尼玛的手）好孩子，过去的都已过去，千万不要记在心上。

苏吉尼玛　孩儿不敢。

妖　　妃　（走向苏吉尼玛）好妹妹，今天辨清了你的冤情，柔安我心中特别高兴。（对太后）咦，怎么不见旋努小弟？

太　　后　恐怕他还沉睡未醒。

达瓦德宏　（对内侍）启驾回宫！

内　　侍　是！启驾回宫！

妖　　妃　等一等，（指着幕内）那是什么，一片鲜红？（奔下）

〔幕后传来妖妃的惊叫，紧接着她抱着红披风上。

太　　后　出了什么事情？

妖　　妃　不，不，不好了，小弟旋努被人杀死，尸体现在乱草之中！

众　　人　（大惊）啊！（拥向幕侧）

苏吉尼玛

〔太后呼唤着"旋努"晕倒。众人哭泣着,呼叫着……

达瓦德宏　快把太后扶回后宫!

〔宫女扶太后下。

达瓦德宏　(唱)我只说百花开国运兴盛,谁知老天降下灾星。

苏吉尼玛　(唱)为什么旋努小弟遭不幸?

妖　　妃　(唱)你不必装模作样假惺惺。

苏吉尼玛　(不解地)你……

妖　　妃　(从石桌旁苏吉尼玛换下的衣服下面拿出钢刀)这是什么?

众　　人　(大惊)钢刀?苏吉尼玛,你……

妖　　妃　(接唱)这钢刀就是你杀人的铁证。

达哇森格　(接唱)见凭证就像是乱箭钻胸。

妖　　妃　(接唱)杀鹦鹉害小弟居心凶险。

苏吉尼玛　(接唱)我就是满身嘴也难以说清。

达瓦德宏　达哇森格,你看见了吧,自从苏吉尼玛到来,我国接二连三发生怪事,今天你的小弟又遭惨死,对此我看你怎么处置。(挥袖而去)

达哇森格　送父王!(回身,对苏吉尼玛)你,你这害人的妖妃!(拔剑欲杀)

苏吉尼玛　陛下……

达哇森格　(唱)利剑高举半空中。

妖　　妃　(唱)斩除妖孽莫留情。

达哇森格　(不忍下手)唉!(抛剑于地)

妖　　妃　(急捡起宝剑)这样的女人要她何用?(欲杀苏吉尼玛)

达哇森格　住手!不要脏了我的宝剑。打入坟场沸血海,叫你永世难超生。

苏吉尼玛 （猛地扑到达哇森格脚下，痛苦地）达哇森格！

〔造型。

〔歌声起：啊——

　　　　才开的鲜花遭霜冻，
　　　　一波未平一波生。
　　　　妖妃再设杀人的毒计，
　　　　苏吉尼玛啊——
　　　　又走上凶险的途程。

〔幕落。

第五场　　辨　冤

〔灯光把舞台前区照亮。

〔歌声中苏吉尼玛披枷带锁由三个屠夫押上，后面众百姓洒泪相送，也有沿途赶来的男女老少，他们摇嘛呢、献哈达，跪拜不起，扯住不放。舞台上出现各种造型。

〔歌声：

　　　　你在黑暗中点亮慈祥之光，
　　　　你为贫困的黎民带来希望。
　　　　我们的苏吉尼玛，
　　　　如今你却要去向何方？
　　　　丢下了你的黎民百姓，
　　　　去向何方，去向何方？

苏吉尼玛

你离开我们被押往坟场，

我们像被遗弃的孤儿一样。

心头的希望之光，

伴随你去向远方。

带上黎民的祝福，

去向远方，去向远方。

苏吉尼玛　乡亲们，百姓们，请不必远送了。

百 姓 们　王妃陛下，我们舍不得你呀！

少　　女　王妃！（上前抱住苏吉尼玛）

（唱）仁慈的王妃苏吉尼玛，

被凶恶的屠夫绑押，

金身玉体披带锁链，

（向屠夫）

你们为何这样对待她？

屠 夫 甲　穷百姓，少啰唆！（一脚踢倒少女，举鞭欲打）

苏吉尼玛　（急忙护住少女）

（唱）年轻的屠夫听我言，

请息怒气收起皮鞭。

罪过由我一人承受，

不要凌辱弱女少年。

屠 夫 甲　哼！（收起皮鞭）

白发婆婆　屠夫大哥！

（唱）年轻的君王为何发火，

把苏吉尼玛百般折磨？

我们愿意倾家荡产，

替我们的王妃赎回罪过。

老 屠 夫　　哈哈，你有什么家产，只怕是一张羊皮的光板。

百　　姓　　我们是穷汉，搭救王妃却是大家的心愿。

屠 夫 乙　　你们没完没了，胡搅蛮缠，实在叫人心烦。（扬起皮鞭）给我走开！

〔幕后声："住手！"大臣阿波纳格急上。

〔屠夫乙悄悄退后。

众 百 姓　　大人阁下！（施礼）

阿波纳格　　苏吉尼玛王妃！（施礼）

苏吉尼玛　　大臣为何赶来？

阿波纳格　　王妃！

（唱）惊悉王妃远行，

　　　微臣特来相送。

　　　万望保重玉体，

　　　愿早日回到朝中。（献上哈达）

苏吉尼玛　　亲爱的臣民们！

（唱）我的心头流出鲜血，

　　　我的双眼闪动泪光。

　　　在这离别的时候，

　　　留下我心中的愿望。

　　　莫忘佛祖三宝，

　　　切记真诚善良。

　　　我就是身陷苦海，

　　　也为你们祈祷吉祥。

屠　　夫　　走吧！（押苏吉尼玛下）

众 百 姓　　王妃！（追下）

〔天幕上呈现出沸腾的血海，血海前是杀人的坟场，

苏吉尼玛

这里凶险、荒凉。

〔一株枯干的老树，歪斜着立在坟场一侧，一只乌鸦在枝头发出一声声凄厉的啼叫。

〔三屠夫押苏吉尼玛上。

〔"扑啦"一声，乌鸦"哇——哇——"地叫着，抖翅飞去。

〔老屠夫把锁链搭在树上，收拾着，二年轻屠夫拿出了利斧。

苏吉尼玛 （唱）血海啊，翻滚沸腾，

　　　　　我的心却无比平静。

　　　　　回首以往恰似一场幻梦，

　　　　　一切都是命中注定。

　　　　　没有忧怨，不惜性命，

　　　　　唯愿解除生灵的苦痛。

老屠夫 苏吉尼玛，跟我来！（拉苏吉尼玛至树下，锁住）

〔屠夫甲、乙在一旁悄悄地商议。

屠夫甲 老哥！（递过斧头）

屠夫甲 一路上我们都亲眼看到，苏吉尼玛不仅十分美貌，而且心肠又好。

屠夫乙 这样的女子，我们不忍将她杀死。

老屠夫 啊！看你们个子高高，原来是个草包，你我身为屠夫，哪有许多计较？站在一旁看着，待我把她开销。（上前，高举利斧，下不去手）虽然举起斧头，双手不住发抖，这……（对屠夫甲、乙）不知什么原由，我也下不了手。

屠夫甲 这可咋办？

屠 夫 乙 我也没有主见。

老 屠 夫 我们不忍下手,把她交给野兽,今晚虎狼饱餐一顿,明天我们来收拾骨头。

二 屠 夫 好吧!

老 屠 夫 王妃啊,今晚你好好休息,明早我们再来看你。(三人下)

〔天色黑沉,狂风呼啸。音乐奏出微弱而忧伤的曲调。

〔合唱:寒风刺骨冷夜色黑如墨,

坟场多凄凉旷野空寂寞。

这里哟——

只有负屈含冤的一颗心,

苏吉尼玛啊——

将度过生命中最后的时刻。

苏吉尼玛 (动情地)

(唱)父亲啊,

你可曾知道女儿身遭大祸?

父亲啊,

你可曾听见女儿的诉说?

忘不了密林中儿时的欢乐,

忘不了山泉下幽静的生活。

回想起父亲为儿讲经义,

你可曾记得女儿给父亲捧鲜果?

无忧无虑伴山林,

谁知道偏遇上达哇森格。

出森林不敢忘父亲教诲,

行教化爱百姓治理家国。

苏吉尼玛

　　只因为佛珠救火招灾祸，

　　恶人毒计苦折磨，

　　身历百劫儿不悔，

　　黎民自能分善恶。

　　父亲啊，请你再来看看我，

　　女儿我没辜负你养育的恩德。

〔苏吉尼玛无力地靠在枯树之上。

〔山风呼啸，音乐转急，虎、豹、熊、罴、鹿、兔等奔上。它们来到苏吉尼玛身旁，扯断了锁链。有的亲切地依偎着她，有的用爪子抚摸她，有的奔跑，有的跳跃……

苏吉尼玛　（醒来）

　　（唱）声声兽语响耳边，

　　　　梦中依稀到家园。

　　　　睁开双眼仔细看，

　　　　原来是走兽为我驱风寒。

　　　　鹿儿呀，你怎知我遭灾难？

　　　　兔儿呀，谁领你来到我身边？

　　　　问虎豹，家乡花儿可鲜艳？

　　　　问黑熊，泉水是否还是那样甜？

　　　　我父亲身体可康健？

　　　　饮食起居谁照管？

　　　　要问的事儿千万件，

　　　　你们快快对我言。

〔群兽围着苏吉尼玛起舞，似乎是回答着她的提问。

〔热烈的舞蹈音乐声中突然出现了一个不和谐音，兽舞骤停。

〔妖妃与甘德上场。

妖　　妃　哼，哼！果然不出所料，愚蠢的屠夫上了圈套，丢下苏吉尼玛，三人撒手走掉，我们若不赶来，事情岂不弄糟，既然羊羔已在嘴边，怎能让她轻易脱逃。

苏吉尼玛　柔安王妃，你怎么深夜到此？

妖　　妃　我就知道你不会痛痛快快地上路，我们特来给你送行。

苏吉尼玛　送行？

妖　　妃　甘德，快押这个贱人打入沸腾的血海！

苏吉尼玛　你们……

〔甘德走向苏吉尼玛，突然群兽一声咆哮，把甘德吓倒。

甘　　德　哎呀，阿妈呀！（连滚带爬地躲藏）

妖　　妃　嘻！胆子小得像个老鼠，看我怎么收拾这个女人。

〔从靴内抽出匕首，逼向苏吉尼玛。

〔群兽愤怒了，拥上将妖妃围住。妖妃拼命抵挡，最后跌倒在地。

〔妖妃的嚎叫，惊醒了三个屠夫，他们跑来见状大惊，急逃回去报信。

妖　　妃　（呼喊着）苏吉尼玛，你平素伪装善良，今天露出本相，既然你以慈悲为怀，为什么把吃人的猛兽豢养？你……你快些喊住虎豹，不要叫它们把人咬伤。

苏吉尼玛　杀气满面的王妃，请你不要惊慌；善良的熊虎豹，请退到一旁，听她有什么话讲。

〔野兽顺从地退至两旁。

〔就在这时，妖妃如同一头恶狼，窜至苏吉尼玛身旁，

苏吉尼玛

猛地将她推入沸血海中。

〔血海溅起高高的水柱,合唱起无字的歌声:啊——

妖　　妃　（恶狠狠地）苏吉尼玛,你死啦!你到底死啦!（狂笑）哈哈哈哈。

〔群兽疯了一般地扑向妖妃,黑熊一头将她撞倒。

甘　　德　（提醒）王妃啊,不要忘了,随身还带着神奇的佛宝。

妖　　妃　对,佛宝,佛宝,我有苏吉尼玛的佛宝!

〔妖妃从怀中取出佛珠,对着群兽高高举起,但佛珠不现光华,毫无威力。

妖　　妃　什么神奇的佛珠,分明是个废物。

〔将佛珠远远抛出。

〔突然空中发出一阵洪亮的笑声,接着隐士出现在云端,只见他把手一招,佛珠又落在他的手掌之上,并且闪烁着金光。

隐　　士　（把手中拂尘一甩）神奇的佛珠,怎么会是废物?善良的人把它拿在手中,它就会威力无穷;一旦被邪恶占据,它就失去全部的威力而毫无神奇。

妖　　妃　谁要你多舌多嘴,在暗中捣鬼。

隐　　士　你已经恶贯满盈,还不及早忏悔。

妖　　妃　忏悔?（狠吐一口）呸!

〔群兽怒吼,妖妃畏惧。

隐　　士　（对群兽）你们快回山林,我来惩罚这个恶人。

〔群兽舞下。

隐　　士　妖妃,还不快快认罪。

妖　　妃　认罪?嘿嘿,苏吉尼玛才该认罪。

　　　　（唱）苏吉尼玛贱奴坯,

　　　　　　　面容虽美心污秽。

　　　　　　　借口布施乱挥霍，

　　　　　　　迷惑国王霸宫闱。

　　　　　　　施放烈火烧金库，

　　　　　　　杀生害命犯戒规。

　　　　　　　你今天不要诬陷我，

　　　　　　　出家人管不着人间的是非。

隐　士　（唱）蛇蝎的心肠黄蜂的嘴，

　　　　　　　信口胡言颠倒白与黑。

　　　　　　　任你把谎言全说尽，

　　　　　　　到头来逃不脱天网恢恢。

　　　　（白）妖孽不要嘴硬，赶快承认罪行。

妖　妃　若要把是非弄清，除非苏吉尼玛来这对证。

隐　士　你杀害了苏吉尼玛，就以为死无对证？看！（拂尘一甩，身旁出现了旋努与鹦鹉）这就是你杀生害命的证明。

妖　妃　鹦鹉？旋努？（迷惘、害怕地）你们不是已经刀下丧生？

　　　　〔三屠夫引国王、老王、太后、大臣、宫女、武士急上。

隐　士　女巫甘德，你还不快说！

甘　德　（浑身发抖，伏地叩头）仙翁仙翁，饶我狗命，对着青天，我说出实情。

妖　妃　不许你胡说！

甘　德　（唱）我丧尽天良罪不容诛，

　　　　　　　贪图钱财心黑手又毒。

　　　　　　　柔安为了把后宫独霸，

　　　　　　　勾结甘德施展阴谋。

苏吉尼玛

　　　　　　她用妖法烧金库，

　　　　　　我骗苏吉盗佛珠。

　　　　　　栽赃陷害杀鹦鹉，

　　　　　　花苑又害小王一命呜呼。

　　　　　　今夜赶到坟场地，

　　　　　　把苏吉推入血海太残酷。

　　　　　　我做了伤天害理事，

　　　　　　从今后改恶从善把罪赎。

妖　　妃　甘德，你……

众　　人　（恍然大悟）啊，这两个可恶的女妖。

达哇森格　（大吼一声）武士们，把这两个罪大恶极的人给我绑了！

妖　　妃　陛下！

达哇森格　押下去！

　　　　〔武士押妖妃、甘德下。

老　　王　请教仙翁，你身旁的旋努王子和鹦鹉可是幻影？

达哇森格　难道他们死而复生？

隐　　士　要知道世上的善良，永远不会死亡。

太　　后　恳请仙翁恩典，能不能叫我们母子团圆？

　　　　〔隐士一挥拂尘，旋努与鹦鹉不见。

隐　　士　国王啊！

　　　　（唱）睁开你明亮的双眼，

　　　　　　　再莫被阴云遮掩。

　　　　　　　施仁政勤奋治国，

　　　　　　　我祝你国泰民安。（影像消失）

　　　　〔旋努与鹦鹉跑上。

达哇旋努　父王！母后！

老　　王
　　　　　旋努，我的孩子。（与旋努拥抱）
太　　后

鹦　　鹉　（调皮地施礼）国王陛下如意吉祥！

达哇森格　（登上高坡）武士们，随我下海去搭救美丽贤良的苏吉尼玛王妃！

武　　士　啦嗦！

鹦　　鹉　英明的国王，不要把仙翁的话语遗忘，要知道善良永远不会死亡。

达哇森格　是的，她不会死亡。

太　　后　可是，她在哪里呢？

〔百姓们纷纷走上。

众　　人　苏吉尼玛！

〔歌声：

苏吉尼玛，你在什么地方？

你的身躯像阳光映照的雪山一样，

你的心灵像辉映黑夜的月光一样。

在善良中我们看到你的模样，

在纯洁里我们找到了你的形象。

回来吧，苏吉尼玛，

赶快回到我们的身旁。

〔歌声中沸血海变成金光四射的森吉洛哲城，一朵洁白的莲花宝座从水中升起，宝座上站着光彩照人的苏吉尼玛。

〔众人拥向苏吉尼玛。

〔造型。

〔剧终。

大型历史藏戏

藏王的使者

编剧：多杰太　高　鹏

黄南藏族自治州民族歌舞剧团　1980年首演

时　　间：公元 640—641 年

地　　点：吐蕃逻些与唐王朝长安

剧中人物：

　　松赞干布——吐蕃藏王，年轻的英主。

　　文成公主——唐太宗李世民之女。

　　禄　东　赞——吐蕃大伦，请婚正使。

　　色日恭顿——吐蕃小伦，请婚副使。

　　唐　太　宗——唐王朝的第二位皇帝。

　　李　道　宗——江夏郡王，礼部尚书。

　　老　太　监——皇宫内侍。

　　老　　　妇——曾侍候过文成公主的老宫嫔，女佣之姑姑。

　　女　　　佣——迎宾馆之仆佣。

　　秀　　　女——女佣之女。

　　老臣、文官、武将、财国请婚使、佛国请婚使、军国请婚使、四度母、耍蛇人、财国舞女、佛国女郎、军国角力舞者、侍从、宫娥、金甲力士、群众多人。

出　使

〔在雄浑、庄重的音乐声中，一个厚实的男声朗诵进入。

〔朗诵：

　　早在一千三百多年以前，吐蕃年轻的英主松赞干布，在逻些建立了强大的吐蕃王朝，他雄才大略、见卓识远，以威力遏制战乱，用智慧解除灾患。为了取得唐朝的谅解和友谊，为了吐蕃的强盛和发展，他做出了向唐王朝请婚的决定，从而揭开了唐、蕃友好关系的新篇章。

〔朗诵甫毕，音乐轻奏，大幕徐徐升起。呈现在舞台之上的是一幅金碧辉煌的"唐嘎"：年轻的吐蕃英主松赞干布，神采飞扬地高坐在中央宝座之上，大伦禄东赞侍立一旁。两厢的大臣、乐伎、侍女千姿百态，各显风采。

松赞干布　呀！没有逡巡的日月，怎能形成辉煌的天体；没有山川江河，哪会有大地上雄伟的布局。听说唐朝有位文成公主，是太宗皇帝宠爱之女，她具有六十四种无与伦比的才德，她有着举世无双的美丽，若能做我吐蕃的王妃，定会把幸福繁荣带给雪域。我那绝顶聪慧的大伦东赞啊，我把这赴东土长安请婚的使命就交付给你！

〔在松赞干布发话的同时，画面开始活动。

禄 东 赞　（走下台阶）臣遵命！（行礼）

松赞干布　色日恭顿！

色日恭顿　臣在！（走出）

松赞干布　命你为请婚副使，襄助禄东赞前往长安。

色日恭顿　是！（行礼，退回）

松赞干布　（从侍者托盘中取出七枚金币，交给禄东赞）这七枚金币象征着吉祥如意，请亲手交给唐王，这是对他的觐见之礼。

〔禄东赞接过。

松赞干布　（从侍者手中接过五色珍宝铠甲）这副五色珍宝铠甲，是给文成公主的聘礼，只要穿上它便可逢凶化吉。

〔色日恭顿接过。

松赞干布　（从侍者金盘中取出三封书信）这次请婚，唐王必定诘难于你，你可依次呈上这三封书信，自可解除你的忧虑。

禄 东 赞　（接过书信）有赞普的英明远见，禄东赞一定不辱使命，扫除各种困难。

松赞干布　好！速去准备，尽早起程，有守护雪域度母的保佑，定能够马到成功。

〔画面定格。

〔四度母在祥云之中登场，她们轻扬手中的孔雀羽翎，
　向藏王及禄东赞等人祝福。

〔歌声：

　　　　夜莺啊，

　　　　要飞往昌盛之邦，

迎接孔雀到雪域翱翔；

　　　藏王的使者啊，

　　　要前往大唐，

　　　联姻的彩虹架起金子的桥梁。

　　　英明的松赞干布啊！

　　　由于你这一重大的决定，

　　　使汉藏友谊如日月万古绵长。

〔歌声中幕落。

请　婚

〔歌声停，大幕起。

〔一道光束直射在二幕正中老太监的身上。

老太监　（高声地）万岁有旨，各国请婚使者在麟德殿觐见呐！

　　　〔老太监宣毕，转身用拂尘朝二幕一甩，二幕开。

　　　〔麟德殿上，金甲力士持金瓜、斧钺、仪仗等两旁肃立。唐太宗李世民头戴天子冕旒，气宇轩昂地端坐在龙座之上，宫娥们打着龙凤掌扇、黄旄、白钺侍立身后。高冠褒衣、铁胄金盔的文臣武将排列两厢。

　　　〔内报："财国、佛国、军国请婚使者觐见！"

老太监　各国贵使上殿！

　　　〔大腹便便、趾高气扬的财国使者，瘦高白髯、傲慢矜持的佛国使者及粗野剽悍、大大咧咧的军国使者上场。

众使者　财国、佛国、军国使臣参见皇帝陛下，愿皇帝万岁、万万岁。

唐 太 宗 各国贵使平身,赐座。

众 使 者 谢万岁。(两旁坐下)

财国使者 (起立)陛下!

(唱)仰慕天朝尊严,

愿把诚心奉献,

请将公主下嫁我国,

我国的聘礼将是金山银山。

唐 太 宗 (微然一笑)贵使莫非是在朕的面前夸耀尔国的富有么?

财国使者 外臣不敢。不过有几件珍宝罗衣,属稀世珍品,请陛下笑纳。(朝幕内)罗衣舞娘走上!

〔四财国舞女,身着宝气珠光的长裙罗裳,在异国情调的音乐声中翩翩舞上。

〔这是一段狂热的女子舞蹈,众大臣看得十分入神,财国使者面有得意之色回身入座。

〔歌停舞歇,四舞女将披在肩上的宝衣取下,跪倒捧着献上。

〔老太监接过宝衣。

〔四舞女退下。

佛国使者 (不甘落后,起身向前)皇帝陛下!

(唱)敬慕皇上圣贤,

仅将真心奉献,

公主若能下嫁敝国,

我们将献上智慧之果。

唐 太 宗 哈哈,听说贵国乃佛门圣地、睿智之邦,朕正想领教。

藏王的使者

佛国使者　不敢，不敢。微臣带有妙舞梵音，以娱万岁视听。（朝幕内）妙音歌使走上！

〔二乐者捧吹奏、弹拨乐器上，坐地演奏，一艳丽女郎在梵乐声中登场。

佛国舞女　（轻歌曼舞）

七宝菩提树在东方生长，

通体透明像水晶一样；

如果没有善根慧眼，

怎能辨认出它的形状？

五色孔雀落在檀香树上，

花翎配上绿叶相得益彰，

如果不能缔结姻缘，

就永远失掉圆满的伴当。

唐　太　宗　（含笑对佛国使者）嗯，朕已然彻悟了。

老　太　监　（拂尘一摆）随我来。

〔佛国歌女、乐手随老太监下。

〔佛国使者得意地朝左右点头，然后入座。

军国使者　（已经急不可耐）皇上，我国武力强盛，威震八方……

唐　太　宗　不知尔有何威？

军国使者　角斗力士走上。

〔四角斗力士赤臂袒腹，高喊着"噢——"跑上。

老　太　监　嘟！大胆的军国使臣，竟敢赤臂露体，喧哗喊叫，如此放肆，成何体统？

军国使者　万岁恕罪。（跪下）

佛国使者　（讥讽地）野蛮，丢丑。

财国使者　（嘲笑地）这样的使臣只配去屠宰公牛，也配前来请婚？哈哈哈哈。

军国使者 （怒目圆睁）你……

唐 太 宗 众卿毋躁，军国本色，朕不见怪，角斗力士，继续表演。

军国使者 谢万岁。（起身就座）

〔四角斗力士在打击乐声中，舞动起来。

〔摔跤格斗停止之后，四角斗力士各手捧一宝，跪献唐王。

军国使者 我国国王恳请与天朝公主结亲，望万岁恩准。

唐 太 宗 朕知道了。

老 太 监 （接过宝物，对角斗力士）你等歇息去吧！

〔四角斗力士下。

财国使者 臣启万岁，我国财源不尽，富敌万国，请陛下赐婚。

佛国使者 尊贵的皇上，我国佛光普照，以善立国，究竟与谁结亲，还望陛下定夺。况且……

军国使者 （抢着说）我们国王武功盖世，力敌万人，正是万岁最好的女婿……

佛国使者 皇上……

财国使者 陛下……

军国使者 万岁……

〔三使者争抢启奏，幕内传报："吐蕃国请婚使者禄东赞觐见！"

〔众人一愣。

老 臣 （出班）臣启万岁，吐蕃使臣才到长安，尚未拜访礼部诸官就觐见吾皇，实属礼节不周，不可召见。

财国使者 吐蕃雪域，天寒地僻，也要与大唐攀亲，真是自不

藏王的使者

量力。

佛国使者 （同时）才到京畿，就要觐见？

军国使者 哪能这样便宜？

唐太宗 雪域吐蕃的使者，是遥远西南的来客，既然已到京都，即日觐见有何不可？（对老太监）宣来使上殿见朕。

老太监 宣吐蕃请婚使禄东赞！

〔内传"宣禄东赞！""宣禄东赞！"

〔禄东赞与色日恭顿大步登场。

禄东赞 （行礼）外臣请婚正使禄东赞及副使色日恭顿，带着藏王诚挚的敬意，恭祝大唐繁荣昌盛，太宗皇帝万岁，万万岁！（敬献哈达）

唐太宗 贵使免礼，赐座。

禄东赞 色日恭顿 谢万岁。

禄东赞 陛下，我等带着吉祥的愿望，披着牧野的寒霜，马不停蹄来到大唐。才到京城就受到至高的恩赏，陛下破格召见，是对吐蕃的看重，也是藏王的荣光。我主松赞干布是德才兼备的雪国之王，他仰慕盛唐的威仪，中原的富强，特派外臣请婚，结为秦晋之邦，现在谨将吉祥金币和五色宝铠献上。

财国使者 七枚金币，实在小气。

禄东赞 （唱）金币的花纹上镌刻着吉祥，

虽然很小却有千斤的分量。

藏王曾经用它充盈国库，

藏王曾经用它解除饥荒。

宝贝的价值不在轻和重，

　　　　　　雅鲁藏布江怎能用斗来量？

唐 太 宗　说得好，待孤看来。（接过金币，仔细把玩）

军国使者　就不说金币是不是吉祥，一副铠甲可是十分平常。

禄 东 赞　（唱）这副铠甲用各种珍宝嵌镶，

　　　　　　红黄白蓝紫五色闪射光芒；

　　　　　　穿上它百战百胜没有敌手，

　　　　　　穿上它除灾祛病遇难成祥。

　　　　　　传国的宝铠绝非寻常之物，

　　　　　　分辨不出金和铜有眼如盲。

唐 太 宗　（旁白）好个禄东赞，果然应对敏捷，出口不凡，待寡人亲自诘问，看他有何语来言。（对禄东赞）贵使呀！

　　　　　　（唱）听说贵邦边远荒凉，

　　　　　　土地虽多不产米粮。

　　　　　　是不是四季皆冬伴冰雪？

　　　　　　是不是白昼苦短黑夜长？

　　　　　　是不是河水横流常泛滥？

　　　　　　是不是化外无法性粗狂？

禄 东 赞　万岁呀！

　　　　　　（接唱）雪山映照玉树，

　　　　　　冰峰调节盛暑。

　　　　　　日夜自然交替，

　　　　　　河水滋润万物。

　　　　　　藏王治理有方，

　　　　　　百姓勤劳游牧。

　　　　　　世上更有何处，

藏王的使者

能有这样奇殊？

唐太宗 吐蕃既然奇殊，可有十善王法？

禄东赞 万岁的提问我们藏王早就写下，他的亲笔信中已有回答。（呈上第一封信）

唐太宗 （接信，自语地）难道松赞干布真有这样的本领，我的诘难都在他意料之中？（念信）若将公主遣嫁，我可以变成五千化身，一天之内制定出十善王法。（自语）好个藏王，你的口气真大呀！（对禄东赞）禄东赞。

禄东赞 臣在。

唐太宗 你们吐蕃可有建造庙宇的本领？

禄东赞 请览阅第二封信，便可分明。（呈信）

唐太宗 （念信）如果肯于许婚，我将变成五千化身，一日之内修建一百零八座庙宇，座座庙门都朝着汉地。（对禄东赞）哼，简直是口出狂言。我再问你，你们吐蕃有没有五种财物可供享用？

禄东赞 （呈信）请看第三封。

唐太宗 （故作不悦）寡人哪有许多闲情逸致，和松赞干布做猜谜游戏。（不看第三封信，拂袖坐上龙椅）各位贵使，你们远道而来，鞍马劳顿，请先回迎宾馆歇息，请婚之事随后再议。

老太监 各位使臣，随我来。

〔老太监引众使者下。

唐太宗 众家爱卿。

众大臣 万岁！

唐太宗 各国使者请婚之事，该当如何？

老　　臣　万岁！微臣以为佛国崇奉释教，以教义治天下乃文明教化之邦，应该与它联姻。

文　　官　不然，不然。臣以为财国国力富强，和它结亲理所应当。

武　　将　军国兵强马壮，若与它们结亲，如同猛虎插上翅膀，两国形成联盟，远征近讨谁敢阻挡？

唐太宗　众卿为何不提吐蕃？

〔老太监上。

老　　臣　那里山穷水恶，民贫地薄。

文　　官　吐蕃地处边远，化外愚蛮。

武　　将　藏王雄踞西陲，多次进犯。

唐太宗　众卿之言，多存偏见。松赞干布年轻有为，大伦东赞睿智不凡，虽然偏僻遥远，切切不可小看。

众大臣　那么陛下的意思是？

唐太宗　议婚之事暂且不提，三日之后朕亲自出题，叫使臣各展才智一比高低，谁能取胜，公主便与他的国王结为连理。

众大臣　是。

唐太宗　代朕传旨。

老太监　圣谕各国使臣，三日后金殿出题面试呀！

唐太宗　退朝。

〔众文武行礼，分头下。

唐太宗　（取出第三封信看着，自语地）朕提到的五种财物，又被藏王猜出。他说金、银、粮食、服装、饰物，他都能变五千化身置办无误。藏王啊藏王，你真是杰出的君主。

老太监　请陛下回宫。

〔唐太宗被太监从沉思中提醒。

唐太宗　唔，唔，回宫。（走下龙位，忽又转念一想）内侍！

老太监　奴婢在。

唐太宗　朕命你易服出宫,详查各国使臣的举动。

老太监　臣,遵命。

〔幕急落。

察　访

〔幕启:远山、近水、古道、斜阳、绿柳、村郭。曲江水泛着银波,古寺庙浴着金光。

〔三三两两的善男信女胸前挂着黄色香表口袋,烧香归去,间或有一二僧侣穿行其间。

〔一位乞者上场,他头戴面具,肩搭羊皮裙被,顶着花白的假发,衣衫褴褛,手持彩棍,状若癫狂地手舞足蹈着。他就是改装察访的老太监。

老太监　(边跳边唱)

　　　哎——

　　　天多高哇地多长,

　　　拿我的拐棍量一量;

　　　火太阳呵冰月亮,

　　　用我的羊皮口袋装。

〔香客、游人纷纷上前围观

老太监　(挥赶众人)去、去!看啥哩?想偷我的东西?这么大的个子当贼娃,没出息。

〔他用棍胡抡着,众人散去。

老太监 （见人们走远，他对观众用韵白以"折嘎"的形式说唱着）

奉旨察访，
易服乔装，
头戴面具，
遮掩本相。

装模作样扮叫花，
胡蹦乱跳耍癫狂。
南歌北曲信口唱，
黄腔走板放声嚷。

我们万岁有主张，
出嫁女儿不寻常。
使者说得天花坠，
权当清风过耳旁。

为了弄清真面目，
派我暗地探情况。
哪个使者行为正，
哪个使者把人诓。

我要认真查，
我要仔细访，
辨出优劣禀皇上。

〔秀女拉着老妇手上。

藏王的使者

妇　　　女　咦，这人真怪，脸上把啥戴？（上前去看）

老 太 监　（以为游人又来了，突然抡起棍子）你这个贼娃又来？

秀　　　女　（吓了一跳）啊，姑奶奶！（急逃）

〔老妇急忙上前护住秀女，被老太监一棍打在屁股上。

老　　　妇　（被打疼，摸着屁股）哟，天杀的，敢打老娘？
　　　　　　（上前去揭面具）我叫你装模作样！

〔老太监躲闪不及，被老妇将面具揭下。

老　　　妇　（惊诧地）原来是你？

老 太 监　（抢过面具戴上）嘿，咋偏偏碰上你？

老　　　妇　你为啥弄鬼装神，还抡棍子打人？

老 太 监　（四下看看，拉老妇到一旁，神秘地）不能说。

老　　　妇　（把手一甩）卖关子？没关系。今天饶不了你，走！
　　　　　　（一把拉住老太监）找公主去请她评理。

老 太 监　算了吧，我这也是为……咳，军机大事，不能说。说了就保不住这吃饭的家伙了。

老　　　妇　我看你越老越没章法。

老 太 监　哎，你不在宫里伸懒筋，到这串什么门？

老　　　妇　为公主的终身大事，我整天操心，今天我领着侄孙女，烧香、叩头、拜佛、求神，祈祷她结一门美满的婚姻。

老 太 监　（旁白）哼，瞎操心！

老　　　妇　不早啦，秀女跟姑奶奶走。

秀　　　女　你先回去，我到那边再耍一会儿。（跑下）

老　　　妇　秀女！咳，这女子！（整理了一下胸前挂的香表口袋，双手合十，念叨着）阿弥陀佛……（扭搭着走下）

老 太 监　（向幕侧看着）嘿！那边有人说笑，准是我的买卖来到，立即做戏，要演得惟妙惟肖。（扯着嗓音）可怜可怜吧！

〔两个侍从抬着一箱金玉财宝上场，财国使者腆着大肚子随上。

财国使者 咳！老要饭的，哪里是将军大人的府邸？

老 太 监 穿过这条大街，再转一个小巷，汉白玉狮子俯卧的门楼，就是将军居住的地方。

财国使者 唔。（对侍从）走吧！

〔侍从欲走，老太监急忙拦住。

老 太 监 （上下打量）请问贵客，来自何方？你容貌堂堂，满脸福相，肯定生在富贵之乡……

财国使者 （听得十分顺耳）嗯。说得不错，往下讲，往下讲！

老 太 监 你肚子高高，一定是个草包。

财国使者 唉，肚子高，心肠好。

老 太 监 你胡须长长，白糟蹋口粮……

财国使者 唉，胡子长，见识广。

老 太 监 有何贵干，来到大唐？

二 侍 从 我们是向唐王请婚来的。

老 太 监 唔，恭喜、恭喜，额头生米，你定是天子的东床快婿；嗓音洪亮，美丽的公主就会做你的新娘。

财国使者 哎，不对。

二 侍 从 东一槌槌，西一棒棒，全没敲在点儿上。

财国使者 闪开，闪开，不要耽搁我的时光。

老 太 监 好话说了一箩筐，请赏点银两，满足一下我饥饿的肚肠。

财国使者 好吧。（从怀内掏出一枚小钱，递给老太监）看在你们皇帝的分上。

藏王的使者

老　太　监　（接过小钱轻轻抛起，又接在手上）客官，你金如山，银成河，赏我一枚小钱，实在吝啬。

财国使者　若不吝啬，哪能积少成多？

老　太　监　这样的施舍，实在"那个"……

财国使者　（一把抢过小钱，揣进怀里）嫌少？给我。少啰唆！

老　太　监　哎，哎。（上前纠缠）

财国使者　（推开老太监，对二侍从）快走，快走，抬到将军大人的门口。明天我金殿应考，全靠将军关照，只要腰里有钱，啥事不能办到？（大笑）哈哈……（下）

二　侍　从　快走！（随下）

老　太　监　（看着远去的财国使者）呸！你这个世上的疣赘，先人的拖累，蠢得实在可悲。傻小子，金钱并不万能，它甩不掉愚昧，买不来智慧。

禄　东　赞　（内唱）三天来看遍长安景。

老　太　监　（闻声朝内张望）吐蕃使臣来了，我先藏在一边。（悄然退下）

禄　东　赞　（走上，接唱）

　　中原塞外大不同，

　　安居乐业礼仪邦，

　　商事贸易唱繁荣。

　　暮鼓晨钟烟火盛，

　　曲江两岸颂文明。

　　借得春色寄雪域，

　　点滴微末记心中。（朝庙宇走去）

　　〔老太监暗上。

老　太　监　饿死人啦！

禄东赞 （停步回头）啊？

老太监 哪位仁人君子，慈悲慈悲，赏口饭吃吧！

禄东赞 （上前搀住老太监）老人家，天色已经很晚，为什么还在这儿讨饭？你的家住在哪里？难道就没人照管？

老太监 咳，一张嘴喝不干四海三江，一句话说不尽人世的孽障。（故做拭泪状，偷眼张望）

禄东赞 （从怀中掏出一个钱袋）我这里有一个锦囊，里面装着散碎银两，千万不要嫌少，拿回去，买些米粮。（递过钱袋）

老太监 （拭抹双手，看着钱袋，不敢去接。他真的被感动了）天哪！世上真有这样的善人，把许多金银拿来周济贫民。请问，你为什么这样挥金如土？难道是菩萨的化身？

禄东赞 老人家，

（唱）虽然谁也逃不脱生老病死，

　　　最难忍受的还是老来饥贫；

　　　金银珠宝本都是身外之物，

　　　真正财富是一颗善良的心。

老太监 （接过锦囊）谢谢大恩人！（纳头便拜）

禄东赞 （赶忙扶起）这可担当不起。

老太监 听口音，看衣衫，你不是本朝人士，请问，你到长安一定有什么公事？

禄东赞 （唱）我来自遥远的吐蕃，

　　　偏居一隅所见不多，

　　　因为仰慕大唐文化，

　　　想学些本事带回敝国。

老太监 （故做懵懂状）我们这儿一向是日落而息，日出而作，自古如此，有什么好学的？

禄东赞　（接唱）怎样插秧布谷收新禾？

如何养蚕缫丝织绫罗？

为什么南来北往商事盛？

却为何金砖碧瓦庙宇巍峨？

想学的道理实在太多，

恳请老人家教导于我。

老太监　（旁白）这位使臣，真是有心之人。（对禄东赞）客官，这些事情平常又很深奥，老汉我可回答不了。不过，有一个道理我知道，只要有所用心，什么都可以得到。

禄东赞　唔，可以得到……

〔色日恭顿急上。

色日恭顿　东赞大人，你叫我好找哇。

禄东赞　恭顿将军，出了什么事？

色日恭顿　明日金殿上出题诘问，各国使臣大动脑筋。佛国使者把玉器赠给大臣；财国使者把金银送给将军。他们分头走动，设法把获胜的门路打通。三天已经过去，我们尚无动静，恭顿心焦如火，大人是否成竹在胸？若不早做准备，届时就要陷进困境。天哪，天哪，实在叫人头疼。

禄东赞　恭顿将军不必焦虑，徇情送礼，于事无益。明天答题如同把羊毛梳理，找出头绪，洞察玄机，只要沉住气，自能破解难题。

色日恭顿　好吧，我只能领兵对阵，运用计谋还要仰仗大人。

禄东赞　走，我们到寺里去看看。

色日恭顿　走！

〔二人欲下，忽然幕内人声喧嚷："快躲开，马来了！"
〔随着喊声，三五个男女群众纷纷奔上。
〔两个军国随从，扬鞭纵马，耀武扬威地飞驰而来。众看客被追得东躲西窜，二随从放声大笑，纵马追逐，以此取乐。
〔禄东赞与色日恭顿护住老太监，躲在一角。
〔秀女上场，她躲闪不及，被马踢倒在地。

禄 东 赞 （呼叫）小姑娘！（冲上前去将秀女抱起）

众 人 （围住二随从）你们是什么人，这么野蛮？无故把小女孩踢伤，走，跟我们去见官。

二 随 从 老子高兴，玩得快活，碰倒个小丫头算得什么？

一 男 子 （上前去撕扭）走！这些混账话，到官府去说。

二 随 从 哼哼，你们官府管我不得。

众 人 （纷纷上前去推）走！看看能不能管你！

二 随 从 到官府去？我手上的鞭子不依。

（挥鞭抽打众百姓）

禄 东 赞 （忍无可忍，将秀女放下）住手！（冲上去拖住鞭子）

二 随 从 你是什么人也来找打？（挥鞭抽打禄东赞）

〔禄东赞与色日恭顿将二随从打下马来。

色日恭顿 （拔出腰刀）老子宰了你！

二 随 从 大人，别动真格的呀！

禄 东 赞 （拦住恭顿，对二随从）你们竖起耳朵听着！

（唱）无端纵马闯京城，

　　　光天化日来行凶，

　　　长安本是文明地，

　　　从今后，

藏王的使者

你们要循规蹈矩，

遵守法度，

不准胡乱行动。

〔造型，切光。

〔一道聚光罩住老太监。

老 太 监 （摘下面具，竖起拇指）藏王的使者，好样的！

〔切光。

斗 智

〔老太监手托盛有九曲明珠的金盘立于二幕之前，一道光束，直射在他的身上。

老 太 监 （高声地）万岁有旨，各国使者上殿答题，一比高低！（对观众）今天可不能错过良机，请看，谁是金翅鸟，谁是尕拉鸡；谁是千里马，谁是瘸腿驴？

〔老太监转身用拂尘一甩，二幕打开，他捧珠进入。

〔这里是偏殿游廊，亭台水榭，玉树栏杆。内侍与金甲力士分别侍立。

〔众请婚使随老太监的进入，从两侧登场。

老 太 监 （高举九曲明珠）这是九曲明珠一颗，请用丝线从当中穿过。

（转身将明珠置于案桌上的托盘之中）各位贵使，请！

禄 东 赞 （退离桌案，自语）一颗明珠，一条丝线，明珠上的小孔九个转弯，那条线又细又软，这可怎么穿？（思

　　　　　　索，猛悟）对！只有这样办。（朝内）来人！

吐蕃随从 （上）大人。

〔禄东赞将随从拉至一旁，耳语。随从急下。

〔众使者散开，分头思考着。

佛国使者 （手托明珠，仔细看着）难、难、难呐！

（唱）老虎吃蓝天简直无处抓挖，

　　　丝线穿明珠谁也没有办法。

　　　分明是皇帝老儿把人戏耍，

　　　我可不当别人开心的傻瓜。

（将珠放入盘内）我才疏学浅，有本事的请上前。

（退至一旁）

财国使者 我来试试。（上前取珠，左看右看，用丝线左穿右穿。对老太监）我这两只手忙不过来，找个帮手行不行？

老 太 监 请便。

财国使者 随从快来。

〔随从甲、乙上场。

随 从 甲 使臣大人答题，我偷空合上眼皮。

随 从 乙 眼皮还没有闭严，大人又在叫唤。

财国使者 （将甲、乙推至桌前）这是珠子（给甲），这是丝线（给乙），瞪大两眼，往里穿！

随 从 甲
随 从 乙 （同时地）哎，穿！

〔三人围着桌案忙碌起来。他们变换着各种姿势穿珠，最后，同时趴在桌上穿着……

财国使者 （突然跳起）阿嚏……混蛋！怎么把线往老爷鼻、鼻子里穿？阿嚏……

藏王的使者

随从甲 随从乙	老爷的鼻子可比珠子好穿。
财国使者	（揉着鼻子）给我滚蛋！

〔随从急下。

老太监　（旁白）嘿！会吹火的把火吹着了，不会吹火的把胡子吹着了。

军国使者　我来穿！

老太监　请！

军国使者　（走至桌前，拿起明珠细看）我把线吸过来。（将线放至孔前，用力猛吸）嗯，吸不过来？（翻着眼睛思索）对，我把线吹过去。（用力吹着）

财国使者
佛国使者　（起哄）用劲吹呀！

军国使者　（一下子泄了气）咳！没劲啦。

（双手一摊，摇头退下）

〔吐蕃随从上，递给禄东赞一个小纸包。

老太监　吐蕃贵使，就看你的啦。

禄东赞　好，我来试试。

（唱）纸包之内藏蜜糖，

　　　机谋独运有主张；

　　　出奇制胜破难题，

　　　请来蚂蚁帮大忙。

老太监　请！

〔禄东赞大步向前穿珠，众使者上前观看。

佛国使者　咦？他把蜂蜜抹在明珠上做什么？

军国使者　啊！还有只蚂蚁！

财国使者　快看，他用丝线把蚂蚁拴上了。

佛国使者　叫蚂蚁钻洞？哼，想入非非，他要能成功，我愿变成恒河乌龟。

　　　　　〔禄东赞托珠轻吹。

财国使者　哎呀，蚂蚁钻到明珠里去了！

佛国使者　（一惊）啊？

　　　　　〔合唱起：聪明的禄东赞，

　　　　　　　　　　解开了巧机关；

　　　　　　　　　　丝线穿明珠啊，

　　　　　　　　　　佳话永流传。

禄 东 赞　（举起丝线穿过去的明珠）线穿九曲明珠，请公公过目。

众 使 者　（齐声地）不得了哇！

老 太 监　（朝内跪禀）启禀万岁，吐蕃使者线穿明珠。

　　　　　〔内传谕："圣上有旨：再试下一个题目。"

　　　　　〔二力士抬一粗木上场。

老 太 监　这根木椽，上下粗细一般，哪是树根，哪是树梢，请准确分辨。

军国使者　这有何难。

财国使者　这个好办。

　　　　　〔二使者同时上前。

军国使者　（将木头竖立，踮起脚来）我看上头。

财国使者　（蹲下身去）我看下头。

军国使者　（没看出名堂）我再看看下头。（蹲下身去）

财国使者　（直起腰来）我再看看上头。

军国使者
财国使者　（同时地）两头一样！

藏王的使者

　　　　　　〔军国使者一撒手，木头倒向财国使者。
财国使者　（用手托住木头）哎，哎……
　　　　　　〔军国使者转身扶稳木头并高高举起。
财国使者　（追看着）这是……树梢吧？
军国使者　不知道。（将木头掉过一头）
财国使者　这是……树梢吧？
军国使者　不知道。（又将木头掉过来）
财国使者　（不曾防备被木头撞在腰上，跌了一个马趴）哎哟，我的腰！
　　　　　　〔军国使者丢下木头，上前将财国使者扶起。
佛国使者　随从们！
　　　　　　〔随从甲、乙换了一顶小帽，走上。
老 太 监　（拦住）你到底是哪国人，为什么两头打混？
随 从 甲　咳！反正是个龙套，管他什么身份。
随 从 乙　老头哇，睁一只眼闭一只眼吧，何必这么认真。
老 太 监　好，这次就便宜你们。
随 从 甲
随 从 乙　（对佛国使者）大人！
佛国使者　听着！你（指甲）要帮我认出哪头是树梢。你（指乙）要帮我认出哪头是树根。
随 从 甲
随 从 乙　是，大人。
　　　　　　〔二人费力地抬起木头。佛国使者向两头察看着。
随 从 甲　树梢不在这头。
随 从 乙　树根不是这头。
　　　　　　〔二人放下木头，调换位置。

随 从 甲	树梢不在这头。
随 从 乙	树根不是这头。
	〔二人放下木头，再次调换位置。
佛国使者	（不耐烦地）到底在哪头？再分辨不出小心你们的狗头。
随 从 甲 随 从 乙	（一惊）啊！（脱手将木头丢下）
佛国使者	（脚趾被砸）哎哟，我的脚指头！（疼得他抱着脚直跳）
随 从 甲 随 从 乙	（急忙搀扶）大人，大人！
禄 东 赞	（上前）公公，我来解答这个问题。
老 太 监	贵使有什么高论？
禄 东 赞	这木头虽然上下粗细一般，可是树根木质结实，树梢木质松软，把它投入水池之中，下沉的便是树根，上浮的便是树梢，这样自有分晓。
随 从 甲 随 从 乙	走，别听他的这一套。（欲下）
老 太 监	你们俩稍站。
随 从 甲	有什么贵干？
老 太 监	把木头抬起。
随 从 乙	抬木头？
老 太 监	跟我去碧水潭。
随 从 甲 随 从 乙	唉，跑龙套也不好办，没完没了的麻烦。
	〔随从抬木头随老太监下。
军国使者	（担心地）会不会又让他猜准？

藏王的使者

佛国使者	咳，放心！我不信他能这么神。
财国使者	我看还是先闭上你的嘴，免得到恒河再做乌龟。
佛国使者	这——（语塞）唉！
军国使者	看他们来了。

〔老太监上。

众 使 者	（急切地问）他是不是猜错了？
老 太 监	（朝内跪禀）启禀万岁，试题又被吐蕃使者答对。

〔内传："万岁驾到！"

〔唐王与两三位大臣信步走上，掌扇宫娥随上。

众 使 者	参拜大唐皇帝。（下拜）
唐 太 宗	列位使臣免礼，平身。
众 使 者	谢万岁！（分立两旁）
唐 太 宗	听说禄东赞连解两题，才智超群，朕十分欣赏。
禄 东 赞	多谢皇上褒奖，外臣愧不敢当。
唐 太 宗	朕今日心中高兴，要再出一题，望众卿细心揣摩比试高低。谁能三题连胜，请婚之事朕即可答应。
众 使 者	陛下赐题，我等恭听。
唐 太 宗	请你们运筹智谋，施展才能，谁能够使朕把九曲明珠托在掌中，便为取胜；如果不能，请整顿行装，离开京城。
众 使 者	谨遵圣命。

〔一宫娥头顶盛放明珠的托盘，跪于一旁。

佛国使者	（旁白）胜败在此一举，千万不能坐失良机。
老 太 监	各国使者，谁先出场？
佛国使者	我先试一试。（朝唐太宗施礼）陛下，我国百姓常以舞蛇为戏，今天愿为圣上敬献绝技。（走至台口，两

手连拍三响）

〔舞蛇人上，他赤着上身、双脚。身上缠着一条巨蛇，随音乐舞动起来。

〔舞蛇人舞毕，用手高举蛇头，跪在台口。

佛国使者 这条蛇能够吞下明珠，还能再将明珠吐出，请万岁将明珠赐我，看蛇怎样吞吐。

唐太宗 （拈须微笑）爱卿，你的做法可算精明，不过朕不会使你成功。

〔佛国使者无奈地把手一挥，舞蛇人退下。

老太监 （旁白）这个皇帝比谁都精，想要取胜？哼！瞎子点灯。

（对众使者）哪位上场？

财国使者 天朝有九曲明珠，鄙国有月光宝珠。现在呈上，请陛下观赏。

（对内）进献宝珠！

〔一妙龄少女，手托一颗硕大的宝珠，踏着节拍舞上。

财国使者 这颗宝珠晶莹洁白，愿与九曲明珠一比光彩。

唐太宗 明珠就在这里，你自己拿了去比。

财国使者 这……我去拿？

老太监 快点去比呀！

财国使者 （旁白）皇帝不动手，我自己去比那还有什么意思？（对少女）跪着干啥？还不下去！

〔少女退下。

军国使者 （焦虑地）满脑子空白，心里焦急，不要说破解难题，就连自己姓什么我都忘记了，哎呀，这……这……这……（急得搓手、踱步）

藏王的使者

老 太 监　军国使者，你是不是想要答题？

军国使者　（语无伦次）啊，是的……噢，不，我……我……

老 太 监　你怎么样？

军国使者　（横下心来）我——答题。（撩衣跪倒）尊贵的大唐皇上，您有一副慈悲的心肠，若把公主配给我们国王，实在是恩高德广，功德无量。如果您不许婚，我回去没法交差。怜念我是个粗人，只会骑马打仗，答题斗智是个外行，陛下格外开恩，您干脆把明珠托在掌上。（叩头不已）

老 太 监　（旁白）他倒直截了当。

唐 太 宗　贵使请起，不必这样，既然定下答题较量，怎能改变主张？

老 太 监　（扶起军国使者）起来吧，起来吧！

〔军国使者叹了一口长气，站到一旁。

禄 东 赞　（上前行礼）陛下！

　　　　　（唱）陛下的韬略奥妙无穷，
　　　　　　　　变化如意自在圆通；
　　　　　　　　外臣愚鲁难见项背，
　　　　　　　　心悦诚服甘拜下风。

唐 太 宗　（唱）闻听爱卿胆略过人，
　　　　　　　　连解两题才智超群；
　　　　　　　　你不会辜负藏王信任，
　　　　　　　　轻易认输定有原因。

禄 东 赞　臣启万岁，不是我不肯解题，要想请陛下从盘内取出明珠，我实在没有主意。

唐 太 宗　噢？这次真的难住了你？

禄东赞　虽然我无法请陛下将明珠取出来，可确实有办法请您将明珠放回去？

唐太宗　噢，你能叫我把明珠放回去。

禄东赞　绝对可以。

唐太宗　（旁白）不知道他又有什么鬼把戏。（对禄东赞）好，我倒要看看你有什么办法能叫我把明珠放回盘里。（说着从盘内取出明珠）

禄东赞　（急忙跪倒）请陛下恕罪。

唐太宗　（被搞糊涂了）快起来，你有什么罪？

禄东赞　外臣已将第三题破解了。

唐太宗　我还没放回去怎么能算破解了呢？

禄东赞　陛下不是已经将明珠托在掌上了吗？

唐太宗　唔？（猛然醒悟……看了看掌上的明珠，用手指点着禄东赞，放声大笑）哈哈……

〔合唱起：金殿斗智两较量，

　　　　　藏王使者不寻常；

　　　　　以守为攻设圈套，

　　　　　大唐皇帝上了当。

唐太宗　禄东赞爱卿，你果真机敏聪明。

禄东赞　承蒙圣上赞许，解题应对都不过是雕虫小技。如今三道试题都已答完，还请陛下实践许婚的诺言。

唐太宗　爱卿不必心急，朕还有最后一题。

众使者　（似乎又有了希望，欣喜地）还有一题？

唐太宗　朕已决定，三日后三百名美女齐集在御花园中，她们装束衣饰完全相同，如若从中间认出公主，请婚的使命就大功告成。

众使者　我们还能碰碰运气。

唐太宗　只准吐蕃使者一人破解此题。

众使者　啊！完了。

〔三使者无力地摊开双手，造型。

〔落幕。

探　泉

〔京都迎宾馆大厅，厅内纱幔斜挑，桌案横陈，窗外一株疏桐，投下斑驳树影。

〔时值正午，禄东赞伏案而眠。

〔女声伴唱中幕启。

〔歌声：梧桐投下疏影，

　　　　村舍传来鸡鸣，

　　　　已经时过晌午，

　　　　禄东赞啊，

　　　　为什么沉睡不醒？

　　　　要捧取水中月影，

　　　　寻觅着镜里花容；

　　　　为了辨认公主，

　　　　藏王的使者呀，

　　　　你把焦虑带进了梦中。

〔歌声中度母登场，她轻盈地舞蹈着。

〔歌停舞歇，奇特的梵音缓缓奏起。

度　　母　（轻轻地）禄东赞，藏王的使者！（走近禄东赞，将孔雀翎拂动）

〔禄东赞恍惚中起身离案，茫然地随着度母走动……

〔度母隐去，禄东赞四下寻找。

〔公主幻影在云烟中飘动。

禄东赞　（意外地）公主殿下！（向前走去）

〔禄东赞追逐着时隐时现的幻影。

度　　母　禄东赞，不必焦躁不安，请你记住，要吃仙桃须要找到果园，想喝甘露要去寻找山泉。（隐去）

禄东赞　（醒来，茫然四顾……）

〔虚空中飘荡着度母的声音："去寻找山泉！""去寻找山泉！""山泉……山泉……"

禄东赞　（自语地）要吃仙桃须要找到果园，想喝甘露要去寻找山泉。

（有所感悟）对，去寻找山泉。

（唱）山泉哟，你在哪里？
　　　　怎样才能找到你的踪迹？
　　　　公主啊，你太神秘，
　　　　像一个无法破译的谜语。

　　　　在这一片迷茫之中，
　　　　我要厘清杂乱的思绪；
　　　　在混沌的天地里，
　　　　使那模糊的轮廓变得清晰。

〔禄东赞面对窗外梧桐背身而立。

藏王的使者

〔秀女跑跳着进屋。

秀　　女　（绕至禄东赞身后，轻声地）老爷！

禄东赞　（闻声回身）秀女，是你？你的伤……

秀　　女　我的伤全都好啦，今天一早就能下地乱跑啦。

禄东赞　（俯身摸着秀女的头，亲切地）好，秀女呀，这次你伤得不轻，虽说好了也不能到处去疯。

秀　　女　是，老爷。我妈说这次多亏老爷相救，秀女特来给老爷叩头。（跪下叩头）

禄东赞　（急忙去拉）起来，起来。我又不是佛爷，你叩头做什么？

秀　　女　（坚持叩头）不，我妈说老爷就是佛爷。

禄东赞　（拉起秀女）佛爷住在庙宇，怎么会来到这里？告诉你，我不是佛爷，更不许你再叫老爷，你看，我还不老嘛。

秀　　女　不叫老爷？那叫什么呢？

禄东赞　按你们唐人的规矩，就叫大叔吧。

秀　　女　叫你大……大叔？

禄东赞　对了，记住，就这样叫。（转身至桌后拿出两包糕点）秀女，这是长安点心，拿去尝尝。

秀　　女　不，老……啊大叔，我不要。

禄东赞　不许客气，再不拿大叔要生气了。（递给秀女）

秀　　女　大叔……

〔女佣手捧香茶上。

女　　佣　（闻言一惊）什么？把老爷叫大叔？你越大越没规矩。

秀　　女　妈……

禄东赞　大嫂，是我让她叫的。

女　　佣　这怎么可以？

禄东赞　　没关系，这是……啊，是我们藏族人的规矩。

女　佣　　（放下托盘，瞥见秀女手中的点心）大人又给秀女买东西，难道这也是你们藏族人的规矩？

禄东赞　　（笑着）我们哪有这么多规矩，这些秀女爱吃，让她补补身体。

女　佣　　大人总是这样破费，我们实在过意不去。

秀　女　　（端茶给禄东赞）快喝茶吧，大叔。

禄东赞　　（接茶欲饮又止，走向桌案将茶放下）唉！

女　佣　　大人，这两天好像有什么心事？

禄东赞　　明日又要去解答难题，所以心里有点焦虑。

女　佣　　大人智勇双全，三个难题解答得十分完满，听说满朝文武都齐声称赞，这最后一题又有何难？

禄东赞　　大嫂不知，这最后一题不同一般，想要破解，比登天还难。（来回走动）

秀　女　　（好奇地）大叔这题难在何处？

禄东赞　　要在三百位少女中间认出公主，我从未见过公主的容貌，一时间哪能分辨出？

女　佣　　这可太难啦。

秀　女　　哎，我听姑奶奶说，公主脸上有一颗红痣……

禄东赞　　（一震，急问）什么？

女　佣　　不许胡说。

秀　女　　我听姑奶奶说的么。

禄东赞　　姑奶奶！谁是姑奶奶？

女　佣　　是我的姑姑，早先服侍过文成公主，现在老啦，留在宫里享清福。

禄东赞　　（意外地）这可真是温泉的水没人架火，是它自己烧开的；莲花湖的大雁，没人呼唤是它自己飞来的。大嫂，不知老人家身体可好？

秀　　女　那天就是她领我到庙里去叩头的。

禄东赞　有劳大嫂把老人家请来，我要当面领教，或许能够找出一条阳关大道。请你多多帮助，我一定重重酬劳。

女　　佣　哟，大人把话说哪儿去啦，您对我们这么好，我正发愁没法回报，能为大人帮忙，是天大的福气，谁还要什么酬劳？

秀　　女　妈，咱们快点去吧，你看天色不早了。

女　　佣　大人不必心焦，我立即去请，很快就到。秀女，走！

（领秀女急下）

〔禄东赞兴奋地奔到桌前，端起茶碗一饮而尽。

〔女声伴唱：干渴时发现了果园，

　　　　　　大漠中找到了清泉。

　　　　　　禄东赞啊，

　　　　　　向藏王默默地禀报吧，

　　　　　　胜利的归期不再遥远。

色日恭顿　（上）赏着鲜花，品着香茶，安然自在，风流潇洒。

禄东赞　嘀！恭顿将军诗兴大发。

色日恭顿　我的诗兴比不上你的雅兴，人家急得坐卧不宁，可是正使大人，你却不痒不痛。

（唱）唐王老儿心地不善，

　　　一再推托没了没完。

　　　文成公主谁能辨认？

　　　分明是戏弄你我故意刁难。

　　　任凭他们拖延下去。

　　　　　　我们的归期在哪月哪年？

　　　　　　不如及早返回雪域，

　　　　　　领兵马打长安定叫他履行诺言。

　　　　〔气哼哼地坐在一旁。

禄东赞　恭顿将军！

　　　　（唱）两国交战不合藏王心意，

　　　　　　再等两日也不是遥遥无期。

　　　　　　唐朝皇帝心高志远，

　　　　　　结亲大事怎会当作儿戏？

　　　　　　如若我们突然离去，

　　　　　　岂不是丢弃了到手的功绩？

　　　　　　如今我已找到一条途径，

　　　　　　明日一试定会出现转机。

色日恭顿　（无奈地）反正你沉得住气，对我恭顿总是故弄玄虚。吩咐宰上几只肥羊，犒劳犒劳将军食欲不振的肚肠。

禄东赞　现在你去准备些银两，等会儿我大有用场。

色日恭顿　好吧。（起身欲走）

　　　　〔秀女跑上。

秀　女　老爷……啊，不，大叔，我姑奶奶来啦。

禄东赞　快快有请。（起身去迎）

色日恭顿　（更加糊涂）我简直弄不明白，从哪儿跑出个姑奶奶来？（下）

　　　　〔女佣搀老妇上。

女　佣　这就是吐蕃的禄东赞大人。

老　妇　嗯！听说过，听说过。

藏王的使者

禄东赞　老人家，您好。

老　妇　好，能吃能喝，能笑能说，就是瞌睡太多。哈哈！……

禄东赞　（旁白）这位姑奶奶还有点幽默。（对老妇）请坐。

女　佣　姑姑您坐下和大人说话，我去给您打茶。（拿托盘下）

老　妇　（大咧咧地坐下）大人，听我侄女说，为了文成那个妮子的事，你要找我？

禄东赞　不错。

老　妇　不知大人想要问些什么？

禄东赞　我想知道的事情很多，从公主的饮食起居到她的举止穿着，从她的梳妆打扮到她的爱好性格……

老　妇　（腾地一下站起，上下打量着禄东赞）大人，打听这些你要干什么？（站起就走）

秀　女　（拉住）姑奶奶！

禄东赞　（急忙阻拦）老人家，我奉藏王之命到大唐请婚，万岁降旨要我在三百位少女当中把公主辨认，若是认不出来，就不能结亲。

老　妇　嗯，这件事我也有所耳闻。

禄东赞　我从来没有见过公主，叫我怎样辨认？

老　妇　（旁白）明摆着这是故意整人。（回到座位）你这么说，倒也情有可原。

禄东赞　今天特意求教，请您多多指点。

老　妇　大人哪，你的运气不错，一下子就找着我，不是吹牛夸口，除了我，你就是打着鼓、敲着锣，跑遍京城也找不出第二个。（越说越起劲）你知道，公主她爱吃什么？

禄东赞　我？（摇头无语）

老　妇　她爱喝什么？

禄东赞 （再次摇头）……

秀　女 姑奶奶你真啰唆，要是人家知道，还问你干什么？

〔女佣内喊："秀女，端茶来！"秀女应声下。

老　妇 （接着说下去）她几岁会说话？她几岁长的牙？什么时候学会走路？什么时候念书学画？她爱擦什么粉？爱戴什么花？（得意地笑着）哼哼哼，我就是一本流水账，想问啥事你就翻开查。

〔随从提一袋黄金上。

随　从 大人，恭顿将军命我送来一袋黄金。

禄东赞 放在桌上。

〔随从放钱袋下。

〔老妇被钱袋所吸引。秀女端茶上。

秀　女 大叔，姑奶奶，茶来了！

老　妇 唔，茶……茶……（不小心将手指置入碗中）哟！（烫得甩手）

禄东赞 老人家，您？

老　妇 不要紧，不要紧，喝茶，喝茶。

禄东赞 老人家，您就边喝边讲吧！

老　妇 大人，你要知道的这些事呀……

禄东赞 （急切地）怎么样？

老　妇 嘿嘿嘿，（故意卖关子）不好说。

禄东赞 （察觉到老妇的意思，急从袋中取出一锭黄金）今日有劳大驾，这点酬劳，请您收下。

老　妇 （见钱眼开）嘿嘿，大人说哪里话。（话锋一转，给自己下台阶）其实这也不是国家大事，就是说了也没啥。

（接过黄金，藏于袖内）想知道什么你就问，我有问必答。

禄东赞 （旁白）黄金能买动黑眼睛，这话一点不假。

秀　女 （扯了一下老妇的衣襟）别拿，别拿，不怕人笑话。

老　妇 小孩家，懂个啥？

禄东赞 老人家，我冒昧地问，不知公主的风采如何？

老　妇 你听着。（一面唱着，一面比画）

　　　　公主容貌真漂亮，

　　　　荷花出水沐春光。

　　　　沉鱼落雁真国色，

　　　　闭月羞花世无双。

〔至此，老妇停下不唱，看着禄东赞。

禄东赞 唔，公主容貌举世无双？

老　妇 举世无双就是举世无双嘛！（悄悄朝禄东赞伸手示意）

禄东赞 （取出黄金递过）请往下讲吧。

老　妇 （把黄金装于袖内）嘿嘿，这可真不好意思。

　　　　（接唱）洁白滋润肌肤嫩，

　　　　吐气如兰味芬芳。

　　　　发绾高挽泛奇香，

　　　　彩蝶玉蜂绕身旁。

禄东赞 （警觉地）老人家，为什么公主的发髻上会有异香，竟能引来蝴蝶、蜜蜂？

老　妇 这个嘛……可是公主的秘密，不能随便讲。（用眼睛瞟着钱袋）

禄东赞 （取出黄金递过）这里还有点小小的报偿。

老　妇 说起来也是小事一桩，原来公主有一种头油，是外国进贡来的，名叫"万里飘香"，只要擦上这种油，就异香扑鼻，能把蝴蝶、蜜蜂引到身旁。

禄东赞　宫廷之中，还有别人用这种"万里飘香"么？

老　妇　只有公主受用，别人怎能分享？

禄东赞　原来是这样。

老　妇　（接唱）面颊显有贝壳样，

　　　　　　　　吉祥花纹印脸庞。

　　　　　　　　牙齿光洁又齐整，

　　　　（夹白）还有一颗度母红痣。（悄悄伸手）

禄东赞　一颗红痣？（急忙递金子）怎么样？

老　妇　（藏起金子，接唱）如同二龙戏珠在眉间镶。

禄东赞　嗯，公主双眉之间有一颗红痣。

老　妇　这颗痣是大富大贵啊！

　　　　（唱）公主生来好福相，命中注定——

禄东赞　命中注定什么？

〔老妇伸手。禄东赞急忙递过黄金。

老　妇　（接唱）命中注定伴君王。

〔老妇边唱边比，忽然一绊卧倒。

秀　女　姑奶奶，您小心点。（上前去搀，趁机将老妇袖中的金子取出，悄悄放回钱袋之中）

老　妇　哎哟，差点扭了我的老腰。现在天也不早啦，我也该回宫吃饭去了。

禄东赞　多谢您老人家的指点。

老　妇　好说，好说。（旁白）想从我嘴里把话套去，没那么容易！看看我得了多少便宜？（用手在袖内摸索着）咦！金子，金子，我的金子呢？

秀　女　姑奶奶，走吧，别那么财迷。（扶老妇欲走）

藏王的使者

禄东赞 （举起钱袋）老人家，请接受这份薄礼，算是我们藏王一点小小的心意。

老　妇 （一下子愣住）啊？！

〔定格，幕落。

巧　辨

〔宫中御花园内。花丛、立石、曲桥、凉亭，舞台正中是龙泉水池，黄龙喷珠泻玉，水花烟笼雾腾。

〔幕启。细乐悠扬，云板声声，三百位薄纱遮面、白绢披肩的少女，伴着歌声舞动。

〔歌声：人间幻化为仙境，

　　　　天女离开了蟾宫。

　　　啊——

　　　　竟然有这样的奇迹，

　　　　三百佳丽容貌相同。

　　　　真和假相克相生，

　　　　虚与实彼此交融。

　　　啊——

　　　　如果不是圣人先哲，

　　　　谁能从中认出文成？

〔老太监登场。

老太监 （高声地）万岁有旨，宣吐蕃请婚使禄东赞！

〔老太监转身将拂尘一甩，舞台两侧各垂下一条纱帐。

〔众少女分为左右藏身于纱帐之后。

〔内传来李道宗声音:"禄东赞大人请!"禄东赞在李道宗陪同下,登场。吐蕃随从亦随上。

禄东赞 (在园中环视一周)请问郡王,三百佳丽现在什么地方?

李道宗 贵使不必心急,请看左右两厢。

〔老太监用拂尘一指,纱帐后投入两道光束,众少女造型出现。

禄东赞 (趋前去看)

(唱)三百颗珍珠溢彩流光,

　　　三百朵菌药齐吐芳香。

　　　隔纱帐如同雾里观花,

　　　银丝帕遮住俊美面庞。

　　　认公主须认度母红痣,

　　　怎么能朦胧辨认红妆?

　　　必须叫她们走出纱帐,

　　　要一个一个仔细端详。

(旁白)郡王,众位佳丽被纱帐遮挡,看都看不清楚,叫外臣怎样去辨?又怎样去认?

李道宗 依你之见呢?

禄东赞 请她们出来一见。

李道宗 当然可以。(向老太监示意,暗下)

老太监 请公主和众家宫娥走出纱帐。

〔音乐中众少女舞出。

禄东赞 (看了一遍)众位佳丽天仙一样,可惜被丝帕遮住面庞,请公公把乌云扫荡,叫明月放出迷人的光芒。(旁白)只要摘掉丝帕,有度母痣的姑娘便是文成。老太监,摘去丝帕!

藏王的使者

〔众少女摘去丝帕，回头亮相。

禄 东 赞　（大吃一惊）啊？怎么每个姑娘花一般的脸上都有一颗红痣？这……（急得踱步搓掌）

老 太 监　（旁白）想从红痣上认出文成？哼哼，没那么现成。

禄 东 赞　（焦急地，唱）辨认红痣未成功。

老 太 监　（唱）开火锅里结不成冰。

禄 东 赞　（唱）二次设法再辨认。

老 太 监　（唱）竹篮子打水一场空。

〔忽然一阵微风吹过。

禄 东 赞　（闻着微风送过的香气）这股微风好香啊！（猛然记起）"万里飘香！"

　　　　　（唱）"万里飘香"微风送，

　　　　　　　蜜蜂帮我认文成。

　　　　　（对随从）张开口袋，

　　　　　　　快放出蝴蝶和蜜蜂。

〔财国、佛国、军国三使者上。

三 使 者　公公，他可曾成功？

老 太 监　一边看着，不要出声。

〔随从张开口袋，放出蝴蝶、蜜蜂。

军国使者　哪来这么多的蜜蜂？

〔众少女逃至纱帐之后。

〔众使者驱赶蜜蜂。

财国使者　哎哟……哎哟，我的鼻子叫蜜蜂给……给叮啦！（捂住鼻子直蹦）

佛国使者　捏紧鼻子尖，疼痛就会减轻。

〔财国使者捏住鼻子蹲在一旁。

〔蝴蝶散去。

〔众少女每人执一乐器,在帐后做出各种造型。

禄东赞 (忧郁地唱)

一层浓云带来一层忧愁,

两番心思都付诸东流。

禄东赞啊,

莫非你的才智已经枯竭?

藏王啊,

难道你无缘和公主携手白头?

度母啊,

为什么你不来祝福保佑?

雪山啊,

难道你会轻易地认输低头?

(夹白)不!

我还要施机巧出奇制胜,

不迎娶文成公主决不罢休。

老太监 禄东赞大人,请快点辨认,一旦日当正午,就到了限定的时辰。

禄东赞 请公公给个方便,是否能撩起纱帐?

老太监 这有何难。(拂尘一甩)撩起纱帐呐!

〔纱帐卷起。

禄东赞 (走近水池,惊奇地)啊?池中哪来的孔雀,这么好看?

众少女 孔雀?(围近池边观看)

禄东赞 (用手指点着)在那边,哎,这边。

〔禄东赞脚下一滑,跌入池中,水花溅了少女们一脸。

众少女 哎哟!(用手去擦脸上的水珠)

藏王的使者

禄 东 赞　咦，你们额上的红痣怎么不见了？

众 少 女　啊？（互相看着）

禄 东 赞　哈哈，原来你们都是鱼目混珠。（指着唯一保留了眉间红痣的少女）这位有度母红痣的才是尊贵的公主。

〔合唱起：沙石里澄出虎头金，

　　　　　　虎头金；

　　　　　　大海里捞起绣花针，

　　　　　　绣花针。

　　　　　　红痣上分出真和假，

　　　　　　唐王啊枉费一片心，

　　　　　　枉费一片心。

禄 东 赞　（从随从手中接过哈达，跪献给文成公主）大唐公主，请原谅禄东赞的粗鲁，请接受藏王的祝福。

文成公主　（接过哈达）贵使不必多礼。

禄 东 赞　谢公主。

〔这突然的变化，令各国使者震惊、愕然。

众 使 者　（半晌才明白过来，竖起拇指）天才、天才！佩服、佩服！

老 太 监　（也忘却了应有的仪态，朝内高喊）藏王的使者禄东赞认出公主，认出公主！（跑下）

禄 东 赞　（看着宫娥们簇拥着的公主，赞美地唱）

　　　　　　啊……

　　　　　　公主的姿容多么优美，

　　　　　　公主的风采多么华贵。

　　　　　　仪态庄重蕴含着妩媚，

　　　　　　神韵飘逸洋溢着智慧。

>她是雪山之巅的女神,
>
>她是天生的藏王之妃。
>
>望着雪域我虔诚祈祷,
>
>爱情和幸福千秋万岁。

文成公主 (兴奋地唱)

>是什么力量在暗中撮合?
>
>无法破解的难题竟被破解。
>
>谁能说吐蕃是番邦化外?
>
>禄东赞的才智不可多得。
>
>英明的藏王有贤臣辅佐,
>
>国运兴盛定会像大海扬波。
>
>神奇的雪域呀把我吸引,
>
>我多么向往那多彩的生活。

〔老太监上。

禄 东 赞 (急切地)公公,万岁是怎样……

老 太 监 (打断他的话头)万岁即刻就到此地,你赶快跟我到后面更衣,看你这个模样,湿淋淋,水唧唧,万岁见了准生气。

禄 东 赞 (这才记起自己浑身是水)我认出了公主,衣服的事早给忘啦!

老 太 监 快点走吧!(回身对众使者)列位贵使也请回吧。

〔禄东赞、众使者及随从、老太监下。

〔内传:"万岁驾到!"

〔文成公主与众宫娥跪地接驾。

〔唐太宗、李道宗、文臣、武将等登场。

藏王的使者

文成公主　孩儿接驾，父皇万岁。
唐太宗　　皇儿平身。
文成公主　父皇，禄东赞天下奇才，将孩儿认了出来。
唐太宗　　朕已经知道了，儿呀，为了消弭战乱，稳固西陲，造福边民，唐蕃结亲。朕决定将你遣嫁藏王松赞干布，不知皇儿心意如何？
文成公主　父皇时常教导儿臣，要深明大义，心系万民。父皇大略宏图，儿臣领会在心，况且藏王英明，广有贤臣，儿定然辅佐他建功立业，安邦乐民。只是……
唐太宗　　我儿有话尽管直说。
文成公主　只是孩儿舍不得父皇。
唐太宗　　（大笑）哈哈哈，朕的好女儿呀！

　　　　　（唱）鸟儿长大要舒展翅膀，
　　　　　　　　女儿长大要离开爹娘。
　　　　　　　　去吧，不必把我挂在心上，
　　　　　　　　女孩家也该志在四方。

　　　　　　　　去施展才华实现理想，
　　　　　　　　要尽心竭力辅佐藏王。
　　　　　　　　你此去犹如连接汉藏的长虹，
　　　　　　　　父皇我祝你福泽无疆。

文成公主　皇儿谨遵父皇教导。
唐太宗　　我儿今日疲乏，你到后宫歇息去吧。
文成公主　儿臣遵命。（行礼）
　　　　　〔众宫娥簇拥着公主下。
　　　　　〔老太监与更衣后的禄东赞上。

禄东赞 外臣叩见万岁!

唐太宗 免礼,东赞爱卿,你万里请婚,大展才能,破解难题,不辱使命。朕决定将文成公主嫁给藏王松赞干布,并命文成公主将金身佛像奉往吐蕃,再随带诗书、礼乐、粮种、蚕桑、百工、技艺,使中原文化与吐蕃文化结成一体,从此唐蕃一家,世代友好!

禄东赞 (躬身舞拜)臣谨代藏王恭谢圣恩。

唐太宗 李道宗!

李道宗 臣……

唐太宗 命你为护送专使,尽快督办一切,择吉日启程。

李道宗 臣遵旨。

唐太宗 东赞贤卿!

禄东赞 臣……

唐太宗 贤卿聪慧,朕很想和你攀谈,况且唐蕃联姻,交往自然频繁,就请卿暂驻长安。

禄东赞 唐蕃亲好,已结一体,臣谨遵圣意。

唐太宗 (大喜)禄东赞听封!

禄东赞 臣……(跪倒)

唐太宗 朕封你为右卫大将军!(举起锦囊)请来接印!

禄东赞 (见是自己施舍给老乞丐的锦囊,甚感惊奇)啊?

老太监 (旁白)这可是一本万利的生意,驴打滚的利息!

唐太宗 你施舍一袋散碎金银,朕还你一颗将军大印!

禄东赞 (已然明白,上前接印)谢皇上天恩!

唐太宗 (交印后,大笑)哈哈哈,吩咐礼部设宴贺喜!

老太监 (高声地)万岁有旨,礼部设宴,庆贺藏王与文成公主联姻之喜!(拂尘一甩)起驾回宫啊!

藏王的使者

〔唐太宗与众大臣下。

〔禄东赞欲下，被老太监叫住："禄东赞大人！"

禄东赞 公公有何见教？

老太监 （从身后拿出面具遮在脸上）你可认得此人？

禄东赞 （恍然大悟）原来……你？

〔二人对视，开怀大笑。

〔幕急落。

和 亲

〔远山披银，谷地苍翠，蓝天白云，红花绿水。

〔巍峨璀璨的布达拉宫，似影如幻，在虚空中显现。

〔雪山之上英俊的藏王松赞干布与美丽的文成公主并肩而立，李道宗手持节杖和禄东赞侍立两边。

〔舞台正中是真金佛像，两旁摆着金玉器皿、绮罗绸缎及各种书卷。

〔吐蕃臣民百姓高举哈达，向着他们的藏王和王妃敬献。

群　众 愿吐蕃国泰民安，藏王和公主好和百年！

〔歌声大作：

雪山燃烧着白色的火焰，

江河奉献出蓝色的鲜花；

四湖四水融合着唐蕃文明，

藏王和公主建构成千古佳话。

啊——

唐蕃联姻，

藏汉一家，

民族团结，

大哉中华。

〔四度母驾祥云登场，舞蹈祝福。

〔在最吉祥的日子里雪域臣民们狂热地起舞……

〔大幕徐徐落下。

〔剧终。

大型现代藏戏

金色的黎明

编剧：华本嘉　高　鹏

黄南藏族自治州民族歌舞剧团　1993年首演

时　　间：现代。

地　　点：青海藏乡塞木桐。

剧中人物：

桑姆——老画师拉藏之女。

万洛——喇嘛，拉藏之大弟子。

东珠——万洛之弟，拉藏之徒。

加果——拉藏之徒。

拉藏——塞木桐有名的老画师。

阿妈——桑姆之母。

玉卓——桑姆之女。

达哇——加果之子。

甲鲁、温巴、拉姆、男女群众、外国和港澳客商、舞蹈者各若干人。

金色的黎明

第一场

〔在热烈明快的鼓镲声中,甲鲁持龙头琴走至幕前。

甲　鲁（边舞边弹）

（唱）自古来南特尔赞颂太阳月亮,

　　　歌唱的都是神仙帝王。

　　　今天咱要把凡夫俗子歌唱,

　　　唱你唱我唱咱百姓的家常。

（说:"雄"）啦嗦——列位朋友:

我们的戏即将开场,故事发生在雪山深处藏族之乡,随着剧情的发展,我们将会看到画神艺人爱情的喜悦,命运的忧伤,恩怨的纠葛,再现的辉煌……请原谅,我必须打住,不能多讲,其中的滋味还需各位自己品尝。

〔大幕拉开,甲鲁鞠躬退至台中。

〔金秋,塞木桐岗坚艺术总公司门前广场,远处宝塔隐约可见。

〔幕后一声"啦嗦!"响起,温巴、拉姆等数人舞蹈上,将甲鲁围在中央。甲鲁弹起龙头琴,温巴、拉姆边舞边唱。

甲　鲁　呀啦嗦——

　　　高高的雪山峰连峰,

　　　辽阔的藏乡迎黎明。

　　　藏艺三绝展风采,

　　　百花争妍闹春风。

甲　鲁　哎——尊贵的先生们，美丽的小姐们，（脱帽行礼）请收住你们美妙的舞步，歇一歇动听的歌喉，我要向诸位报告两条最新的消息。

众　人　什么消息？

甲　鲁　不要心急，听我慢慢地道来。（故意咳嗽）

拉　姆　你就是讨人嫌，光拉弓不放箭。

温　巴　甲鲁，你就快说吧！

甲　鲁　好，你们听着。这头一条，我们塞木桐岗坚艺术总公司的牌子已经打响，桑姆总经理经营管理有方，受到州人民政府的表扬，实话是"哦玛桑"！

拉　姆　就是呀，谁不说咱们桑姆总经理是塞木桐飞出来的金凤凰。

温　巴　那第二条消息呢？

甲　鲁　第二条更让人激动。今年冬天我们的雕塑、堆绣和唐卡要走出青海，打进广州，在那里向国内、海外展销哩。

拉　姆　哎呀，这可是个好消息！

温　巴　要让那些高鼻子、黄头发、蓝眼睛的外国人看傻了眼，叫他们跷着大拇指高喊：OK！ OK！大大的OK！

拉　姆　我们热贡艺术服装表演队也可以去出出风头喽！（表演起来）

甲　鲁　看把你美的。

拉　姆　到广州去表演当然美啦！

甲　鲁　你先别高兴得太早，咱们塞木桐岗坚艺术总公司的堆绣和雕塑，没有啥说头，都是拔尖精品，可就是唐卡质量还上不去。

温　巴　我们扬长避短，先不展销唐卡。

金色的黎明

拉　姆　对呀！

甲　鲁　不行，不行，桑姆说藏族艺术三绝缺一不可，她要在三个月内把唐卡的质量关攻下来。

温　巴　要是攻不下来呢？

甲　鲁　拿不出高质量的唐卡，广州之行可就要吹台。

拉　姆　（焦急地）哎呀，这可咋办哩？

甲　鲁　你先别急，有人比你还急呢。

众　人　谁？

甲　鲁　你们看，她来了。

众　人　噢，是桑姆呀！

〔甲鲁、温巴、拉姆等退下，桑姆手拿一沓书信走上。

桑　姆　（看信）

（唱）订货信件雪片来，

　　　不由桑姆喜心怀。

　　　热贡艺术传海外，

　　　藏乡山水有光彩。

（旁白）咳！国内海外订货信来了不少，给我带来的压力也不小，提高唐卡绘画质量的办法还没有找到，真是叫人心焦啊！

（唱）名花三朵绽莲台，

　　　可惜一枝雪里埋。

　　　如今若有东珠在，

　　　雪里红梅二度开。

〔传来敲锣声和万洛的喊声："修宝塔哎！修宝塔哎！"

桑　姆　万洛！

万　洛　（上）桑姆！

桑　姆　宝塔不是修好了吗，怎么还修？

万　洛　就剩下清理宝塔的底座了，一半天就完。还是你先说说州上展销洽谈会的情况吧！

桑　姆　会开得很好，我坚持广州展销会一定要开，要向全国乃至全世界介绍我们的热贡艺术。困难再大也要把唐卡推上去。

万　洛　不容易呀！要是东珠兄弟在这儿，一切都不成问题了。

桑　姆　这不是白说嘛，二十多年啦，没有音信，谁知道……

万　洛　桑姆，你看玉卓行不？她美术学院毕业，绘画的功夫好，脑子聪明又年轻，下下功夫，说不定能行。

桑　姆　目前眼下也只有这条路可走啦，你去清理宝塔，我找玉卓去。（欲下，忽想起什么）唔，我在州上给你买了样东西，你看合适不。（在包中掏着）

万　洛　合适，你买的东西没个不合适的。

桑　姆　（从包中取出一个物件，交给万洛）还不知道是个啥，咋就知道合适了呢？

万　洛　（接过，憨厚地笑着）让我看看。（打开盒子）是眼镜？哎，我又不赶什么时髦，戴这干啥？

桑　姆　你仔细看看，这是老花镜，有了它，你雕塑的时候就不会把刀子往手指头上戳了。

〔温巴、拉姆等群众扛铁锹、背背篼上。

众　人　桑姆总经理，你回来了。

桑　姆　回来了，回来了。

拉　姆　两口子整天在一起还不够，在这儿又难舍难分。（大笑）

桑　姆　（笑）好，那就好舍好分吧！（下）

万　洛　乡亲们，走吧！

金色的黎明

拉　姆　这会儿你倒急啦？

温　巴　阿卡万洛，你原来不是佛门子弟吗？这个身份啥时候落实呀？

万　洛　重修宝塔是佛门的功德，也是咱塞木桐的一景。再回到佛祖莲台下的心愿嘛，怕要等到下一辈子喽！

拉　姆　嘿，凡根难断啊，为佛事多尽心吧！

万　洛　（点头）噢呀！

〔众人下场。达哇内喊："阿卡万洛！"跑上。

〔万洛闻声复上。

达　哇　阿卡万洛，还忙着修塔呀！

万　洛　哼！你阿爸造的孽，我替他赎罪哩！

达　哇　（支吾地）啊，是……是……我……

万　洛　吞吞吐吐，啥事？

达　哇　阿卡万洛，玉卓……她……

万　洛　（没好气地）别说啦，你画你的精沟子洋女人，她画她的唐卡，你们俩对不上茬茬。

达　哇　阿卡万洛……

万　洛　（在达哇耳根狠击一声锣）修宝塔咪！（转身欲下）

达　哇　（嘟囔着）修塔，修塔，也不说修修青年人的心。

万　洛　啥？不修人心的是你阿爸。（下）

达　哇　唉，好事多磨，看来我和玉卓的事还麻达着哩！真伤脑筋！（坐在路旁石头上）

〔玉卓兴高采烈地上场，她手提凉草帽，蹑手蹑脚地走到达哇身后，捂住他的双眼。

达　哇　（握住玉卓双手）玉卓。

玉　卓　你咋知道是我？

达　哇　看爪印识猎物，凭香气知情人嘛！（将玉卓拉入怀中）

玉　卓　（挣脱）嗨，别闹，把人家手都捏疼了。

达　哇　谁叫你招惹我。（再拉玉卓）

〔玉卓猛然挣脱，达哇去追。

玉　卓　（躲闪着）哈哈哈，抓我？休想！

达　哇　我饶不了你。

〔二人在树丛中追逐。

玉　卓　（挑逗地）咦，咦，你追不上我。

达　哇　你等着我扎铁老虎吧！

玉　卓　那是你梦里的事！

〔二人奔到树下，达哇抱住玉卓。

玉　卓　你敢在大天白日对女大学生耍流氓？

达　哇　我不管。扎铁老虎喽！（欲吻）

玉　卓　（躲闪）别……别……

〔幕后传来加果声："一言为定，明天我来取货。"

玉　卓　你阿爸！

〔加果腋下夹着几幅唐卡上。

达　哇　阿爸。

加　果　好哇，你们两个都在这儿，很好，很好。

玉　卓　大叔，你又找货源去啦？

加　果　没错。我这个加果藏族艺术开发中心，充分体现个体经营的灵活性，可不像你阿妈那么固执，那么死板，什么雕塑、堆绣、唐卡，热贡艺术三绝要全面发展，贪大求全的结果就是捆住了自己的手脚。

达　哇　桑姆总经理是认真的，人家可不像你。

加　果　我怎么啦？我没有那些条条框框，收到什么算什么，什

金色的黎明

么便宜收什么，拿到洋人眼前他们都说"OK"！

玉　卓　你不是骗人家吗？

达　哇　你收的卖的全是假冒伪劣产品。

加　果　嘿嘿，哪有那么多真货？只有弄到钱才是真的，玉卓你和达哇都来给大叔我干吧，凭你们那两把刷子，赚大钱没问题。不跟你们多说了，我还要收货去呢。哈哈哈！（下）

达　哇　咳！我阿爸见钱眼开，不择手段，他那个中心和你阿妈的公司又唱着对台戏。再联系上两家解不开的恩恩怨怨，我俩面前也是挡着三座大山呀！

玉　卓　你先别悲观，现实也不是不能改变的。

达　哇　改变？你阿妈她会同意我俩的婚事？

玉　卓　好一个男子汉，自己的幸福为啥要靠别人的惠赠？你就不会让思路开阔些？

达　哇　开阔？

玉　卓　对。我现在给你通报一个信息。

达　哇　什么信息？

玉　卓　你猜。

达　哇　保送你去读研究生？

玉　卓　嗯。（摇头）

达　哇　出国？

玉　卓　那是将来的事。

达　哇　哦，是了，一定是招了一个倒插门的老外女婿。（表演）I love you!

玉　卓　啊，你真坏！（打达哇）

达　哇　你不是叫我思路开阔些吗？

玉　卓　谁叫你没边没沿地瞎开阔啦！（又打）

达　哇　哎哟，好老婆，饶了我吧。

玉　卓　（捂脸，跳脚）羞死人啦，谁是你的……"那个"？

达　哇　好好好，什么信息，你就快说吧！

玉　卓　我们热贡传统的绘画艺术，基本上是菩萨、度母，题材范围比较狭窄，我想我们何不把眼光转向现实，拓宽艺术表现的范围，这样不就出现了一片新天地吗？

达　哇　这个我早就想过，今天特来找你商量，我有个想法……

玉　卓　什么想法？

达　哇　我们为什么不可以把我们最崇拜、最敬爱、最慈祥、最伟大的人物用传统的技法画成唐卡呢？

玉　卓　我也是这样想的。

二　人　（同时地）画敬爱的班禅大师。

玉　卓　对对对，我们俩就像商量过一样，这真可谓——

二　人　（同时地）心心相印！（对视大笑）

达　哇　这件事做成了，不仅可以打开国内和国际市场……

玉　卓　说不定还能打动我阿妈慈爱的心肠。

达　哇　好主意，我们就这样决定啦！

玉　卓　明天咱们就打稿动工。

　　　　〔二人击掌，拉起手转起圈来。玉卓转得头晕靠在达哇身上。

玉　卓　（充满感情地）达哇，我爱你！

达　哇　天哪，你这一句和一万句表达得一样多。玉卓，我更爱你！

　　　　〔桑姆上，见状，藏身于树后。

玉　卓　（唱）我们的爱融入大海汇成浪花。

达　哇　（唱）我们的爱高挂蓝天化作彩霞。

二　人　（合唱）幸福的生活靠我们自己创造，
　　　　　　　　让爱情在我们心中生根发芽。

〔二人拥抱亲吻，玉卓用草帽遮住。

〔伴唱：如今的年轻人爱得潇洒，不辜负青春美丽的年华。

〔二人分开，玉卓欲走被达哇拉住。玉卓将草帽用力往达哇头上一套，草帽破开，帽圈套在达哇脖颈之上。玉卓大笑着逃下，达哇追下。

桑　姆　（浑身抖动，站立不稳）天哪！
　　　　（唱）天旋地转心绪乱，
　　　　　　　孩子啊，莫把孽缘当良缘，
　　　　　　　不愿发生的事情偏偏发生，
　　　　　　　不想看见的情形偏偏看见。
　　　　　　　这真是，
　　　　　　　不是冤家不聚首，
　　　　　　　我心中，
　　　　　　　悲酸辛辣苦难言。

〔灯光渐暗，形象隐没……
〔幕落。

第二场

〔灯光转亮。温巴、拉姆等众人簇拥甲鲁舞上。

甲　鲁　（弹唱）不堪回首忆从前，

画神画出爱和怨。

雪山犹记伤心事，

悲伤离合二十年。

（说"雄"）噢啦嗦——朋友，人世间什么东西最灵活、最自由，能够不受时空的局限？是人的思维、意念。只要打开记忆的闸门，以往的情景即可重现。不信吗？好，请看，桑姆的记忆信号已经调整到二十多年以前。那时桑姆的阿爸拉藏画师，为了不使热贡藏艺三绝的独特技法失传，他毫无保留地要把绝技教给三个弟子，同时，也给心爱的女儿桑姆把佳婿挑选。大家本该和睦相爱，谁知却演化成恨海情天，引起一场生死攸关的命运纠葛，悲伤的故事令人唏嘘嗟叹。好啦，请各位看官随着桑姆的思绪，一起回首当年。

〔甲鲁、温巴、拉姆等舞下。

〔画师拉藏的院落，院内有一卧虎石，石旁摆着一个画框，上有一未完成的度母画像。

〔年轻的桑姆边叫着"东珠，你来，东珠，快来呀"边跑上，她回头张望着，藏身于画框之后。

〔年轻的东珠追上。

东　珠　（寻找着）师妹！桑姆！

〔桑姆悄悄地走出，模仿度母的姿态，盘腿坐在画框前。

东　珠　（回身看见桑姆，一惊）你……

桑　姆　（拿腔拿调地）东珠，还不跪下叩头！

东　珠　（双手合十）罪过呀，请佛爷饶恕吧！

桑　姆　哈哈哈！（起身）东珠师兄，我问你，你到河边找我有什么事？

金色的黎明

东　珠　为了画好绿度母，想找你摆几个姿势，我好比照着画一画。

桑　姆　对呀，怎么我才摆了一个姿势，你就"罪过啦，佛爷饶恕啦"？要是我再摆几个姿势，佛爷真的怪罪起来我可担当不起。

东　珠　嘿，你看我，怎么就转不过这个圈子来呢！（拍打额头）

桑　姆　你先慢慢转圈子吧，我还忙着哩。（假装要走）

东　珠　（着急）好师妹，这个圈子我转过来了。摆姿势，模仿度母，都是为了我的唐卡画得有神气，度母更光彩，佛祖一定高兴，怎么会怪罪你呢？

桑　姆　（故作生气）一会儿说佛祖高兴，一会儿说度母见怪，反正话都叫你自己说完啦。高兴也罢，见怪也罢，我说走就走。（又走）

东　珠　（急忙拉住）好师妹，你就帮帮师兄吧！

桑　姆　不嘛！

东　珠　今天师父查看学业，我怎么也得画好些，不能叫师父他老人家失望啊！好师妹，你向来心眼好，就帮我这一回吧！

桑　姆　哈哈哈哈，人家和你逗着玩，你就当成真的啦？快把画框扶正摆好，画吧！

东　珠　（扶正摆好画框）桑姆师妹，你真好！

桑　姆　哎，不要光说好听的，今天一定要动真格的。

东　珠　动真格的？

桑　姆　今天考查学业可不比寻常啊！

　　　　（唱）考学业只不过是假托名分，
　　　　　　比优劣实际上另有用心。

东　珠　（不解地）这，我倒糊涂了。

桑　姆　（接唱）难逢的好时机你千万抓紧，

　　　　　　　　要知道我阿爸他看画选人。

东　珠　看画选人？

桑　姆　咳！你这个老实疙瘩，难道还不明白？

东　珠　桑姆师妹，我一定画好，你就多摆几个姿势吧。

桑　姆　好！

〔桑姆模拟度母动作，东珠边画边端详着。

桑　姆　（翩翩起舞）

　　　　（唱）吉祥度母佛一尊，

　　　　　　　二十一像不坏身。

　　　　　　　慧眼洞察三千界，

　　　　　　　飞天点化舞云门。

　　　　（伴唱）桑姆长袖动态真，

　　　　　　　　东珠挥笔画传神。

　　　　　　　　为习绝技铸精品，

　　　　　　　　难为了一对画神人。

东　珠　（一气画成，掷笔于地，仔细端详）桑姆师妹，你看怎么样？

桑　姆　哎呀，一身仙气，像个大活人，真是好极啦！今天比试学业，你准能拿第一。

东　珠　如果受到夸奖，那都是师妹姿势摆得好，才能画得真，画得活呀！（感动地拉住桑姆）我、我太感谢你啦！

桑　姆　（抽出手来，动情地）

　　　　（唱）东珠心灵有才华，

金色的黎明

     善良忠厚人人夸。

     我愿化作一颗星，

     东珠呀——伴随明月到天涯。

东　珠　（深情地）

    （唱）桑姆对我情意深，

     心地纯洁玉无瑕，

     我愿化作五彩云，

     桑姆啊——

     万里蓝天伴朝霞。

  〔二人手拉在一起，彼此深情地凝视着。

东　珠　桑姆！

桑　姆　东珠！

    （唱）我们的爱融入大海汇成浪花。

东　珠　（唱）我们的爱高挂蓝天化作彩霞。

二　人　（合唱）幸福的生活靠我们自己创造，

      让爱情在我们心中生根发芽。

  〔二人紧紧依偎坐在卧虎石上。

     相爱的人啊在身边，

     默默无语意恋恋。

     你望我我看你两情缱绻，

     心相许又何须万语千言。

  〔这时，从屋内传出一阵咳嗽声。

桑　姆　（站起）是阿爸晌午睡醒了，你先把唐卡遮起来。

东　珠　好吧。（放下画框上的黄绸子）

加　果　（上）嘿，庄郭里真清静啊。（对二人）就你们两个在这儿？

桑　　姆　加上你就是三个了。

加　　果　（心思一动）哎，东珠师兄，你阿哥万洛在宝塔那儿正找你哩。

东　　珠　找我？他不是在塑佛像吗？

加　　果　他在干啥我不知道，反正我把话是带到你耳朵跟前了。

东　　珠　我去看看找我啥事。（急下）

〔桑姆欲走，被加果拦住。

加　　果　桑姆师妹别忙着走哇！

桑　　姆　阿爸醒来了，我去看看。

加　　果　晚去一会儿也不迟呀！（笑嘻嘻地）师妹，刚才我到镇子上走了一趟，给你买了一样东西……

桑　　姆　又是一把梳子？都五把啦！

加　　果　嘿嘿，这次不是，你把眼睛闭上，再把手伸过来……

〔桑姆闭眼伸手，加果一把抓住。桑姆："你要干啥？"

加　　果　不干啥，你马上就知道了。（掏出手镯戴在桑姆腕上）睁开眼吧！

桑　　姆　手镯？

加　　果　骑着走马送鸡毛，礼轻情意重嘛！

桑　　姆　（急忙褪下）这个我可不要。

加　　果　师兄我好心好意，左挑右选给你买了一个水绿水绿的玉镯，放羊的丫头们都眼热着哩，你若是不要不是打师兄我的脸嘛。

桑　　姆　谁眼热你就给谁送去，反正我不要，坚决不要！（递给加果）

加　　果　（用手推挡着，无奈地）

（唱）小小手镯玉玲珑，

金色的黎明

　　　　　代表我的一片情，

　　　　　把我的玉镯戴腕上，

　　　　　把我的情意记心中。

　　　〔桑姆将手镯放在卧虎石上。

加　果　（拿起手镯）咳，桑姆呀！

　　　　（接唱）桑姆师妹别任性。

桑　姆　加果师兄，不是我说你，今天我阿爸要检查你们的学业，你不说在家用功，偏偏跑到镇上去买什么手镯……

加　果　这也是我心里放不下你的缘故呀。

桑　姆　我？我叫你买手镯啦？我叫你买木梳啦？你那五把木梳我一把也没用，一会儿我都还给你。

加　果　桑姆！

桑　姆　藏艺三绝，我阿爸给你们师兄弟三个每人传授一绝，还不是要让热贡的技巧传给后世，你学的堆绣怎么样了？不要光想木梳、手镯，你可千万不能伤了我阿爸他老人家的心啊！

加　果　只要你不伤我的心，我一定在堆绣上下功夫……

桑　姆　别说啦，我去招呼阿爸去。（急下）

加　果　师妹！（悻悻地）哼！

　　　〔万洛、东珠上。

万　洛　加果，我什么时候找东珠啦？

加　果　刚才……好像……嗯，我记……记错啦？

万　洛　你什么时候不编屁谎就好啦！

加　果　我……

　　　〔桑姆搀扶拉藏画师与阿妈走上。

三　人　师父、师母！

拉　　藏　你们都在这儿,很好。学业都做完了吗?

万　洛
东　珠　做完了。

拉　　藏　(对加果)你的堆绣呢?

加　　果　完……也完成了。

拉　　藏　大家都做完了就拿出来让我看看吧。

〔万洛入内端出一尊罗汉雕像,一道黄色特写光,直射塑像,罗汉渐渐起舞。

拉　　藏　(细看,点头)唔!

万　　洛　师父!

（唱）把精神注入泥土,

　　　　把真情塑进罗汉。

（合唱）好一个传神的形象,

　　　　难分出是真是幻。(幻象消失)

拉　　藏　(手捋胡须,满意地)不错,不错!

东　　珠　(揭去唐卡上面的黄绸子)师父,请看!

〔红、黄两色光束交替照射,度母轻盈起舞。

东　　珠　（唱）把握藏艺的真传,

　　　　谨记大师的指点。

　　　　好一个灵动的度母,

　　　　鲜活地出现在面前。

拉　　藏　(高兴地大笑,目视阿妈)哈哈哈,这个度母真有几分灵气呀!好!好!(对加果)该看你的堆绣了。

加　　果　(捧出一幅堆绣,硬着头皮抖开)师父见笑了。

〔堆绣色彩凌乱,度母像还不成形。

拉　　藏　(意外地)啊!做了七天,怎么还没做成?

金色的黎明

加　果　（唱）七天的时间太短暂，

　　　　　　　　弟子无法展手艺。

　　　　（合唱）平日里取巧偷懒，

　　　　　　　　落得个丢人现眼。

桑　姆　（自内捧出一幅堆绣）阿爸，桑姆的堆绣白度母已经制成，请阿爸和师兄们指点。（展开堆绣）

　　　　〔舞台上各色灯光变幻，堆绣上的度母翩翩起舞。拉藏时远时近地察看着。

桑　姆　（唱）我也把云霞裁剪，

　　　　　　　　借来了彩虹一弯。

　　　　（合唱）堆出莲花宝座，

　　　　　　　　绣成度母玉颜。（幻象隐去）

拉　藏　桑姆的堆绣也不在几位师兄之下呀！

阿　妈　这白度母、绿度母两尊佛像正好是一对。

拉　藏　（唱）灵性有高低，

　　　　　　　　功夫有深浅。

　　　　　　　　万洛的雕塑体势完整精神饱满，

　　　　　　　　东珠的唐卡线条流动色彩天然，

　　　　　　　　桑姆的堆绣做工精细姿态潇洒，

　　　　　　　　加果的堆绣粗制滥造毫无章法。

　　　　　　　　学藏艺要秉承天地造化，

　　　　　　　　万不可把先辈的绝技任意糟蹋。

加　果　（不满地）哼！（将堆绣掷于地上，甩手而去）

万　洛　加果！你……（欲追）

拉　藏　（阻止）万洛，由他去，不必管他。

桑　姆　太不像话啦！

阿　妈　可加果这孩子……

东　珠　我把他叫回来！

拉　藏　不急，过不了一会儿，他自己会回来的。现在我要把咱们热贡艺术的传世之宝——一千年前布夏尕玛大师亲笔画成的金丝迦叶佛唐卡供奉出来，让你们看看他的笔法、气势，再学学他的神技。

三　人　呀！

〔拉藏画师回身取出镶金迦叶佛唐卡，双手高捧，唐卡现出耀眼的光华。

〔暗转。

〔幕落。

第三场

〔蓝蓝的天空下方闪耀着一片跳动的红光。温巴、拉姆等众人高举着火把，身披红绸，在疯狂的音乐声中，跳着狂劲的火之舞……

〔加果狂奔上场，他面对大火跳跃着、呼号着……

加　果　（狂笑）哈哈哈哈，烧呀，大火！大火，烧呀！把"四旧"烧光，把封建迷信烧光！什么唐卡？什么雕塑？什么堆绣？烧、烧、烧！什么热贡绝技，什么千年唐卡无价之宝，什么塞木桐的宝塔？烧，烧！烧他个一无所有，烧他个干干净净！哈哈，过瘾，痛快！烧哇……哈哈哈哈！（蹦跳着、奔跑着下场）

〔一道惨白色的光束射在屋内。拉藏画师卧倒在炕上，

金色的黎明

　　阿妈跪在一旁虔诚地祷告着。

阿　妈　（合十叩拜）佛祖呀！保佑我们吧！
　　　　（唱）晴天惊雷响，
　　　　　　　平地起祸殃，
　　　　　　　藏乡遭劫难，
　　　　　　　大火烧八荒。
　　　　　　　加果丧天良，
　　　　　　　倒柜又翻箱，
　　　　　　　塑像都砸碎，
　　　　　　　佛画火烧光。
　　　　　　　佛祖发慈悲，
　　　　　　　救难降吉祥。
　　　　　　　佛祖保佑，佛祖保佑……（叩头不已）

拉　藏　（有气无力地嘶喊着）造孽哟，劫……劫数啊……（咳嗽、喘息不止）

阿　妈　（急忙帮助捶背揉胸）好好养精神，歇着吧！大难临头，谁也躲不过，听天由命吧！

拉　藏　我……我……（气涌语塞）

阿　妈　别说啦，老病犯了好几天，不吃不喝的，万一你有个好歹又咋办？（拭泪）

拉　藏　（尽力地说着）我气呀，咽不下这口气呀！我们先……先人传下来的手艺，有……有什么罪？全……全烧了！（喘息着）最可恨的是加果，丧尽天良的东西，把镶金的唐卡，也搜……搜走啦，那是咱热贡的无价，无价之宝哇！（咳嗽）

阿　妈　（捶着背）咳……

拉　藏　（稍停）东珠、桑姆还没回来？

阿　妈　快了吧！

〔少顷，传来桑姆的声音："阿妈！"

阿　妈　他们回来了。

〔桑姆、东珠上。

桑　姆　阿妈。

阿　妈　你俩的结婚证……

桑　姆　领来啦！

东　珠　阿爸、阿妈请看。（递上结婚证）

阿　妈　（擦着眼泪）领来了好，好哇！

拉　藏　你们好好收起来吧！（断断续续地）这……我就没有牵挂啦！

东　珠　阿爸，你感觉好些了吗？

拉　藏　好？咳，加果他……他……

桑　姆　（急切地）加果他又咋啦？

〔拉藏喘着气伸手指着室外，说不出话来。

阿　妈　咳，加果刚才又领着人来，把布夏尕玛大师画的镶金唐卡搜走……

东　珠　什么？

阿　妈　搜走拿去烧啦！

桑　姆　加果真没有心肝。

东　珠　我去把唐卡抢回来！

阿　妈　东珠，你……

东　珠　那是我们热贡传世的珍宝啊！

桑　姆　走！咱俩一块儿去！

阿　妈　你们可要小心啊！

金色的黎明

东　珠　我知道。

〔东珠、桑姆揣起结婚证急下。

阿　妈　（看着二人的背影，无奈地）咳……

〔拉藏不停地咳嗽，阿妈给拉藏倒茶。

〔幕后伴唱：啊——

大火燃烧，

大火燃烧，

掀起无情的红海潮。

看——

东珠来了，

桑姆来了，

闯入火海救珍宝。

〔歌声落，东珠、桑姆拿着唐卡急上。

东　珠
桑　姆　（同时地）阿爸，我们把镶金迦叶佛唐卡抢回来了。

阿　妈　快，快找个地方藏起来呀！

拉　藏　藏？往哪里藏？你能瞒……瞒得过加果的眼睛？

阿　妈　是呀！

桑　姆　那可怎么办呢？

拉　藏　咳，事到如今，也只好走这一条……一条路了……只是，苦了你们啊！

东　珠　哪一条路？

〔拉藏示意要坐起，桑姆急上前扶持。

拉　藏　这幅镶金迦叶佛唐卡是我们热贡藏艺的命根子，不能被他们毁掉，如果在我们手中毁掉，我们有什么脸面去见先人，我们就成了热贡藏艺的罪人啊！

阿　妈　咋办？你快说吧！

拉　藏　事不宜迟，东珠带上镶金唐卡，逃奔西藏你师叔那里，说不定能把它保存下来，等过上一年半载，事情淡了，你再回来。

东　珠　呀！我去。

拉　藏　桑姆，快给东珠带上炒面，叫他立刻起身。

阿　妈　（拉着东珠，亲切地）想不到事情来得这么快，我原说……咳，路上可要多加小心。

桑　姆　（拿着炒面口袋，交给东珠）东珠，咱俩一起走。

东　珠　不行，你走了阿爸、阿妈咋办，再说……（拉桑姆至一旁）你又有了身子，还是我一个人走着方便，等过一两个月我就回来。

桑　姆　这……这可真叫人作难呀。东珠阿哥！

　　　　（唱）人儿不走远路，

　　　　　　　鸟儿不离林园。

　　　　　　　你只身远去路漫漫，

　　　　　　　两地如隔一重天。

　　　　　　　你要多保重知冷暖，

　　　　　　　风声过去早回还，

　　　　　　　免我常挂牵。

东　珠　桑姆。

　　　　（唱）虽然我离你远去，

　　　　　　　两颗心紧紧相连，

　　　　　　　有你虔诚的祝福，

　　　　　　　定会一路平安。

　　　　　　　我将和归来的大雁相伴，

　　　　　一同回到你身边，

　　　　　不必把心担。

桑　姆　求佛爷保佑吧！

东　珠　我走啦，要注意咱们的孩子。

桑　姆　你就放心吧！

〔万洛急匆匆跑上。

万　洛　东珠，你们在这儿呀？大事不好啦！

桑　姆　怎么？

万　洛　你们闯烈火抢走镶金唐卡，还打破了加果的头，他们当场宣布你是现行反革命……

众　人　啊？反革命？

阿　妈　还是现行的？

万　洛　加果带人四处找你，你……你还不快走？

拉　藏　带上唐卡，快……快……快走！

〔加果包着脑袋带人闯上。

加　果　走！往哪儿走？

拉　藏　加果……

加　果　老拉藏，不是我加果对你不客气，以前，你是我师父，可那套封建的玩意现在行不通啦，如今嘛，你是画黑画的祖师爷，货真价实的牛鬼蛇神。

拉　藏　你……（气喘不已）

加　果　东珠，你胆子可真不小，竟敢把手往大火里塞，还敢行凶打伤革命积极分子？哼！这下不错，自己给自己扣了一顶帽子——现行反革命。

东　珠　谁是反革命？

桑　姆　加果，你不要以势压人，乱扣帽子。

加　果　我头上的伤是东珠打的，帽子是东珠自己找的，是革命群众给戴的。

万　洛　就是东珠打伤了你，把唐卡拿了回来，也不过是做错了事，咋就成了反革命哩？

加　果　出家人少插嘴，你的脑袋不疼是不是？这里没你的事。

阿　妈　加果，你们从小一块儿长大，就宽大一次吧！

加　果　好吧，看面子我们不动手啦，东珠，你把黑画先交出来！

东　珠　没有什么黑画。

群众甲　你交不交？

东　珠　没有黑画我交个啥？

群众乙　交不交？

东　珠　（怒喊）不交，不交！

加　果　哈哈，天堂有路你不走，地狱无门你自寻，连人带画一起抓走。

甲、乙　一起抓走！

东　珠　谁敢？

加果等　抓！

桑　姆　（上前拦住）你们！

〔众人上前去抓，桑姆被推倒，东珠奋力搏斗。

阿　妈　东珠！（跌倒）

万　洛　师母！（上前搀扶）

东　珠　阿妈，我不怕他们。

〔终因寡不敌众，东珠被众人扭住。

加　果　带走！

桑姆等　东珠！

金色的黎明

拉　藏　加果！你……（挣扎下炕，扑倒在地）

桑　姆　阿爸！（扑上前扶住拉藏）

万　洛　师父！（扶阿妈走近拉藏）

拉　藏　（声嘶力竭地）加果，你没有心肝，丧尽天良……

加　果　我们先烧掉黑画，批斗现行反革命，然后再和你这个黑画匠算账！走！

拉　藏　你……（气绝）

桑　姆　阿爸！（号啕痛哭）

　　　　〔万洛、阿妈也都呼喊着跪下痛哭。

东　珠　（愤怒地）放开我！（挣脱）阿爸！

　　　　〔奔向前跪地给拉藏磕了三个头。

加　果　东珠！

东　珠　放心吧，我跟你们走！

　　　　〔加果等押东珠下。

　　　　〔一声炸雷，一道闪电，风雨大作，舞台光线压暗，一束特写光直射悲痛欲绝的桑姆。

桑　姆　（捶胸顿足）天哪，佛祖哇！你就眼看着他们横行霸道吗？狂风啊，你为什么不把崎岖的道路吹平？霹雳啊，你为什么不惩罚那作恶的坏人？（放声大哭）

　　　　〔忽然传来一阵喊叫声和脚步声。人声："快追，东珠跑啦！""这么大的雨到哪儿去追呀？""朝宝塔那边跑的，追呀！"

　　　　〔万洛进入特写光。

万　洛　东珠跑啦？

桑　姆　佛祖，你保佑好人平安吧！

　　　　〔炸雷、雨声淹没了一切。

〔歌声：

　　　　震耳的沉雷，

　　　　是东珠悲愤的怒吼；

　　　　滂沱的大雨，

　　　　是桑姆伤心的泪水。

　　　　经受了命运的折磨，

　　　　饱尝了生离的苦味。

　　　　执着的相爱，九死不悔忠贞的心儿哟——

　　　　把远去亲人永追随。

〔灯暗。

〔幕落。

第四场

〔歌声过后，寂静的舞台上渐渐透出一抹残阳，这是半年后一个秋天的傍晚。宝塔倾倒，塔下一个女人的身影静坐着如泥塑木雕，她正是桑姆。

〔音乐轻轻地在不知不觉中奏起。

桑　姆　（慢慢地站起身来，一阵秋风吹过，她紧抱双肩）唉！

　　　　（唱）山风飕飕秋意深，

　　　　　　　今天又见日黄昏。

　　　　　　　望遍四野千条道，

　　　　　　　只见那，

　　　　　　　落叶飘零不见人。

金色的黎明

想亲人啊盼亲人——

〔伴唱：如今你何处安下身？

桑　姆　（　唱　）想亲人啊盼亲人——

〔伴唱：为何半载无音信？

桑　姆　（　唱　）腹内胎儿将临产。

〔伴唱：孩子怎能无父亲？

　　　　　桑姆每日塔下坐，

　　　　　残塔之旁等亲人。

桑　姆　（　唱　）落日照我腮边泪，

　　　　　恩爱只有梦中寻。

　　（伴唱）落日照我腮边泪，

　　　　　恩爱只有梦中寻。

〔鼓镲声骤起。

桑　姆　（细听）有人来了。（急忙藏身于残塔之后）

〔打击乐中加果上场。

加　果　（　唱　）山畔有朵玫瑰花，

　　　　　几次摘她把手扎，

　　　　　日思夜想心牵挂，

　　　　　害得我灵魂找不到家。

　　　　　走路想着她平地扭了胯，

　　　　　梦里想着她满嘴说胡话。

　　　　　我要动心思想办法，

　　　　　上天入地也要得到她。

（四下寻找着）桑姆，桑姆！咦，刚才明明看见她坐在这塔跟前，一晃咋就不见啦？天快黑啦，我还得找她。（起身伸了个懒腰，朝塔后找去）

桑　　姆　（从塔后躲着退出）佛祖哇，你惩罚这个人面兽心的豺狼吧！

（唱）在塔后听了他自己的供状，

果然是狡诈歹毒丧天良。

如今他不怀好意欺弱女，

我必须时时躲避处处防。（转到塔后）

加　　果　（自塔后转出）咦！

（唱）为什么宝塔之前人影晃，

莫非是桑姆和我捉迷藏？（转到塔后）

桑　　姆　（自塔后转出，绊了一下）

（唱）心发慌脚步忙，

适才不慎露了行藏。

〔桑姆欲再到塔后，加果迎面挡住。

加　　果　（故作姿态）什么人，日落黄昏，神出鬼没，还不老实交代！

桑　　姆　（不屑地）哼！

加　　果　哦，原来是桑姆师妹呀！你还每天到这儿来等东珠呀？老实说吧，东珠他又是反革命，又是叛国分子，双料货呀！你说他还回得来吗？傻师妹，你就死了这条心吧！

桑　　姆　（转身，不理）……

加　　果　师哥我是关心你，心疼你。你知道不，现在你可是叛国分子的家属，还有里通外国的嫌疑哩。

桑　　姆　你是造反的头头，黑帽子由你扣，让开路，我要回去。

加　　果　桑姆你先别急着走，虽然你的问题严重，可是只要住进我的新庄郭，和造反派一结合，你就是革命派啦。别不开窍啦，师妹！

金色的黎明

桑　姆　谁是你的师妹？

加　果　嗯？

桑　姆　把我叫师妹，你就不怕丧失立场？

加　果　什么他妈立场不立场？（从怀中掏出手镯）你看，我还保存着呢。只要你把镯子戴上，立场自然就改变啦！
　　　　（拉桑姆手，给她戴手镯）

桑　姆　走开！（甩手将手镯打落在地）

加　果　哎，哎！我的玉镯！（急忙拾起）你不要这样冰冷、狠心嘛，你年正青春难道就靠着想念回不来的东珠过日子吗？跟我走吧，我爱你。

桑　姆　放屁！（欲走）

加　果　好一个俏美人，师哥我想你多少年啦，爱的就是你这个脾气。
　　　　〔上前强行搂抱，欲行非礼。桑姆（推打，挣扎着）："不……不……不……"

加　果　（无赖地）哈哈！今天你是在劫难逃哇！
　　　　〔将桑姆抱住，压倒在塔下，桑姆抵挡着喊"救命"。

加　果　喊吧，你喊吧！这时候在这地方看有谁来救你？
　　　　〔突然，身披袈裟的万洛出现在面前。万洛（口念佛号）：
　　　　关却森布！罪过呀罪过！

桑　姆　（趁机脱身站起）禽兽！（啜泣着）

万　洛　（愤怒已极，奔向加果）你这个畜生！
　　　　（举拳欲打）

加　果　（急忙爬起）你敢进行阶级报复？

万　洛　（努力克制住自己）加果！你再欺侮她，我绝不客气。

加　果　出家人少管俗家的事。

万　洛	俗家人犯了十恶也要遭到天谴！
加　果	哼！我未必受到天谴，只怕你今后就难得清静了。
万　洛	关却森布！桑姆，咱们走！

〔桑姆、万洛下。

加　果	走？我看你们能走到哪儿去？桑姆！我得不到你，还毁不了你！

〔鼓镲声大作，舞台全黑。

〔幕落。

第五场

〔"上水库工地干活去喽！"随着吆喝声，群众提着劳动工具，背着卷起的白板羊皮袄，三三两两过场。

甲　鲁	哎，听说了没有，咱塞木桐又出新闻啦！
众　人	还不是都到水库工地去干活吗，有个啥新闻？
甲　鲁	加果是制造新闻的干将，新闻还会少得了？
温　巴	是那个画唐卡的艺人被揪出来了吧？
拉　姆	咱塞木桐的画匠都揪出来了，还揪谁呀？
温　巴	准是又把哪尊佛像给砸了。
甲　鲁	不是，都不是。
众　人	那会是啥呀？
甲　鲁	（悄声地）今天哪，忙给了大半辈子的喇嘛爷阿卡万洛脱去袈裟，穿起裤子来了！
温　巴	嘿，这事是有点新鲜。
甲　鲁	新鲜的还在后头哩。加果强迫万洛还俗，还给他硬分配

金色的黎明

　　　　了一个老婆……

众　人　老婆咋能分配？

拉　姆　是谁？

甲　鲁　桑——姆。

拉　姆　把兄弟媳妇分配给大伯子当老婆？

众　人　嘿，寡妇嫁和尚？这明摆着糟蹋人哩。

温　巴　你们看，万洛来了，他穿上裤子路都走不来了。（窃笑）

甲　鲁　别笑，他心里难受着哩，咱们走吧！

　　　〔众人下场。

　　　〔万洛身着俗装，别别扭扭地走上。

万　洛　（诵"折嘎"调）

　　　　万洛我——

　　　　头上戴帽子，身穿俗袍子，

　　　　两条腿上套裤子，脚蹬黑鞋子，

　　　　腰里缠上红带子，右边挂刀子，

　　　　不穿俗衣没法子，

　　　　身上好像闹虱子。

　　　　佛门弟子装汉子，

　　　　要娶新娘子。

　　　　新娘子是弟妹子，

　　　　娶她没有脸皮子；

　　　　脸红心跳像兔子，

　　　　怎么能见弟妹子？

　　　　想不出个好法子，

　　　　憋了一泡尿水子。（蹲下欲解手，发现穿着裤子）

　　　　咳！穿俗装不自在，

撒尿还得脱裤子……

（欲解裤子发现有人）不好！

那边有个黑影子，

好像是个长辫子，

万洛我不怕夜鬼闹乱子，

就怕长辫子来缠佛弟子。（四下张望）

前面是拆剩的塔座子，

我赶紧口念真言藏身子。（急忙隐身于塔后）

〔桑姆内唱："天昏昏，夜沉沉——"

桑　姆（脚步踉跄上）

（唱）天昏昏夜沉沉，

乌云重月光隐，

坎坷人生路难行，

山路磕绊脚不稳。

可恨加果丧良心，

逼我改嫁太毒狠，

泪强忍恨难忍，

面对残塔擦泪痕。（走至残塔前）

（唱）望宝塔——

残砖破瓦形不整；

呼丈夫——

秋风呼啸人不应。

塔无形啊人无影，

泪流心头心结冰。

满腹冤情何处诉？

不如塔下了此生。

〔桑姆头撞塔座，晕倒。
　　　〔万洛闻声跑上，见状大惊。

万　洛　桑姆？（急忙扶起，呼唤着）桑姆，桑姆！你快醒醒。（掐桑姆人中）

桑　姆　（慢慢苏醒过来，张目四顾）万洛大哥！我……我怎么……（挣扎着起身）

万　洛　别动，你头上有伤。（撕衣襟给桑姆包扎）

桑　姆　（推开万洛）大哥，你……你让我死，让我去见阿爸吧！（挣扎起身，一阵晕眩）

万　洛　（扶住桑姆）师妹呀，千万不能走这绝路啊。你想想，远方的东珠还在等着你，你身上还有你俩的骨肉呀！

桑　姆　万洛大哥！（失声痛哭）
　　　〔万洛给桑姆包扎伤口。
　　　〔阿妈急匆匆上场。

阿　妈　（见状大惊）你们，这是咋啦？

万　洛　师母呀，桑姆她……她想不开要往绝路上走哇！

阿　妈　天哪！这可使不得呀。

桑　姆　阿妈，我……

阿　妈　桑姆，阿妈知道你心里难受，再难受也不能寻死呀？你一死可就是三条命啊，东珠的骨血保不住，阿妈我还能活吗？（拭泪）

桑　姆　兔有三个窝，羊有九条道，畜生都有个退路，可是我死的路有一条，活的路没有啦！

阿　妈　加果逼万洛还俗，逼你改嫁万洛，是存心要整治我们，那我们就得忍一忍……

万　洛　咋忍？对不起东珠兄弟的事，我死也不干。

桑　姆　什么事我都忍了，这件事实在不能忍啊！

阿　妈　嗯，（思索着）依我看，不如来个顺水推舟，先把你们的事按加果的意思办了……

桑　姆　这……（坚决地）不能办。

万　洛　师母，（摇头）没法办！

阿　妈　唉，牛急了胡挤，人急了胡说。试着说个办法，你们看行不行？

二　人　（同时地）你快说吧！

阿　妈　咱给他来个假扮夫妻。

二　人　假夫妻？

阿　妈　是啊，这事是有些荒唐，可是能躲过眼前的灾难。对外称夫妻，实际还是大伯和弟媳的关系。这样做实在是出于无奈，我想那可怜的东珠也不会怪罪我们。

〔万洛、桑姆低头沉思。

阿　妈　行还是不行，你们快拿主意。

桑　姆　（无奈地）事到如今，也只好这样了。

万　洛　咳，死里求生呀，佛祖保佑吧！

〔内喊："桑姆一家都在这儿哩！"众人上。

群众甲　原来你们在这儿？

群众乙　叫我们好找哇！

桑　姆　你们找我干啥？

加　果　（走上）干啥？哈哈哈哈！

　　　　（唱）阿卡还俗配婚姻，

　　　　　　　自食其力做新人。

　　　　　　　如今开创新风尚，

　　　　　　　你们成亲我主婚。

阿　妈　加果，你操持这事也是一片好心，只是——（从怀中掏出结婚证）桑姆和东珠已经结过婚了。

加　果　（接证在手）结婚证？这已经作废，不起作用了。（将证书撕碎）

桑　姆　加果！你……

万　洛　你……简直是横行霸道！

加　果　哼哼，你们？一个是现行反革命的家属，一个是黑喇嘛，我就是要霸你们的道！

阿　妈　对，对，我们接受改造。

加　果　（对桑姆、万洛）你们俩马上跟我上水库工地去接受监督劳动。

阿　妈　那就不必结婚啦？

加　果　谁说不结？我要创造一个新典型，到工地去配婚。在劳动当中配婚更有意义，劳动创造一切嘛！

阿　妈　几天才能回来？

加　果　几天？哈哈哈！少说也得一年半载，说不定我师妹还给你抱个小阿卡孙子回来呢！哈哈哈！

万　洛　（愤怒地）加果，你……

〔伴唱：恶语出口如冰水，

　　　　冷气逼人透骨髓。

　　　　冰冻了桑姆眼中泪，

　　　　善良的人呀，心儿碎！

〔加果等人推搡桑姆、万洛下。寒夜如水，阿妈独自伫立于塔旁。

〔灯暗。

〔幕落。

第六场

〔一道光束直射舞台中央，甲鲁抱着龙头琴边舞边唱。

甲　鲁　（唱）法轮不转时轮转，

　　　　　　　光阴荏苒弹指间。

　　　　　　　伤心人忆伤心事，

　　　　　　　人生万事难两全。

　　　　噢啦嗦——伤心的往事多么苦涩，那是难以下咽的苦果：善良受到摧残，贪欲演化为邪恶，畸形的人际关系，构成被扭曲的家庭组合。正当云破月来，孤寂的心将得到爱的弥合，新的事态变化，又使这短暂的温馨泯没。

〔桑姆家中，正中是一尊泥塑的半成品佛像，万洛戴着老花镜自己一面比画着姿势，一面雕塑着。

〔屋内一侧有一张供桌，供着紫铜佛像，旁有一只落地台灯。

万　洛　（伸直腰板，用手捶腰）咳，万洛老喽，老喽！（坐下）哎，天都黑啦，桑姆去民贸订各色绸缎咋还不回来？（摘下眼镜至窗前眺望）说起桑姆可也真不容易，一个女人家当了公司总经理，真苦了她啦！（转身至佛像前）求佛祖保佑吧！（行礼叩拜）

〔玉卓走上，见状，故意咳嗽一声。

万　洛　你这个孩子，吓了阿爸一跳。

玉　卓　阿爸，你又晨昏三叩首啦！

万　洛　这是对佛祖的虔诚嘛。

金色的黎明

玉　卓　算过没有，你一辈子究竟磕了多少头？要是参加奥运会准能拿金牌。

万　洛　我能拿个啥金牌？

玉　卓　叩头的世界冠军呗！

万　洛　你又取笑阿爸了。

玉　卓　为啥我见你老是叩头？

万　洛　你知道啥，我在求佛祖保佑。

玉　卓　保佑啥？

万　洛　三桩大事。

玉　卓　头一桩？

万　洛　保佑你失散多年的东珠叔叔早日平安回来，他可是画唐卡的专家，他要是来了，咱公司的热贡藏艺三绝就齐全啦，你阿妈的眉头就展开啦！

玉　卓　第二桩呢？

万　洛　祝愿咱们公司大发展，把热贡艺术打出国门走向世界，告慰我师父、你爷爷在天之灵。

玉　卓　第三桩？

万　洛　愿你这只小雏鸟翅膀快硬，做新一代的热贡画师，要一代胜似一代。

玉　卓　阿爸，你这三桩心愿还真符合实际。现在我就向你透露一项特级秘密，我和达哇……

万　洛　（打断）算啦，又是达哇，离了他地球就不转啦？为达哇昨天你们母女俩就吵翻了天，差点没把你阿妈给气死。你还要提他？

玉　卓　我还以为阿爸比阿妈开明些，所以我想向你透露点高级机密，谁知你和阿妈真是天生一对、地配一双的老顽固。

万　　洛　（唱）鬼丫头昏头迷了心，
　　　　　　　牛奶里咋能落灰尘？
　　　　　　　二十年恩怨死疙瘩，
　　　　　　　冤家对头难结亲。

玉　　卓　阿爸！
　　　　　（唱）阿爸讲话道理偏，
　　　　　　　仇恨怎能代代传？
　　　　　　　婚姻是个人终身事，
　　　　　　　为什么不能和达哇结良缘？

万　　洛　玉卓，你要和冤家结亲，不是用刀子戳我和你阿妈受伤的心吗？你要是能体谅我们心头的苦，就和达哇断了吧！

玉　　卓　阿爸，我实话对你说吧，我和达哇合画的新唐卡《敬爱的班禅大师》已经完成啦，你们要是不同意我和达哇的关系，这幅唐卡……

万　　洛　怎么样？

玉　　卓　我们就交给加果藏族艺术开发中心啦！

万　　洛　你……你敢！

玉　　卓　那就看你们的态度喽。拜拜！（一甩提包，下场）

万　　洛　咳，女儿大了，管不了啦！（坐下凝视佛像不语，渐渐睡着）

〔少顷，桑姆手提皮包上。

桑　　姆　（边放皮包边说）天都这么晚了，怎么还不休息？（见万洛不应，近前细看）万洛大哥睡着了？

〔桑姆回身取出藏袍给万洛盖上，她伫立于一旁凝视良久。

金色的黎明

桑　姆　万洛大哥！（深情地）

（唱）看万洛独对泥塑沉沉睡，

　　　　我千思万绪百感集。

　　　　万洛呀！

　　　　你一生老实人忠厚，

　　　　是我桑姆连累你。

　　　　坎坷人生心相系，

　　　　蹉跎岁月命相依。

　　　　二十年，

　　　　你为我母女遮风雨；

　　　　二十年，

　　　　你苦撑苦熬苦自己。

　　　　风雪夜我做堆绣你配料，

　　　　艳阳天你塑佛像我调泥。

　　　　我与你，

　　　　同灾同难不同眠；

　　　　我与你，

　　　　真情真意假夫妻。

　　　　二十年，

　　　　岁月如梭人将老；

　　　　忍看你，

　　　　人海漂泊无所依。

　　　　难道说，

　　　　这残酷的现实再继续？

　　　　难道说，

　　　　两颗孤伶的心儿永分离？

千般灾难可忍受，

人生最苦是孤寂。

今夜晚，

我要说出心中的话——（欲说又止）

为什么，

事到临头又迟疑？

桑姆我，

眼中泪花转，

心头鲜血滴。

我定要，

勇敢地迈出这一步，

用爱心冲破无形的樊篱。

万洛……

万　洛　（蒙眬中醒来）桑姆！你……为什么这样瞅着我？

桑　姆　有一句积存了十几年的话，今晚我要问问你。

万　洛　有话你就问吧！

桑　姆　（鼓起勇气）你究竟爱不爱我？

万　洛　（对突如其来的提问难于应付）啊，这……你？

桑　姆　我要你回答。

万　洛　桑姆，今晚你是怎么啦？

桑　姆　我们不能再自己欺骗自己熬日月啦。

万　洛　好，要听真话，还是假话？

桑　姆　真话。

万　洛　（一把抓住桑姆）我……（又松开手）不，不能说。

桑　姆　你一定要说！（拉住万洛）

万　洛　（盯住桑姆）难道你真不知道？我的心里只有你呀！

金色的黎明

桑　姆　（爆发地）万洛！
万　洛　（唱）桑姆呀，

　　　　　我曾是佛门子弟，

　　　　　你曾是我的弟媳。

桑　姆　（唱）这些已成过去，

　　　　　难道还不该表明心迹？

　　　（伴唱）不能再把心灵封闭，

　　　　　不能再彼此隔离，

　　　　　两颗久已相爱的心，

　　　　　摆脱孤寂紧贴在一起。

　　　〔桑姆与万洛满眼柔情地彼此贴近……

　　　〔传来玉卓的声音："阿爸！"

　　　〔桑姆、万洛慌忙分开。

玉　卓　（上）阿妈也回来了？刚才我忘了一件事，州政府派人送来一封印度寄来的信，说是十分重要。（把信交给桑姆）

万　洛　准又是订货的信。

桑　姆　（拆信，大惊）天哪！（她支撑不住跌坐椅上，书信丢于桌上）

万　洛　（拿起桌上的照片）啊！镶金迦叶佛唐卡？

玉　卓　（看信）东珠？东珠叔叔他要回来啦！

桑　姆　（痛苦地向天呼喊）老天爷，我该怎么办呀？

　　　〔三人的画面定格。

　　　〔合唱：啊……

　　　〔灯暗。

　　　〔幕落。

第七场

〔桑姆家中。万洛在缝制衣裳。少顷他摘下老花镜,揉搓着疲劳的双眼。

万　洛　（唱）兄弟就要回故里,

　　　　　　　三分忧愁七分喜。

　　　　　　　我与桑姆成夫妻,

　　　　　　　微妙的关系咋处理?

　　　　　　　我决心抽身早退避,

　　　　　　　成全他夫妻重团聚。

　　　　　　　桑姆多年吃尽苦,

　　　　　　　缝件新衣表心意。

　　　　（抖了抖衣服,端详着）嗯,缝好啦!

　　　　（仔细叠起）

〔玉卓兴高采烈地上。

玉　卓　阿爸!

〔吓了万洛一跳,他急忙将包袱隐于身后。玉卓:"好消息!"

万　洛　（心不在焉地）唔……唔……

玉　卓　我和达哇设计、绘画的班禅大师唐卡像,很受各界人士的欢迎,各地纷纷订货,给咱公司来个大利润创收没问题。

万　洛　（边藏包袱边应付着）啊,受欢迎,大利润,好哇。

玉　卓　（感到异常）咦,阿爸,你挺神秘的,好像有什么事情

金色的黎明

瞒着我吧？

万　洛　（定下神来，笑着）你阿爸有啥事？没事，没事。

玉　卓　那就坐下歇歇，喝口奶茶吧！（转身倒茶）

万　洛　哎！（接过奶茶，仔细打量玉卓）

玉　卓　（发觉）阿爸，你一个劲儿盯着人家干啥？多不好意思。

万　洛　别不好意思，阿爸是想送给你一件小礼物。（手托新衣，递给玉卓）你看看。

玉　卓　（抖开看着）新衣裳！

万　洛　快穿穿，看合适不。

玉　卓　（披上新衣，前后打量）合适。咦，你做这么好的衣裳，莫不是赶着女儿出嫁？

万　洛　女儿大了留不住呀，只怕我还没赶你，你就先飞啦！这件衣服是等你亲阿爸回来的时候，你穿上它好去欢迎啊！

玉　卓　穿上它，去欢迎东珠叔叔……

万　洛　哎，你的亲阿爸。

玉　卓　东珠阿爸？

万　洛　（点头）对，对，对……

玉　卓　东珠阿爸！

万　洛　（唱）平时盼你早回家，

　　　　　　　如今归来也麻达。

　　　　　　　玉卓我生父养父都好叫，

　　　　　　　最担心一妻两夫闹笑话。

（前后仔细端详，整理着）转过来，抬起手臂我看看，再转过去……

玉　卓　阿爸，你就不必再整治了，够漂亮啦！（脱衣放好）

万　洛　嗯，（认真地）做不好你这套衣服，我就对不起你阿妈。在大喜的日子里，你穿上我缝的衣裳，我该多么高兴啊！

玉　卓　（感激地）阿爸，你真好！

万　洛　（唱）一声阿爸动我心，
　　　　　　　相依为命情意深。

〔桑姆上。

桑　姆　（接唱）世上万事难两全，
　　　　　　　东山放晴西山阴。

玉　卓　阿妈！

桑　姆　看你们父女俩的亲热劲，啥事这么高兴？

玉　卓　"国家机密"。哈哈哈！（抱衣入室）

万　洛　桑姆！（递过一个包袱）

桑　姆　嗯？这……什么？

万　洛　给你的。

桑　姆　（接包）我的？（打开包袱）这么鲜艳的衣裳，我……

万　洛　是我亲手给你缝的。

桑　姆　这，你以为我还是二十岁姑娘家啊，我现在咋能穿出去呢？

万　洛　有啥穿不出去的？你现在是塞木桐岗坚艺术总公司堂堂的总经理啦，要有点气派才行。从前咱们不敢穿，也穿不起，现在富裕啦，咱画神的人也要把自己打扮得和画里的神仙一样美。再说，东珠回来让他好好看看他的桑姆总经理吧！

桑　姆　什么总经理不总经理的，你总是把心思用在我们母女的身上，可你自己……

金色的黎明

万　洛　我也有。全家每人一件高级礼服。

桑　姆　怪不得这阵子你总是背着我，忙活什么，原来是……

万　洛　对啦，忙活欢迎东珠的礼服哩！

　　　　（唱）百灵鸟儿来报喜，

　　　　　　　离群孤雁回故里。

　　　　　　　穿戴整齐迎亲人，

　　　　　　　桑姆啊，

　　　　　　　双宿双飞不孤寂。

桑　姆　（唱）心头苦涩手捧衣，

　　　　　　　悲喜交加眼迷离。

　　　　　　　真假夫妻二十载，

　　　　　　　万洛啊，照顾扶持全靠你。

万　洛　来，我帮你把新衣穿上，看看合适不？（取衣，抖开）

桑　姆　我……

万　洛　穿吧！

　　　　〔二人手捧新衣相对无语。

　　　　〔女声伴唱：

　　　　　　　一针一线情相连，

　　　　　　　四目相对默无言。

　　　　　　　荒唐年代荒唐梦，

　　　　　　　一马备上两个鞍。

　　　　　　　这一个涉足红尘连心愿，

　　　　　　　那一个活寡守了二十年。

　　　　　　　打破噩梦天已晓，

　　　　　　　迎来黎明霞满天。

　　　　〔歌声中桑姆穿衣。

万　　洛　　很好，很好，现在正是补偿你失去青春的时候了。

桑　　姆　　两鬓飞霜，无法补偿。

万　　洛　　善良人接受美好的结果，从来都不会晚的。

〔玉卓穿戴一新，自内走出。

玉　　卓　　看，我这一身漂亮吗？

万　　洛　　啊啦啦啦，真是仙女下凡啦！快摆下姿势 叫阿爸我打一个塑像的底子。

玉　　卓　　阿爸，你先歇着吧，以后有的是时间。

桑　　姆　　玉卓，真好看，就像戏里的云卓拉姆。

玉　　卓　　阿妈，看看自己吧，少说也年轻了十岁，多像戏里的王后嘉噶尔拉姆呀！

万　　洛　　人靠衣装，佛靠金装。桑姆，你这一穿真是更美啦！

玉　　卓　　阿爸，你也把新衣穿上，当国王，咱家正好够上一台戏啦！阿爸，你也穿呀！（上前去翻包袱）

万　　洛　　（拦住）别急，等一等……

桑　　姆　　你也穿上叫我们看看。

万　　洛　　（慌忙）玉卓，你先住手。

〔玉卓抓起衣服给万洛披上。

桑　　姆　　（一怔）你……你做的是什么衣裳？

玉　　卓　　哈……哪里是国王，分明是披袈裟的和尚嘛！

万　　洛　　（尴尬地）国王是你东珠阿爸，我只能是那个法师呀！

桑　　姆　　（猛然明白）天啊！原来你有了这个打算，我真糊涂啊！

　　　　　　（唱）一见袈裟惊我心，

　　　　　　　　　好似凉水浇在身，

　　　　　　　　　东珠尚未回家转，

　　　　　　　　　万洛又要离家门。

佛门虽是清静地,

谁来抚慰孤寂的人?

老天呀,

为何你不施恻隐?

佛祖呀,

莫叫万洛返佛门。

天大的折磨我承受,

一家人不能再离分。

玉　卓　不,这不是真的吧?

万　洛　玉卓,好孩子,这是真的。

玉　卓　这不可能,你不能这么做。(哭泣)

桑　姆　万洛,你把袈裟给我脱下!

万　洛　(摇头)这……不能脱。

桑　姆　脱下!

玉　卓　阿爸,你脱下!(上前去扒袈裟)

万　洛　(躲闪着)不,穿上就不能再脱了。

桑　姆　万洛,你这样做不是揉搓我们母女的心吗?东珠躲到异国他乡,一走就是二十年,这个家全凭你一手支撑,在那十年浩劫当中,在加果的狠毒逼迫之下,你承受了那么大的痛苦和折磨,保着我们母女,护着我们母女。为了这个家,你吃尽苦,受尽累,毁掉了青春,忘记了自身,你对我桑姆的恩情这一辈子也报答不完哪!(抽泣着)如今,晴空万里,好日子来了,咱们办起了公司,事业一天比一天红火;玉卓大专毕业,我们有了得力的帮手,这时候可你……你……你却要抛下我们再入佛门。难道你就这样狠心,难道这是你万洛的本意?天

哪！你……你为啥要这样折磨自己，折磨我们母女？你你你……（哽咽着说不下去）

玉　卓　阿爸，这么大的事不能你一个人说了算，你还要听听玉卓的意见。

万　洛　你的意见？

玉　卓　对，你就是不能走，我们离不开你。

万　洛　你们更需要的是你东珠阿爸，你不能没有亲阿爸，你阿妈也应该有一个幸福的生活呀！

桑　姆　万洛，你……

万　洛　桑姆，在强迫我们去水库工地的时刻，我们不得已假做夫妻生活在一起，相依为命，互相安慰着受伤的心。二十年来我不能也不愿抛下你们孤苦无依的母女，这是良心，更是责任。如今我那在国外吃尽苦头的东珠兄弟回来，正是我解脱的时机，从哪里来再回哪里去，我自然要皈依佛门了。

（唱）自幼出家入佛门，
　　　立志修行断俗根。
　　　诵读经卷悟真谛，
　　　晨钟暮鼓对法轮。
　　　涉足尘世非本愿，
　　　只求返璞归本真。
　　　望你母女多体谅，
　　　还我一个自在身。

玉　卓　阿爸……

万　洛　好玉卓，我是你的阿卡！

玉　卓　好阿爸，我不让你走！（跪在万洛面前）

桑　　姆　万洛，我求你啦！（跪倒）

万　　洛　我也向你们拜别啦！（跪地叩头）

玉　　卓　阿爸！

桑　　姆　万洛……

万　　洛　（起身，仰望天空，双手合十）唵嘛呢叭咪吽！

　　　　〔特写光直射万洛。

　　　　〔伴唱：唵嘛呢叭咪吽……

　　　　　　　通天的路呀，坎坷曲折不平坦；

　　　　　　　人生的歌啊，悲欢聚散难两全。

　　　　〔歌声中灯暗。

　　　　〔幕落。

第八场

　　　　〔甲鲁持龙头琴边弹边舞上。

甲　　鲁　（唱）呀啦嗦——

　　　　　　　高高的雪山峰连峰，

　　　　　　　辽阔的藏乡迎黎明。

　　　　　　　藏艺三绝展风采，

　　　　　　　百花争妍闹春风。

　　　　〔鼓镲齐鸣，人声喧哗："千年宝画金丝唐卡过来喽！"

甲　　鲁　东珠在印度托人送回来我们热贡艺术传世之宝金丝迦叶佛唐卡，恰巧桑姆总经理也在今天举行热贡艺术展览订货大会，金丝唐卡正好为大会添彩，为热贡艺术争光。

唐卡来了，我也去热闹热闹。

〔玉卓、达哇与众人抬唐卡舞蹈过场，甲鲁亦随下。

玉　卓　达哇，阿妈和阿卡万洛都在展览厅迎接唐卡，我跟着去布置一下，你快去接东宝先生。

达　哇　好吧！

〔二人分头下。

〔东珠戴墨镜，手提密码箱上。

东　珠　（四下观望着，无限感慨）

（唱）熟悉的景常使我梦绕魂牵，

往日的情激起我心潮翻卷。

家乡的水，

泉水清香沁肺腑；

家乡的风，

山风扑面不觉寒。

二十年呀，

藏乡面貌变；

二十年呀，

别有一重天。

离雁回旧巢，

怎奈人事变，

重做天涯孤旅，

一任沧海桑田。

〔东珠摘下墨镜一面擦拭，一面远眺。

东　珠　宝塔已经重建，塞木桐已经修起楼房马路，从前偏僻的藏乡如今已是开发热贡艺术的宝地。从前的小姑娘现在已是艺术公司的总经理。变了，变了，一切都在变啊！

金色的黎明

听说桑姆已经给阿哥当了妻子。是呀，他们同甘共苦了二十年，这样的结果是理所应当的。我在这里看起来是多余的了，不要给阿哥和桑姆增添麻烦，今天能够把金丝唐卡亲手交还，能够看上亲人们一眼，也就了结了我多年的心愿。求佛祖保佑亲人们如意吉祥！（合十顶礼）

〔东珠看着故乡的景色走下。

〔万洛上场，加果追上。

加　果　师兄，师兄，如今你可要拉师弟我一把了，不然我只有跳河、上吊、抹脖子啦。（扯住万洛）

万　洛　谁叫你收那么多假冒伪劣的产品，如今都压在手里出不去，你的那个中心也破了产，谁能救你？

加　果　哎哟，我的好师兄，看在三年同师学艺的老关系上，只要你同意把我的开发中心接受下来，债主们逼得松一点，我自己的屁股一定自己擦，改邪归正跟你们一块儿好好地干，师兄啊，你不能见死不救啊！

万　洛　你……这事我……

加　果　师兄，我给你叩头，求你啦！（跪地叩头）再磕一个长头……

万　洛　（急拉住加果）别这样，这事我做不了主，要去问桑姆。

加　果　在桑姆面前，你一定好话多说，就是你积了阴功，积了大德啦！

万　洛　（无奈地）好吧！

加　果　哎，桑姆来啦！

〔桑姆陪来宾上，玉卓随上。

万　洛　桑姆，你过来一下。

桑　姆　玉卓，你先陪客人去休息室坐一会儿。

玉　卓　先生们、女士们请！

〔玉卓引客人下。

桑　姆　什么事？

加　果　桑姆师妹……啊不，总经理！

〔桑姆不予理睬。

万　洛　是这么回事，加果他……

桑　姆　破产了是不是？

加　果　是，是，经营不善，彻底破产，八方逼债，无力偿还。

桑　姆　你找我干啥？

加　果　只要你答应接受我的那个烂摊……

桑　姆　缓解一下逼债的压力。

加　果　对，对，腾出手来我一定把债务清理完。

万　洛　桑姆，加果也是走投无路，咱们就帮他一把吧！

桑　姆　帮他？

加　果　对，大人不计小人过，总经理肚里能撑船嘛！

万　洛　看他孽障拉拉的，桑姆……

桑　姆　好吧！我就帮你这个忙……

加　果　（意外地）谢谢师妹总经理！（又鞠躬，又敬礼）

桑　姆　算了吧，只要你能走正路，说不定以后我还叫你去跑一跑推销呢！

加　果　感谢总经理宽大，我一定尽心尽力。

桑　姆　万洛大哥，你去看一下他积压的唐卡，这里我还要招呼客人。

万　洛　走吧，加果！

加　果　（不敢相信眼前发生的事情，他愣住了）……

桑　姆　快去吧！

金色的黎明

加　果　（激动得擦泪）唔，去，去！

〔万洛与加果下，东珠上场，他一眼看到桑姆，隐身于一旁。

〔玉卓引外国客人上场，向桑姆介绍着，桑姆与客人握手、交谈。

东　珠　（看着桑姆）果然是我的桑姆哇！

（唱）虽然霜雪染白了她的双鬓，
　　　却有着我最熟悉的眼神；
　　　尽管相隔了二十个春夏秋冬，
　　　她正是我日夜思念的亲人。

〔东珠忘情地慢慢向前走去……

〔伴唱：佛祖啊！
　　　请拂去岁月的烟尘，
　　　还我青春，还我亲人。

〔伴唱声中达哇上场，他发现了东珠。

达　哇　东宝先生！

东　珠　（一惊）啊？

达　哇　东宝先生，叫我好找，原来你在这里。（接过东珠手中的箱子）

玉　卓　（闻声亦看见东珠）啊，东宝先生，请让我来介绍，这是塞木桐岗坚艺术总公司桑姆总经理，也是家母。

东　珠　总经理，久仰，久仰。

桑　姆　欢迎、欢迎。（从玉卓手上接过哈达献给东珠）我代表塞木桐岗坚艺术总公司，也代表藏乡全体热贡艺术的继承人，衷心地感谢东宝先生不远万里送来了我们热贡艺术的稀世珍品金丝唐卡。谢谢啦，谢谢啦！

东　　珠　　不敢当，不敢当，我这也是受人之托嘛！桑姆……总经理，很高兴见到你，东珠先生给你的信收到了吧？

桑　　姆　　收到了。

东　　珠　　他还要我在这里订购一些艺术品，订货单我已经写好了，等会儿拿给你。

桑　　姆　　谢谢！

桑　　姆　　不知东珠先生为什么没来？

东　　珠　　啊！（应敷地）临时有事，他脱不开身。他说只要把金丝唐卡送到，再问桑姆总经理一声好，他二十年的旧梦就算是圆了。

桑　　姆　　旧梦？就算是圆了？（琢磨着话中的含意）

东　　珠　　（仔细观赏）真了不起，精品呀精品！（对桑姆）如果我没有猜错，这幅白度母堆绣一定是出自总经理之手。

桑　　姆　　东宝先生是怎么知道的？

东　　珠　　谁不知桑姆总经理是堆绣艺术的专家呀！

桑　　姆　　哈哈，不敢当啊！

东　　珠　　令尊拉藏大师就是热贡艺术的高手，他老人家的嘉卓措向唐卡最为出名，光人物就有五百多个，真是稀世的大作呀！

桑　　姆　　（注意地）你……说得不错。

东　　珠　　（一时兴奋）那幅唐卡现在还在塔尔寺大经堂悬挂着哩。

桑　　姆　　这些你都知道？

东　　珠　　怎么不知道，那幅唐卡的金边还是你亲手镶上的。

桑　　姆　　（目光一亮）你是谁？

东　　珠　　我是东宝。

桑　　姆　　（追问）你怎么知道得这样详细？

金色的黎明

东　珠　（发现说走了嘴，急忙掩饰）这……这些都是东珠先生对我说的。

桑　姆　哦！（沉吟不语）

东　珠　（生怕露出破绽，有意回避）桑姆总经理，不便多占你的时间，我去欣赏欣赏那幅班禅大师的唐卡。（朝一旁走去）

桑　姆　（看着东珠的背影）

　　　　（唱）虽然他满面风尘，

　　　　　　　墨镜遮面难辨认，

　　　　　　　在我眼前的却是一个熟悉的身影，

　　　　　　　响在我耳边的又是那难忘的声音。

　　　　　　　啊！

　　　　　　　他是什么人？

　　　　　　　是东珠？为何不相认？是东宝，为何话里另有音？

　　　　　　　这真是异常的相遇，

　　　　　　　啊——一个奇怪的陌生人。

〔东珠与达哇上。

东　珠　（唱）一幅幅家乡的画，

　　　　　　　把我的心弦拨动；

　　　　　　　一桩桩难忘的事，

　　　　　　　使我难控离别情。

　　　　　　　我定要赶快离去，

　　　　　　　不能把大错铸成。

　　　　达哇先生，我要取走订货单，明日我就起身回去。

〔达哇将密码箱交给东珠。东珠打开箱子翻检着。

玉　卓　（手拿照片，急上）先生，听说您要回去，请把玉卓的这张照片交给我那没见过面的东珠阿爸，请转告他，我阿妈离不开他，玉卓需要他，热贡艺术更需要他，叫他快些回来，我们等着他！

东　珠　（忍受不住）啊，我实在受不了啦，我的心……我的心都碎了！（把箱子推给达哇）请把订货单交给总经理，我头疼得厉害，先回去了。（拿着照片踉跄下场）

〔万洛、加果上。

万　洛　他怎么啦？

玉　卓　头痛。

加　果　噢，高原反应！

达　哇　（从箱内取出订货单）这是东宝先生的订货单。（交给桑姆，另一张纸也从箱中带出落于地上）

玉　卓　（上前捡起，看着）结婚证？啊！东珠和桑姆。二十年前的结婚证！

众　人　啊？……

〔众惊愕，静场。

桑　姆　他是东珠！

玉　卓　阿爸？

万　洛　他说他叫东宝，可东宝是流浪儿的意思，怎么会是人的名字呢？

桑　姆　（唱）为什么他不肯认我？

万　洛　（唱）为什么他遮掩藏躲？

玉　卓　（唱）我跌入五里云雾。

桑　姆　（唱）我要把疑团解破。

〔伴唱：不能再失去东珠，
　　　　不能把机缘错过。

桑　　姆　万洛大哥，你在这儿招呼着，我去追他回来。

万　　洛　这里离不开你，还是我去。

玉　　卓　我去！

加　　果　你们谁也别去，当年逼走东珠是我造下的罪，今天我一定把他追来，立功赎罪。达哇，发动你的电驴子，跟阿爸走！

〔加果与达哇急下。

〔一声"噢！"的呼喊声，鼓镲、喇叭齐鸣，中外客人纷纷走上。雕塑、堆绣、唐卡前的神仙古装表演队开始舞动。

甲　　鲁　（上）桑姆总经理，客人到得不少了，大家都等着展销会揭幕呢。

〔中外客商纷纷登场，玉卓、达哇急忙上前招呼。

桑　　姆　好吧，展销会揭幕。东宝先生，请！

〔桑姆登上高台，东珠走入人群。

〔拉姆甲、乙拉一条红彩绸上，横贯于台前，桑姆立于彩绸旁。

甲　　鲁　噢啦嗦！在这吉祥的日子，喜庆的时辰，我们塞木桐岗坚艺术总公司赴羊城展销会的藏艺三绝试展开幕典礼开始，请总经理桑姆女士剪彩。

外商甲　哎呀，富丽堂皇，别开生面，妙啊！

外商乙　我感到已经到了天堂，变成仙女喽！

外商丙　了不起，中国藏族人了不起！OK，雪山的艺术家、大师！

〔古装表演时分时合，时而变为千手千眼佛的造型，时而又似众供养仙女下凡，仙乐悠扬，炫人耳目。

〔众来客喝彩、赞美、模拟，兴致极高。

〔天幕上一轮红日喷薄升起。桑姆、万洛、玉卓缓缓地迎着朝阳走去。

〔合唱：

  扎西——

  金色的黎明，

  当年只是美好的憧憬。

  金色的黎明，

  如今已把握在我们手中。

  经历了风雨，

  才知珍惜光明；

  经受了磨砺，

  更加理解人生。

  让我们并肩开拓前进，

  迎接阳光灿烂的人生。

〔剧终。

大型现代藏戏

纳桑贡玛

编剧：多杰太

青海省藏剧团　2003年首演

时　　间：新中国成立前。

地　　点：黄河上游纳桑贡玛草原的藏族部落间。

剧中人物：

措蓉部落：

南　　杰——措蓉部落老猎人，五十多岁。

才让东珠——南杰之子，二十七岁。

才吉卓玛——才让东珠之妻，二十五岁。

达　　哇——才让东珠之子，六岁。

斗　　拉——部落头人，五十岁。

尕　尔　玛——牧人，四十岁。

格　　桑——牧人，二十岁。

嘎蓉部落：

多　　加——部落头人，五十多岁。

阿　　妈——才吉卓玛之母，五十多岁。

扎　　西——才吉卓玛之弟，二十三岁。

管　　家——四十岁。

其他：

旦　　正——附近部落的头人，五十多岁。

长　者　甲——六十岁上下的老人。

长　者　乙——六十岁上下的老人。

长　者　丙——六十岁上下的老人。

商　　人——集镇上倒卖枪弹的商贩。

梯　　嘎——买卖的牵头人。

甲鲁及温巴，拉姆多人，乌鸦若干，男女群众多人。

纳桑贡玛

序 幕

〔湛蓝的天幕上有几朵白云在浮动,遥远的地平线上隐约可见积满白雪的高山。

〔甲鲁、温巴、拉姆边歌边舞地出场。

〔歌声:这是一支忧伤的歌,

　　　　从纳桑贡玛山上飘过。

　　　　它记叙着部落仇杀的残酷,

　　　　它叙说着草原纠纷的恶果。

　　　　为争夺草山毁坏了草山,

　　　　为世代的积恨人亡家破。

　　　　美丽的纳桑贡玛草山啊!

　　　　请告诉我,这究竟是为了什么……

甲　鲁　(舞着竹竿走向台前,吟咏着)

　　　　呀——尊贵的客人们,今天我要对诸位讲述一个悲惨的故事。在青藏高原黄河之畔有一座美丽的纳桑贡玛草山,它以丰美的牧草哺育着措蓉和嘎蓉两个部落,它像绿色的绒毯装点着藏区的生态景观,牛羊悠闲地吃草,马儿任性地撒欢,牧民的生活像牦牛奶子一样香甜。可是,大自然的恩赐并没有使他们满足,贪婪像一条毒蛇钻进了他们的心田。为了抢掠对方的草山,你争我夺结下了几代人的仇怨。于是藏刀拔出了鞘,叉子枪射出仇恨的子弹,兄弟火并,骨肉相残,丰美的草山遭到毁坏,幸福的美梦化作云烟，大地上只剩下残阳一片……善良的人们啊，这一切究竟是为了什么？那就请看纳桑贡玛草山的悲歌。

〔在甲鲁快节奏的吟诵中，温巴、拉姆舞动着下场。

〔幕落。

第一幕　仇杀的号角吹响了

〔才让东珠的帐篷前。草原广袤，牧草茂盛，几顶帐篷错落地扎在远山脚下。

〔旭日东升，百鸟歌唱，母牛和小牛"哞——哞——"地互相叫唤着。

〔才吉卓玛手提挤满牛奶的木桶，伴着牛的轻叫声，从帐篷后走上。

才吉卓玛　（用手轻拭汗水，抬头看着蓝天）又是一个晴朗的日子。（转身进入帐篷）

〔幕后传来达哇的叫声："阿妈！"他手舞着编织的花环跑上。南杰随着走上。

达　　哇　阿妈，阿妈！（走向帐篷）

才吉卓玛　（从帐篷出来，对南杰）阿爸，你早！

南　　杰　早上没事，和达哇过来看看，你已经把奶挤完了？

才吉卓玛　是。

达　　哇　（神秘地）阿妈，你过来！（走近才吉卓玛，从身后取出花冠给才吉卓玛戴在头上）

才吉卓玛　达哇,你给阿妈戴这个干啥?

达　　哇　部落里只有最漂亮的女人才佩戴花冠,你戴上这个就更漂亮了。

才吉卓玛　你胡闹什么,阿妈不戴。阿妈都老了。

达　　哇　(跳着脚)你漂亮,你不老嘛!

南　　杰　才吉卓玛,孩子要你戴,你就戴吧!难为小达哇,这是他亲手给你编的呀!

〔才吉卓玛戴上花冠,达哇高兴地前后端详着。

〔这时幕后传来姑娘们的声音:"才吉卓玛阿姐!"

南　　杰　挤奶的丫头们来了。达哇,走,跟爷爷歇一会儿去。

（拉达哇进帐篷）

〔众少女提挤奶桶,跑上。

少　女　们　才吉卓玛阿姐,今天你好漂亮啊!

（围住才吉卓玛,跳着、唱着）

　　　　　金色的山谷里,

　　　　　有一头金色奶牛,

　　　　　才吉卓玛阿姐哟——

　　　　　我们一起挤奶去。

　　　　　银色的山谷里,

　　　　　有一头银色奶牛,

　　　　　才吉卓玛阿姐哟——

　　　　　我们一起挤奶去。

　　　　　白色的山谷里,

　　　　　有一头白螺奶牛,

才吉卓玛阿姐哟——

我们一起挤奶去。

〔一阵马蹄声从远处传来。

一 少 女 （登高观望）哎！你们快看是谁来了。

众 少 女 （歌舞顿停，也观望着）噢，原来是才让东珠阿哥呀。

一 少 女 姐妹们，天不早了，咱们赶快去挤奶吧！

众 少 女 嗷呀！（提桶下场）

〔一声骏马嘶鸣，才吉卓玛匆忙向远处看了一眼，急忙把花冠整理端正。

才让东珠 才吉卓玛！（手执马鞭，腰横藏刀急上，见头戴花冠的才吉卓玛，趋向前去）咦！我说是什么照亮了我的眼睛，原来是美丽的才吉卓玛在这儿迎接我哩！

才吉卓玛 谁迎接你啦！（转过身去）

才让东珠 （猛地拉住才吉卓玛，转了一个圈，大笑）哈哈……（深情地）

（唱）可爱的才吉卓玛，

你是美丽的格桑花。

开放在我的心坎上，

日夜为我口吐着芳香。

才吉卓玛 （依偎着才让东珠）

（唱）勇敢的才让东珠，

你是草原上的千里马。

奔驰在纳桑贡玛山上，

驮载着我幸福的向往。

〔二人携手慢慢地走上山坡，幸福地依偎在一起。

（合唱）啊——

纳桑贡玛

夫妻恩爱情意长，
牵手共度好时光。
祝愿部落常和睦，
山美草美大吉祥。

〔二人沉浸在幸福之中。

达　　哇　（从帐篷内跑出）阿爸，一听见枣骝马叫声，就知道你回来了。

才让东珠　达哇，快来叫阿爸抱一抱。

达　　哇　我要骑阿爸的大马。

才让东珠　马你可不能骑，它要咬你哩！

达　　哇　我要骑，就要骑。

才吉卓玛　（一把拉过小达哇）达哇是个听话的好娃娃，现在你还太小，等你长大了一定叫你骑阿爸的枣骝马。

达　　哇　（扑进才吉卓玛怀中）阿妈，我什么时候能长大？

才吉卓玛　（将花冠套在达哇头上）只要你听话，很快就长得和阿爸一样高大了。

达　　哇　好，等明天我长大了可要骑枣骝马。

才让东珠　阿爸一定叫你骑。

达　　哇　（爬到才让东珠身旁）阿爸，说话算话。

才让东珠　说话算话。

才吉卓玛　（看着依偎在一起的达哇父子，有所感触地站起身来走动着）

（唱）每当我面对幸福的时刻，
　　　一片阴云就在我心头掠过：
　　　多年来部落仇杀的情景，
　　　常使我的心惊悸忐忑。

　　　　　　似乎厄运随时可以到来，

　　　　　　美好的憧憬将被打破。

　　　　　　我虔诚地祈求佛祖，

　　　　　　不要夺走这安宁的生活。

才让东珠 （看着心神不宁的才吉卓玛）才吉卓玛，不言不语，一个人在想什么？

才吉卓玛 一个人愈是有了美好的生活，就愈是提心吊胆地害怕失去它，看着你们父子高兴的样子，我真是又喜欢，又担心呀。

才让东珠 你又想着我们措蓉部落和嘎蓉部落打冤家的事了？

才吉卓玛 我怎么能忘掉呢，当年不就是为了争夺纳桑贡玛山上的一片草地，害得我嫁给你七年就偷着回了一次娘家，多加头人还骂我背叛了嘎蓉部落。

达　　哇 我都六岁了，还没有见过外婆呢。

才让东珠 不要紧，过些日子阿爸带你去。

才吉卓玛 你还带他去，说不定哪天又打起来了。

才让东珠 这人也是蛮怪的，起了纷争可以坐下来商谈，偏偏要打打杀杀，弄得誓不两立……唉，不说这些烦心的事了。还是回帐篷喝奶茶吧！（起身抱着达哇欲入帐篷）

　　　　　〔突然尖厉的号角声，在草原上响起，人们担心的事情发生了。

　　　　　〔才让东珠三人闻声一怔，停下了脚步。

才让东珠 听，是号角声！

才吉卓玛 （不敢相信）是你听错了吧？

　　　　　〔又是一声号角吹响。

达　　哇 是号角声。

纳桑贡玛

才吉卓玛 （小声地）天哪！真是怕什么来什么，请佛祖保佑吧！

〔牧民群众拥上。南杰亦上。

众　　人　发生什么事情了？

（合唱）草原上号角声声，

　　　　发生了什么事情？

　　　　莫不是为了争夺草山，

　　　　部落间又起纷争？

青 年 们　（摩拳擦掌）

（接唱）嘎蓉胆敢挑起纠纷，

　　　　就和他们拼个输赢。

妇 女 们　（接唱）沉住气呀别冲动，

　　　　　不要再叫鲜血把草原染红。

〔远处人声喧哗，四壮汉开路，头人斗拉大步上场。

众　　人　（行礼）头人好！

南　　杰　（迎上前去）斗拉头人。

斗　　拉　南杰老哥，恶狼又来了！

南　　杰　这些嘎蓉人！

斗　　拉　（站在山坡上）勇敢的措蓉人哪，你们听着。

（唱）恶魔张开了嗜血的大口，

　　　嘎蓉人把匝龙口夺走。

　　　打伤了我们的兄弟，

　　　抢走了我们的马匹牦牛。

众　　人　啊！黑心的嘎蓉人又来找死！尊贵的头人，快说，怎么办？

南　　杰　（激动地）

（唱）措蓉嘎蓉几代深仇，

　　　　　　如今他们又伸出黑手。

　　　　　　勇士们拔出钢刀，

　　　　　　不夺回匝龙口决不甘休。

众　青　年　嗷呀！

　　　　　（合唱）举起钢刀，砍断黑手，

　　　　　　　　　不获全胜，决不罢休。

斗　　　拉　小伙子们跟我去夺回匝龙口！

才让东珠　弟兄们，请等一等！

南　　　杰　才让东珠，你？

才让东珠　（唱）几代人的仇杀，

　　　　　　　　双方都受害不浅。

　　　　　　　　万不可轻易动武，

　　　　　　　　以免牛羊遭难，毁坏草山。

南　　　杰　哼，胡说！

斗　　　拉　什么？不要动武？匝龙口大片草山被嘎蓉人抢占，我们不动武行吗？

才让东珠　头人呀！

　　　　　（接唱）收起出鞘的宝刀，

　　　　　　　　　压下心头的火焰。

　　　　　　　　　如果双方诚心谈判，

　　　　　　　　　流血惨剧即可避免。

南　　　杰　（大怒）谈判？我看你是忘了你爷爷是怎么死的！

众　青　年　（七嘴八舌地）哈哈，原来才让东珠是个胆小鬼呀！我看他是不敢得罪媳妇的娘家人，胳膊肘往外弯哩！

斗　　　拉　不必多说啦，是措蓉部落的男子汉都跟我去夺回匝龙口草山！

众　青　年　（高举钢刀和叉子枪，高喊着）杀死嘎蓉人呀！（冲下）

南　　　杰　（对着犹豫不定的才让东珠大喝）你死去的阿爷在天上看着你哩，还不快走！（下）

才让卓玛　才让东珠！（上前紧紧握住才让东珠的手）

尕　尔　玛　（招呼才让东珠）走吧！

〔二人同下。

〔妇女们呼唤着丈夫、儿子的名字，张望着他们远去的背影。

妇　女　们　（呼号着）天哪！保佑他们吧！

（合唱）啊！——

　　　　仇杀的子弹上膛了，

　　　　打冤家的钢刀举起了……

才吉卓玛　（紧紧地搂住达哇，接唱）

　　　　刚才还是红日当空，

　　　　转眼间阴云笼罩。

妇　女　们　（接唱）身体因惧怕而颤抖，

　　　　心儿在寒风里飘摇。

　　　　佛祖啊——

　　　　保佑亲人平安归来，

　　　　莫叫父母妻儿失去依靠。

　　　　部落纠纷带来无边灾难，

　　　　老天啊——

　　　　我们该如何是好？

达　　　哇　（走上山坡，突然喊着）阿妈，尕尔玛叔叔回来了！

〔尕尔玛扶着一受伤青年走上。

一　妇　女　（惊叫）更登！你受伤了？（上前扶受伤青年坐在草

坡上）

众　妇　女　匝龙口怎么样了？

尕　尔　玛　嘎蓉人已经被赶跑了，斗拉头人和南杰大伯带着人正在追赶他们哩！

才吉卓玛　尕尔玛大哥，才让东珠呢？

尕　尔　玛　（把才吉卓玛拉至一旁）这是一个不祥的消息，为了夺回我们的马匹，才让东珠被嘎蓉人抓走了。

才吉卓玛　（大惊）啊！

〔随着骤起的音乐，舞台中后区的光渐暗，群众身影慢慢模糊起来，只有才吉卓玛站立在前区的灯光中。

才吉卓玛　（悲伤地，唱）晴空霹雳心惊震，
　　　　　　　　　　两眼朦胧头发昏。
　　　　　　　　　　前世造下什么孽？
　　　　　　　　　　无情灾祸又降临。

（旁白）我该怎么办？难道就眼看着才让东珠吃苦头，受折磨？不，绝对不能！

（接唱）卓玛不顾生与死，
　　　　　闯入虎口救亲人。

〔造型、收光。

〔幕落。

第二幕　一定要把亲人救回

〔嘎蓉部落的村庄，多加头人宏伟的宅院前，大门前是层层石阶，左侧一根拴马桩耸立。

纳桑贡玛

〔黄昏。夕阳斜照着多加宅院的大门。

〔幕内传来厉声呼喊:"走!"几个壮汉推搡着被捆绑的才让东珠上。

一 壮 汉 (朝门内)我们把才让东珠押来了!

〔头人多加在管家陪同下,傲然地出现在大门口。

多　　加 (一阵狂笑)才让东珠,你这个贱骨头,今天也会落在我的手里。

才让东珠 (昂头挺胸,不屑地)落在你的手里,又怎么样?

多　　加 嘿嘿,嘴还很硬。

(唱)才让东珠甭张狂,

今天和你算个账:

七年前你骗走我们的姑娘,

今天又夺我草山抢牛羊。

黄羊落在虎口里,

给点厉害你尝尝。

(旁白)来人哪,把他给我捆到拴马桩上!

〔管家指挥着捆绑才让东珠。

多　　加 (走下台阶)你要招认,是你们违反协定,偷越山界,抢占草山;是你们抢走牛羊马匹,还打伤了我们的人。

管　　家 这都是你们措蓉人干的。

多　　加 还要叫你们头人归还草山,退回马匹,到我这里来赔礼认罪,我就饶了你们,放你回去。

才让东珠 哼!你颠倒黑白,痴心妄想,该赔礼认罪的是你多加!

(唱)横行霸道太猖狂,

天狗妄想吃月亮,

贼喊捉贼反栽赃。

你超越地界抢草山，

我劝你悬崖收缰早勒马，

免得血染草原难收场。

多　　加　好！野牦牛再犟，也有捆它的毛绳。不给你点厉害尝尝，你也不知道我多加头人的手段！（恶狠狠地）

（唱）贼骨头不要说大话，

叫你认识认识我多加。

吩咐管家快动手，

皮鞭蘸水抽背花。

管　　家　（吩咐壮汉）给我打！

〔一壮汉抡起皮鞭抽打才让东珠。

才让东珠　（唱）无情皮鞭如雨点，

打得浑身血斑斑。

面对豺狼眉不皱，

大山压顶腰不弯。

多　　加　好个硬骨头，给我狠狠地打！

〔两个壮汉挥鞭上前。

管　　家　打！打！用劲打！

〔突然幕内传来才吉卓玛的喊声："住手！你们不能打他！"才吉卓玛奔上，她一下子扑到才让东珠身上。

才吉卓玛　才让东珠，他……他们怎么把你打成这个样子啊！（哭泣着）

（唱）条条鞭伤血淋淋，

手抚伤痕痛我心。

才让东珠犯了什么罪，

纳桑贡玛

    为什么这样折磨人？

才让东珠 才吉卓玛，抬起头来，不要哭。

才吉卓玛 （回头瞪着多加）多加头人，你为什么毒打我的男人？

管　　家 怎么，你心疼啦？

才吉卓玛 （不理管家，继续对多加）我求求你们解开绳索，放他回去。

多　　加 嘿嘿，你想得倒美。

    （唱）你这个忘恩负义的女人，

       背叛了部落背叛了母亲。

       现在还有脸面回来，

       我要把你教训教训。

    （旁白）来人，把这个背叛部落和仇家私奔、不要脸的女人也给我捆起来！

管　　家 呀！（吩咐着）给我捆！

    〔两壮汉上前拉扯，才吉卓玛挣扎着。

才让东珠 你们不要欺侮女人，才吉卓玛并没有招惹你们，有什么话朝着男子汉来说。

多　　加 才让东珠，你让我不捆她也行，但是你要低头认错服输，承认是你们侵占了嘎蓉部落的草山。

才让东珠 哼哼，灯光就是倒放，它的光辉也永远向上；英雄就是遭难，也永远要挺着胸膛。

多　　加 你还敢在我面前逞英雄，看我怎么收拾你的婆娘！捆！

    （壮汉将才吉卓玛捆起）

多　　加 （对管家）派人把娜姆措给我叫来！

才吉卓玛 怎么？你们还要连累我年迈的阿妈吗？

多　　加　　你心里还有你阿妈？要是心里有阿妈，当年你就不会背叛她跑到仇家的帐篷里去。

才吉卓玛　　我和才让东珠结成夫妻，有神佛做证，天地为凭，名正言顺，我谁也没有背叛。

多　　加　　你们的婚姻，我头人点头了吗？你不要忘了，驮牛的事情鞭子说了算，婚姻的事情头人说了算。

才吉卓玛　　多加头人，隔年的羊肉吃起来不香，陈年旧事唠叨起来没有味道。

多　　加　　好你个不要脸的女人，竟敢和我顶撞，我叫你也尝尝皮鞭的滋味，管家，给我打！

管　　家　　呀！（举起皮鞭）

才让东珠　　（大喝）你们不能打她！

多　　加　　打！

〔阿妈急匆匆地跑上，见管家举起皮鞭，她急忙抢上一步，托住管家的手。

阿　　妈　　尊贵的头人哪，求求你，收起高举的皮鞭吧！有什么责罚，就请你责罚我这个老婆子吧！（跪下叩头）

（多加朝管家一挥手，管家转过身去。）

才吉卓玛　　阿妈！

阿　　妈　　（站起，扑向才吉卓玛）我可怜的孩子呀！

〔阿妈抱住女儿，悲伤地痛哭。

〔歌声起：母女离整七，

　　　　　　部落不和相见难。

　　　　　　阿妈想儿心痛烂，

　　　　　　女儿想妈眼望穿。

　　　　　　日日想啊时时盼，

　　　　　　　谁知盼来奈何天。

阿　　妈　女儿啊！

　　　　　（唱）南来的风啊北去的云，

　　　　　　　可怜我这苦命的人。

　　　　　　　日夜盼母女重逢心欢畅，

　　　　　　　怎想到绳索捆住儿的身。

　　　　　　　孩子呀！

　　　　　　　万里草原千条路，

　　　　　　　为什么，

　　　　　　　偏要闯回虎狼门。

多　　加　（不耐烦地）娜姆措，不要哭哭啼啼的了，还是管教管教你的这个不知羞耻的女儿吧！

阿　　妈　头人……

多　　加　怎么，要我替你管教吗？（目视管家）嗯！

阿　　妈　（爬到多加脚下）头人，我求你开开恩吧！

多　　加　哼！（走开）

管　　家　（手执皮鞭对阿妈）闪开！

阿　　妈　头人老爷！

　　　　　〔阿妈欲上前阻拦，被打手拉住。

管　　家　（挥舞皮鞭）你这个下贱的婆娘，看我怎么收拾你！

　　　　　〔幕内扎西高喊："头人！"急上，梯嘎随上。

扎　　西　（看见管家高举的皮鞭，急上前）管家大人，用不着大人你动手，请把鞭子交给我，让我来收拾这个背叛部落、背叛亲人的女儿。（接过皮鞭）

阿　　妈　（意外地）扎西！

管　　家　你？你能够对你的亲阿姐下手？

扎　　西　她？她不是我的阿姐，七年前我就不认她了，就是她使我们家蒙受羞耻，使我这个堂堂七尺的男子汉在众人面前抬不起头来。

才让东珠　扎西，是男子汉你就朝我来。

阿　　妈　扎西，你敢碰你阿姐一下，我就死在你面前。

扎　　西　（仰天大笑）哈哈……（卷袖举鞭欲打，忽然看见蹲在角落里的梯嘎）啊啦啦啦，我简直是气昏了头，差一点把大事给忘了。（转身走向多加）头人！

多　　加　什么事？

扎　　西　（神秘地）活佛离不开嘛呢珠，英雄离不开好钢枪，你天天盼望的梯嘎，（用手一指）他，给你带来了叫人高兴的好消息。

多　　加　你是说……

扎　　西　崭新的布拉枪！

多　　加　布拉枪？（大笑）哈哈……

梯　　嘎　（快步上前行礼）尊贵的多加头人，你好！

多　　加　走，到我的府内去谈。

扎　　西　把这个下贱的女人带回去好好管教。

扎　　西　呀！

〔多加与梯嘎进入宅院。

管　　家　（对打手甲、乙）你们仔细看守住这个措蓉人！（对扎西）别忘了给他们弄些黑饭吃。（随下）

扎　　西　呀！（走上前一把扯过才吉卓玛）你给我走！（推下）

阿　　妈　（跪下求佛）慈悲的度母，请你保佑吧！（起身踉踉跄跄地追下）

〔天色渐渐黑了下来。打手甲、乙背枪持刀在周围走

纳桑贡玛

动着。

才让东珠 （迎着阵阵山风,抬头仰望星空）

（唱）伤痕痛衣衫单,

入夜山风刺骨寒。

为护草山落虎口,

害得卓玛受牵连。

望长空心暗淡,

茫茫夜色罩草原。

求佛祖问青天,

告诉我卓玛今夜可平安?

打手甲 唉!打了一天的仗,到这会儿没吃一口饭,饿得我心里直发慌。

打手乙 我饿得腿都打哆嗦了。

扎　西 （托着羊肉,提着美酒上。

（唱）手抓羊肉喷喷香,

青稞酒味道悠悠长。

羊肉下肚精神长,

浑身疲乏一扫光。

寒夜划拳饮美酒,

地狱也会变天堂。

（大笑）哈哈哈哈……才让东珠,今天把你捆了一天啦,来吃块手抓羊肉填填肚子,喝口青稞酒挡挡风寒。

才让东珠 谁吃你的酒肉,你给我滚开!

扎　西 好你个不识抬举的东西。（对二打手）来,咱们吃!

打手甲 （用鼻子闻着）手抓羊肉的香味真勾引人哪!

扎　　西　好兄弟，来，吃点肉，划几拳。

打手乙　喝不成吧，还得看守他哩！

扎　　西　哎！他被牢牢地捆在木桩上，咱就在这跟前吃喝，他还能跑到天上去？

打手甲　扎西说得对。我馋得口水都淌出来了，快喝一口吧！

打手乙　对，喝！

扎　　西　（把酒肉摆放在背着才让东珠的地方）离他远点，叫他连点味道都闻不上。

〔三人席地而坐，挽袖划拳，大吃大喝起来。

〔夜色已深，音乐声、风声混着他们划拳的呼喊声交织在一起。

〔周边漆黑，一道聚光直射才让东珠，一条黑影悄悄上场。

才让东珠　（看见才吉卓玛一惊）你……

〔才吉卓玛用手捂住才让东珠的嘴，从腰中拔出匕首，将才让东珠身上的绳索割断……

〔才吉卓玛与才让东珠发出的轻微声响，惊动了正在喝酒的打手。

打手乙　嗯？是什么声音？（站起身欲去察看）

扎　　西　什么声音也没有，输了拳不喝酒，想要溜走，这可不行！（站起将打手乙按坐于地，灌酒）快喝，三杯。

打手甲　（也喊着）喝！不能耍赖皮！

扎　　西　你这个臭拳。

打手乙　（喝完酒抹了一下嘴）谁是臭……臭拳？来，再划十二拳！

〔三人又吆喝着划起拳来。

〔才吉卓玛拉着才让东珠匆匆消失在夜色中。

〔打手甲摇摇晃晃地站起来,走向一旁。

扎　西　你喝得晕而巴瞪的干啥去?

打手甲　我去撒尿。(猛然见拴马桩上不见了才让东珠,惊呼)人……人……人不见了!

〔扎西与打手乙急忙跳起。

扎　西　快追!

打手乙　快……追……

〔扎西悄悄伸脚一绊,打手乙一跤栽倒。

打手甲　(靠在台阶上站不起来,嘴里喊着)追呀……(呕吐不止)

〔灯光暗,黑暗中扎西放声大笑:"哈哈哈……"

〔歌声起:

　　　　铁打的牢笼打开了,
　　　　黄莺儿双双地飞了。
　　　　绊马的套索割断了,
　　　　骏马儿奔驰在草原上了……

〔幕落。

第三幕　仇恨的红桑煨起了

〔纳桑贡玛草山的山岗上,远处是环绕的雪山,台中是一个纳桑贡玛草山的山岗上硕大的煨桑台,上面插满了木箭和飞舞的旗幡。

〔措蓉部落的男人们在斗拉头人的指挥下,把五色粮食、茯茶、活羊投进煨桑台，有的人撒放着风马，有的人朝天鸣枪。大家围着桑台边吼边跳着高呼："咯——咯——神胜利！"

〔妇女们摇着嘛呢轮，有的趴在地上磕着长头，有的双手合十虔诚地念佛祈祷着……

南　杰　（立于高处，高声诵念着煨桑词）

我们虔诚地向着上师、佛陀菩萨、愤怒马头明王、密主持金刚、三界众生之主、千目观世音、十二地母诸位本尊神、护法神敬献桑烟祭祀！咯——再向上部阿里三围、中部卫藏四茹，下部朵康六岗的八部天龙、玛卿本拉山神的神兵神将敬献丰盛的祭祀，祈求保佑我们杀败不敬神明的嘎蓉部落，收回我们的草山、马匹和牛羊！啊——神胜利！

众　人　神胜利——神胜利——神胜利——

南　杰　勇敢的措蓉人啊！我们就要出征和嘎蓉人打仗，在关键的时候马群和马头要一致，战士和首领要一致，我们一切要听斗拉头人的指挥！

斗　拉　大家听着！

（唱）抵御外敌嘎蓉部落时，

　　　　哪怕献出自己的生命，

　　　　弟兄们要像攥紧的铁拳。

众　人　（合唱）要像攥紧的铁拳。

斗　拉　（唱）一齐扑向我们的敌人。

众　人　（合唱）扑向我们的敌人！

斗　拉　为了夺回纳桑贡玛草山，救回才让东珠，让我们拔出钢刀，准备出发！

纳桑贡玛

众　人　呀！

格　桑　（在内高喊着）斗拉头人……（跑上）

斗　拉　格桑，出了什么事情？

格　桑　旦正头人会集了黄河两岸通情达理的长老们，要调解措蓉部落和嘎蓉部落之间的草山纠纷，他们马上就要到了。

斗　拉　怎么？旦正头人要来调解？揣着善心的客人永远是我们真诚的朋友，大家都收起刀枪，随我去迎接各位长者。

众　人　呀！（收起刀枪，部分青年随斗拉下）

南　杰　黄河两岸通情达理的长老们，我们应该尊重。但是现在我们措蓉部落又受到那个该进地狱的嘎蓉人的无理欺凌，几年的械斗，夺去了我们部落十来条性命，如今才让东珠又落入虎口，生死不明。当鲜血染红大地，尸体倒在草滩的仇恨还展现在我们眼前的时候，哪里还有谈论和解的心情。（激奋地）

（唱）嘎蓉部落的首恶多加，

　　　无事生非的小人多加，

　　　带人攻打了我们部落，

　　　抢走我们的牛羊骏马。

　　　我的儿子落入了狼窝，

　　　才吉卓玛又遭到扣压。

　　　他们编出了骗人鬼话，

　　　想夺走草山纳桑贡玛。

　　　我们肥美的草山是祖宗留下，

　　　绝不能让给我们的仇家。

众　人　南杰大伯说得对呀！

〔斗拉陪旦正头人和数长老上。

斗　拉　　旦正头人，长老们请！

南　杰　　旦正头人好！各位长老好！

旦　正
诸长老　　南杰老哥你好！

〔姑娘们把藏毯铺在草滩上，然后退下。

旦　正　　听说才让东珠被嘎蓉部落抓去，现在还没有回来？

南　杰　　我们和嘎蓉部落恨大仇深，不共戴天。两年前为了双方的和解在谈判席上翻脸，他们杀死了我年迈的父亲，如今又抓走儿子，连儿媳也下落不明……（声泪俱下）我们家如同失去做酸奶的引子和拴马的桩子，只剩下我和小孙子。（抱住达哇）这日子还能过吗？

旦　正　　对于南杰老哥的不幸，我深表同情，这次我们黄河两岸的头人和长老决定来调解你们两家的草山纠纷，敦促多加放回你的儿子和儿媳，双方化干戈为玉帛，请斗拉头人一定要以大局为重啊！南杰老哥，两个部落和解，也是去世的老伯生前的愿望，如果商谈成功，也正好安慰老人家在天之灵呀！

南　杰　　旦正头人，你金子般的语言我南杰一定铭记在心，可是在这蓝天之下，大地之上，嘎蓉部落的野蛮行为，我们实在无法原谅。

（唱）尊贵的头人虽想调解纠纷，

　　　　可是流血的现实警醒着我们。

　　　　现在我们要像出山的猛虎，

　　　　去惩罚那些贪得无厌的恶人。

旦　正　　南杰老哥！

（唱）在阳光普照下的山河，

纳桑贡玛

草木才能结出红花翠果。

锦上添花是藏族人的美德，

希望遵从我们好心的劝说。

长老甲　旦正头人说得是呀！

（唱）五脏六腑都是人身上的脏器，

黄河两岸的藏族都是手足兄弟。

长老乙　（接唱）为了子孙后代和睦相处，

和解吧，这是上天的旨意。

斗　拉　各位长老！

（唱）七种好看的颜色相配，

蓝天上才能出现美丽的彩霞。

若是石头和石头碰撞，

只能迸发出仇恨的火花。

旦　正　（接唱）得理让人的男人是智者，

知道幸福的女人福寿多。

有了仇恨大家都要克制，

才能把干戈化为玉帛。

南　杰　（接唱）狼和羊不是同一种叫声，

人和鬼彼此无法交融。

如果不用武力去征服邪恶，

就对不起祖宗的在天之灵。

长老甲　措蓉的头人、长老，你们不要太冲动，俗话说捻羊毛手要往高处举，办事情心要往长远处想。

长老乙　是呀，有了病要请曼巴医治，有了纠纷要请中间人调解，我们千万不能把话说绝，不能把事情做绝。

长老丙　高山的尖尖虽多，根子总是相连的，我们喝同一条河水的骨肉兄弟，为什么不能够坐到一起呢？

旦　　正　长老们语重心长，讲得很有道理。我们要时刻记住：没有叫阵的对手很幸福，没有催债的债主很幸福，没有纠纷的部落很幸福，没有外债的家庭很幸福。心中无鬼会心安理得，枕头下不藏石头可以睡觉安稳。兄弟间不能有纠纷，肺腑上不能插刀子。纠纷就像渔网一样，要抓住网口。纠纷和连枷一样，要用力摔打才能打出正义的五谷。纠纷源自三处：第一处像天上的彩虹，大家会争相观看；第二处像空中的轮子，大家会争相摇转；第三处像麻风病人的鲜血，大家会争相躲避。所以，纠纷不能闹大，在座的诸位一定要宽宏大量。

众 长 老　旦正头人的话说得对，请斗拉头人、南杰老哥三思呀！

〔这时幕内有人高喊："南杰老伯，才让东珠回来了！"接着才吉卓玛与尕尔玛扶着受伤的才让东珠上。

众　　人　才让东珠！

才让东珠　阿爸！

南　　杰　孩子！嘎蓉这些吃人的魔鬼，把你打成了这个样子！

斗　　拉　才吉卓玛，快把东珠搀回帐篷去休息。

〔才吉卓玛与尕尔玛扶才让东珠欲下，才让东珠突然转过身来，扑在南杰脚下。

才让东珠　阿爸、头人，我们和嘎蓉的冤家不能再结下去了……

南　　杰
斗　　拉　（同时地）什么？你说什么？……他们把你打成这个样子你还说这种话！

才让东珠　我在嘎蓉部落看见多加他们又在商人手里买了不少的

　　　　　　枪支弹药……

南　　杰　他们买枪来对付我们？

才让东珠　请长老们调解吧！不然……鲜血又要染红纳桑贡玛草山了！

南　　杰　调解？没有骨气的东西，快回帐篷去吧，不要再给措蓉部落丢脸！

才让东珠　旦正头人……

〔尕尔玛拉才让东珠下。

达　　哇　阿爸！（追下）

旦正长老们　南杰老哥，请消下心头的火气，为纳桑贡玛草山的平安，双方坐到一起和解吧！

南　　杰　不！各位长老，敌人在擦枪磨刀，我们却要和解，这……这不是天大的笑话吗？

斗　　拉　我们必须和他们见个高低了。

众　　人　对呀！

南　　杰　（激动地）我老汉虽然睡在屋里，可不幸的纠纷还是从天窗跳了进来。不说话的人肯定是哑巴，不还手的人肯定是胆小鬼，但嘎蓉的恶魔多加他们经常来霸占草山，抢夺牲畜，使我们无法忍受。现在我是瀑布中的逆流，火把上蹿腾的火焰，我的金刚橛上冒着黑烟，宝剑上燃烧着愤怒之火。（越说越快）如果他们想转动骗人的轮子，我会向轮子放出正义的炮火，当炮火燃烧的时候，鸦雀也别想飞上天。我的头顶在空中，他休想上来；我的双腿在龙宫，他休想下来。当我用咒语咒他的时候，罗睺凶魔会在他眼前跳起死亡之舞；当罗睺凶魔起舞的时候，他休想逃脱毁灭的厄运。食肉罗刹会在他身后嚎叫，当食肉罗刹嚎叫的时候，他休想逃脱恐怖与痛苦。我用黑芥放咒，黑芥的咒力远达千里；我用白芥放咒，白芥的咒力无坚不摧。我会向他们祭起黑色的铁橛，使他们部落的男人尸横遍野，使他们部落的女人血流成河。如果不相信，我会请诸位等上九年零九个月，到时候将会证明我的话对不对！（稍停）我感谢在座的头人和诸位有识之士的美好愿望，（拔剑用力插在地上，有力地）可是，我们措蓉部落和嘎蓉魔鬼仇深似海，不共戴天，无论谁来调解，我们绝不答应！

斗　　拉　绝不答应！

众　　人　呀——

〔一道青光直射插在地上的钢刀。

〔合唱声起：拔出的钢刀绝不收起，
　　　　　　煨桑的烈火燃烧不息。
　　　　　　为了措蓉部落的荣誉，
　　　　　　我们一定要拼杀到底。

〔幕落。

第四幕　猎手要有好钢枪

〔村镇上，商人的店铺前。

〔半夜时分，四下寂静无声。几个人影，抱着枪支从店铺内走出，商人送出。

管　　家　掌柜的放心，余下的钱明天就赶着牛羊来顶账。

商　人　（皮笑肉不笑地）嘿嘿，老主顾了，我们的交道也不是一年两年，我还不放心你管家大人吗？

管　家　（对抱着枪支的青年）咱们走吧！（下）

商　人　请问候多加头人好！（见管家远去，把手中的银圆抛起，哗啦啦地落在掌心，喜眉笑眼的）哈哈，枪支买卖，财源广开，雪亮的钢洋，滚滚而来。嘿嘿，嘿嘿……（轻快地走进店铺）

〔梯嘎兴致勃勃地边说边舞上场。

梯　嘎　买方、卖方、中介人、牵线人都在此地，买卖哪有不成的道理。买方、卖方、屠夫犹如三足鼎立，谁也说不上吃亏，谁都会占上便宜。（敲门）掌柜的，掌柜的！

商　人　（上）半夜三更的，谁呀？

梯　嘎　是我呀，掌柜的。

商　人　（来了精神）财神爷叫门，一定是来了好买卖。（开门，走出）快说，来了啥生意？

梯　嘎　（唱）虽然现在离春天还很遥远，
　　　　　　　百灵鸟又来到我的门前。
　　　　　　　措蓉部落为了争夺草山，
　　　　　　　也要来买枪支和子弹。
　　　　　　　他们的牲畜膘肥体壮，
　　　　　　　钢枪换牛羊准会赚大钱。
　　　　　　　他们打冤家我们发大财，
　　　　　　　这就叫财路亨通天遂人愿。

商　人　好，好，好！嘎蓉人才走，措蓉人又到，可真是好事成双，大吉大利呀！

梯　嘎　（得意地）掌柜的，你看我这个中介人干得咋样？

商　　人　咱们联手多年了，你的精明强干是一点说头也没有。

梯　　嘎　那么这一次……（以手做数钱状）

商　　人　放心，亏不了你。

梯　　嘎　纯利三七分。

商　　人　错不了。咱们这次的要价……

梯　　嘎　和嘎蓉的一个价，一头牛大洋十块，一只羊大洋两块。掌柜的，你放心吧，南杰老汉急火得很哩，成交没一点麻达。你把刀子磨得快快地，狠狠地宰吧！

商　　人　（点头）好哇！

梯　　嘎　天还黑着哩，你先回去养精神，天一亮我就叫他们把牛羊吆来。（下）

商　　人　（看着梯嘎的背影，喜滋滋地）

　　　　　（唱）春的使者到来啦，

　　　　　　　牛羊全部赶来啦。

　　　　　　　饿狼心花怒放啦，

　　　　　　　嘎蓉措蓉打仗啦。

　　　　　　　双方都买武器啦，

　　　　　　　贩枪的商人要宰人啦。

　　　嘿嘿，我睁着眼睛给中介人下了一个圈套，到集市上我闭上眼睛揩一下屠夫们的油水，我狠下心来再榨干买主的钱财。我要从这三条渠道吸尽所有的油水，把叮当响的大洋塞满我的腰包……

　　　哈哈……（得意地下场）

〔商人退场后灯光全暗。少顷，随着嘈杂的音乐声，灯光复明。

〔这已是次日的清晨。商人的铺面内摆设的商品琳琅满目，商店前人来人往，有人拿着兽皮叫卖，有人在选购货物，有人在乞讨……各种声音汇集一团："哎——卖蕨麻……""哎——卖蘑菇！""哎——卖盐巴！"给人一种到了以物易物原始市场的感觉。

〔这时，梯嘎带着南杰、尕尔玛等几个措蓉部落的青年人上场。

梯　嘎　掌柜的好！

商　人　哎呀！好久没见了，梯嘎，你好吗？

南　杰　（拉梯嘎到一旁）你的这位朋友可真是一位大商人啊！

梯　嘎　嘿，他的来头大着哩！走，我介绍你们接个头。（领南杰到铺面前）掌柜的，我来给你介绍一位新朋友，这是黄河上游措蓉部落的南杰大伯。

商　人　唔，老人家，你好！

南　杰　掌柜的，你发财。

梯　嘎　他们和嘎蓉部落闹纠纷，想要买你几支好枪。

商　人　哎呀，你们要是早来两天就好了，现在枪和弹药全都卖给嘎蓉部落了。

南　杰　（焦急地）怎么？全卖给他们了？（指着店铺墙上挂的长枪）这……这不是还有嘛。

商　人　就剩这几支了，嘎蓉部落的管家把话放下了，这几支枪他们也要。

南　杰　梯嘎，你帮忙说个好话，这几支枪就卖给我们吧！

梯　嘎　（想了想）好吧，我说着试试。（走进店铺与商人耳语，然后走了出来）南杰大伯，我费了半天口舌，好说歹说，掌柜的总算给了个面子，答应给了。

南　杰　多谢梯嘎帮忙。

商　人　（走出店铺）老人家，实不相瞒，我这里还有一把布拉枪和两把支鲁枪。这么好的枪你到哪儿去找哇，多加头人还留下五十个银圆做订金哩！

梯　嘎　掌柜的，你是我的好朋友，南杰老伯也是我的好朋友，大家都是好朋友。现在不相干的话就不说了，你需要牛羊，措蓉部落需要枪支子弹，你就干脆先开个价吧。

商　人　这两年大旱，牛羊瘦得都卖不出去。

尕尔玛　我们的牛羊个个膘肥体壮，天再旱也旱不到我们黄河上游。

梯　嘎　好啦，好啦！你们黄河上游水草肥美，牛羊的膘情不会太差，掌柜的枪支弹药也都是最新式的。现在咱们先把枪支弹药的价钱谈一下，然后再谈牛羊的生意好吗？

南　杰　对！掌柜的，请先把最好的枪支给我们瞧一瞧。

众青年　对，让我们看看。

商　人　看货可以，就怕你们买不起。

南　杰　掌柜的，你不要从门缝里看人。难道除了多加那个魔鬼，我们就买不起这几支枪吗？凭着佛法三宝做证，就是倾家荡产，也不能把枪留给嘎蓉部落。你把货拿出来吧！

商　人　你们等着。（下）

梯　嘎　（高兴地独自）鱼儿上钩了！（溜入店铺）

尕尔玛　南杰大伯，这样斗气值得吗？

众青年　是啊！

南　杰　猎人就要有好钢枪嘛！

〔商人和梯嘎手持枪支弹药上。

商　人　南杰大伯，你们见过这么好的枪吗？这是崭新的布拉枪。

〔众人接过枪互相传看着。

商　　人　你们看仔细，千万不能拿着水晶当火石。

梯　　嘎　好骑手一眼就能看出马的好坏，老猎人手一掂就能知道枪的好坏。这支一把能装五发子弹的布拉枪，南杰大伯是不会看走眼的。

南　　杰　是把好枪。梯嘎，你这个中介人就帮我们两家定一个合理的价格吧。

梯　　嘎　既然南杰大伯信得过我，掌柜的咱们就先谈谈枪支弹药的价格吧！

商　　人　（把手伸进梯嘎的袖子里）这些枪是新到的货，咱们藏区绝对没有这种新式枪弹，价格嘛……起码得这个数。

梯　　嘎　嗯，合适，合适。南杰大伯你也来谈个价。（把袖子伸了过去）

南　　杰　（为难地）这个嘛……我不在行，尕尔玛，还是你来谈吧！

尕尔玛　南杰大伯，还是你来谈价格吧……

格　　桑　对，只要大伯定的价格，谁也不会说一个不字。

南　　杰　好吧！我这只老山羊只好站在悬崖上装狮子了。（把手伸进梯嘎的袖子）

梯　　嘎　布拉枪的价格是这个整数加上这个零头，支鲁枪是这个整数加上这个零头。咋样？这价格还公道吧？

南　　杰　我明白了。我们的这些牛羊呢？

梯　　嘎　掌柜的，咱们是先给牛羊定个价，然后用牛羊来换枪支弹药呢，还是他们把牛羊卖了用现大洋买你的枪呢？

商　　人　买卖嘛，咋做都行。你们就说说牛羊的价钱，我看能不能接受。

尕尔玛　掌柜的，既然是买卖就要公平。我是一个实打实的人，我要说的是我们黄河上游的牛羊是世界上最好的牛羊。俗话说，山上的老虎虽然多，但是有漂亮花纹的老虎可不多见啊！

南　杰　大家过来！我看咱们的牛该这个价吧？

众青年　应该是这个价。

南　杰　咱们的羊该是这个价吧？（比画着）

众青年　这个价合适。

南　杰　好，就这样。可敬的中介人，你来！

（把手放入梯嘎的袖内）我们商定牛是这个价，羊是这个价。

〔梯嘎转身告诉了商人。

商　人　（很不高兴地）

（唱）颤声唱不出动听的歌曲，

颤手画不出美妙的画卷。

如果想要做合理的买卖，

哪能要出这么高的价钱？

如果不想买枪可以回去，

不要浪费我宝贵的时间。

洛　桑　掌柜的，话可不能这么说呀！

尕尔玛　哼！

（唱）没缝上衣领的衣服是不完整的衣服，

没说完意思的谈话是不完整的话题。

没有利箭又举着良弓是装模作样，

没有良弓又拿着利箭是欺人又自欺。

商人和买主永远是追求自愿两利，

做买卖谈价钱当然也是天经地义。

商　人　年轻人，你不要强词夺理。

梯　嘎　好啦！好啦！

（唱）买卖的事情要耐心商量，

言语不妥就会把好事弄僵。

我中介人说话直得像箭杆，

绝不会偏袒你们任何一方。

措蓉的牛羊并不是独一无二，

全藏区可只有这支布拉枪。

南　杰　掌柜的！

（唱）佛爷的寺院高山上有哩，

个人的主张自己心里有哩。

为了这笔买卖双方满意，

牛羊的价格还可适当降低。

梯　嘎　这真是奶子大的牛乳汁多，有分量的话听着舒坦。

众青年　南杰大伯，咱们的牛羊还要压低价钱？

尕尔玛　南杰大伯，你要仔细想一想，商人的要价太贵，一把布拉枪最少需要三百块现大洋，你把牛羊都换成枪，以后你们一家人不就都喝西北风了吗？南杰大伯，你不替自己想，也该替小达哇想一想啊！

南　杰　尕尔玛，你说的都是金玉良言，可是我一想起被嘎蓉人杀害的阿爸，他们强占我们的草场，夺走我们的牛羊，我……忍受得了吗？

梯　嘎　（乘机煽动）南杰大伯，有些话我本不该说，可是我不愿看着你们措蓉部落吃亏，我就实话实说，昨天嘎蓉部落买走了不少枪弹，明天趁你们不备他们要穿过匝龙口去夺纳桑贡玛草山哩！

南　杰　（一惊）他们又要来夺草山？

众青年　这话当真？

梯　嘎　只有你们还蒙在鼓里！

商　人　要买就买，不买就算，今天后晌多加头人还要来取货哩！

南　杰　（果断地）枪我买了。格桑，去把山根的牛羊赶过来！

洛　桑　那可是你的全部家产呀！

南　杰　哼哼，我既然把它们赶下山来，就没想再把它们赶回去。

众青年　南杰大伯……

南　杰　（上前抓起布拉枪）

（唱）与其失去丰美的草原，

　　　不如放弃自己的家产。

　　　与其胆小如鼠地逃跑，

　　　不如凶如猛虎冲杀向前。

（旁白）尕尔玛，你赶快回去告知斗拉头人，明天我们要出其不意地埋伏在匝龙口，打他个落花流水。

〔商人和梯嘎高兴地在一旁偷笑。收光。

〔幕落。

第五幕　匝龙口的悲剧

〔匝龙口。怪石林立，山势凶险，咆哮的黄河从悬崖下奔腾流过。

〔次日拂晓。音乐由轻转急，预示着一场风暴即将到来。

〔合唱起，低沉、忧伤地：

纳桑贡玛

山风摇动着牧草，

草山四周静悄悄。

纳桑贡玛啊为什么这么寂静？

莫不是暴风雨来临前的征兆？

啊——

〔尕尔玛率措蓉部落的小伙子们组成了埋伏的队伍，他们提刀执枪，脚步轻轻地上场。

尕 尔 玛　不要出声，大家快隐蔽起来！才让东珠，你快一点！

〔大家随尕尔玛埋伏在山石之后，才让东珠上场。

才让东珠　（停下脚步，向四下观望着）匝龙口啊，连年的部落仇杀都是在你的身旁发生，面对着鲜血的流淌，你不觉得沉痛吗？

（唱）匝龙口已经不像往日的情景，

我看到石崖上笼罩着死亡的阴影。

忧伤的心好似刀扎一样疼痛，

难道这是告别和平时的心情？

啊——

为了扩大草山人们残酷相争，

为了贪婪欲望不惜流血拼命。

匝龙口啊！你是历代仇杀的见证，

请你告诉我，

什么时候草原才能和睦安宁。

尕 尔 玛　（急上）你怎么还不埋伏起来？小心叫嘎蓉人发现。快走！（拉才让东珠下）

〔少顷，一声尖厉的口哨声，打破了匝龙口的寂静。接着扎西等嘎蓉人在管家的带领下上场。

管　　家　（向四下张望了一下）没有人，咱们前进！

〔忽然四周喊声大作，在"咯——咯——"呼喊中，措蓉人有的出现在石崖上，有的出现在嘎蓉人的面前。

措蓉人　哈哈，你们的瞌睡太多了吧！老子们早就等得不耐烦了！

嘎蓉人　你们好大的狗胆，竟敢阻挡我们？

措蓉人　打击豺狼的侵犯，我们措蓉人都是好猎手。

嘎蓉人　哼哼，胆大的措蓉狗，快快放下刀枪你们还可以活着回去。

措蓉人　嘿嘿，想要刀枪吗？拿性命来换回去！

嘎蓉人　该杀的措蓉狗，快让路！

措蓉人　该死的嘎蓉魔鬼，快跪下求饶吧！

管　　家　少说废话，快让出我们的草山！

格　　桑　（从石崖跳下）想夺我们的草山吗？先来让我的腰刀喝点你们的鲜血再说吧！

扎　　西　（站出）格桑，不要太狂妄，咱们一对一地较量较量。

众　　人　（齐声高喊）一对一！一对一！

〔扎西和格桑甩掉藏袍赤裸着上身。

扎　　西　（摆开架式）来吧！叫你知道我扎西的厉害！

格　　桑　哼哼！

（唱）扎西不要攒大话，

叫你死在我的钢刀下。

扎　　西　（接唱）你把生命当戏耍，

老虎嘴里敢拔牙！

众　　人　（跳跃着）

（合唱）杀死他，杀死他！

把魔鬼赶出纳桑贡玛！

〔扎西和格桑拼着刀子。双方高喊："咯——咯——"跳跃着给二人加油。

〔扎西、格桑奋力厮杀着……

〔身上连中两刀的扎西突然跳起，一刀将格桑劈倒。他自己也支持不住，双手把刀拄在地上，摇晃地站着。

措 蓉 人 （大叫）啊！扎西杀了我们的人了！大家上啊！

〔措蓉人吼叫着冲了上去……

管　　家 （大喊）跟他们拼！

〔嘎蓉人也迎了上来，双方混杀在一起。

〔一措蓉青年猛然朝站立不稳的扎西一刀刺去……

才让东珠 （高喊）扎西！（跑上前去护住扎西的身体）

〔不料措蓉青年用力过大，来不及收刀，结果钢刀把才让东珠的胸膛刺穿。

才让东珠 啊……（倒在山石旁）

扎　　西 （惊叫）才让东珠……

〔这时远处传来一阵枪声……

嘎 蓉 人 哎呀！措蓉部落又来人了！

管　　家 他们的人多，我们赶快退回去！

〔幕后传来措蓉人的呼喊声……

嘎 蓉 人 撤退！（纷纷逃走）

措 蓉 人 快追！把嘎蓉狗收拾干净！（追下）

〔另一部分措蓉人提刀举枪冲上。

〔南杰狂喊着冲上，他举枪瞄准因受伤逃走不远的扎西，南杰射击，扎西应声倒在山坡上。

南　　杰　（已经杀红了眼）跟我杀！（招呼着众人追下）

才让东珠　（挣扎着）阿爸，啊！（晕倒）

〔激烈的音乐显示出仇杀的残酷，忽然音乐声消失，舞台上一片沉寂。

〔幕后传来女人们的呼喊声："仁青……更登……"

〔合唱起：

　　　　残酷的杀戮带来死亡，

　　　　锋利的钢刀沾染血浆。

　　　　可怜的妻女把亲人找寻，

　　　　一场仇杀之后谁知还能留下几个男人？

〔歌声中，两三个妇女急切地上场，她们向四下呼唤、找寻着……

才吉卓玛　（喊着）才让东珠！（奔上）

一　妇　女　（发现了扎西）啊，扎西！才吉卓玛，快来看你的兄弟！（又呼唤着跑下）

才吉卓玛　啊？扎西！（急忙跑到扎西身旁哭叫着）扎西！我的好兄弟呀！（抚尸痛哭，悲切地唱）

　　　　昨天我姐弟还畅叙离情，

　　　　把美好的希望藏在心中。

　　　　今天你却血染衣袍，

　　　　两眼紧闭不回答一声。

（夹白）扎西，我的好兄弟呀！

（接唱）我不能看着你暴尸荒山，

　　　　一定要把你背回帐篷。

才吉卓玛　（扶起扎西）走，跟阿姐回去！（用力背起扎西，一跤跌倒，半爬半背挣扎地走着）跟我回去……

〔才让东珠发出了一声痛苦呻吟……

才吉卓玛 （闻声抬头望去，见重伤的才让东珠，浑身一震，脱手扎西跌扑在山坡之上）啊！天哪……

（唱）我……我……我看见了什么？

我看见了什么……

触目惊心的景象啊！

吓掉了我的魂魄。

最担心的事情变成了现实，

亲人的鲜血染红了山坡……

（不顾一切地扑上前去，抱住才让东珠，呼唤着）亲人啊，才让东珠！

（接唱）你可曾听见我的呼唤？

赶快睁开双眼看看我！

（摇着才让东珠的身体，用力呼叫着）才让东珠……才让东珠阿哥……你睁眼看看你的卓玛吧……

才让东珠 （慢慢地睁开失神的双眼，有气无力地）才吉……卓玛……是你吗？

才吉卓玛 东珠阿哥，我就是你的卓玛，我就在你的身旁啊！

才让东珠 （歇了歇）我……我不……不行了……可是……我舍不下……舍不……下你呀……

才吉卓玛 你只是受了伤，你……你不会死，我要带你回去，小达哇还等着骑阿爸的……阿爸的枣骝马哩……（痛哭）

才让东珠 （用力抬手紧紧握住才吉卓玛）好……卓玛……

才吉卓玛 （将才让东珠的手紧贴在胸前）我的亲人啊……

才让东珠 （断断续续地）我……要走……走啦……告诉人们……不能……再流血打冤家了……（气绝身亡）

才吉卓玛 才让东珠！才让东珠！你……你不可以走哇……（抱

尸痛哭）

〔舞台上突然静了下来，像死一般的沉寂。

才吉卓玛 （撕心裂肺，爆发地）才——让——东——珠！

〔四处山野发出"才——让——东——珠……"的回音。

才吉卓玛 （悲痛地唱）千呼万唤叫不应，

〔合唱：叫不应……

才吉卓玛 （唱）匝龙口四山起回声。

〔合唱：起回声……

才吉卓玛 （唱）东珠啊！你不能独自撒手去，

丢下我卓玛一人孤零零。

你如同大河里消逝的一朵浪，

到哪里去找你的影和踪；

我好似深秋枯树的一片叶，

今后无依无伴随风去飘零。

喊杀声粉碎了美好的梦境，

哭喊声代替了往日的笑声。

万恶的仇杀夺去我两个亲人的生命，

命运啊你对卓玛竟会这样无情。

问佛祖——

为什么草原流遍血和泪？

问青天——

这悲惨的恶果谁造成？

万箭钻心心悲痛，

血泪迷眼眼朦胧。

东珠扎西等等我，

卓玛和你们一路行。

纳桑贡玛

〔卓玛双眼呆滞，失神落魄地站起身来，奔向山崖。

〔众妇女也纷纷前来找寻亲人……

才吉卓玛 （立于山崖之上）黄河啊，你滚滚奔流，为什么不冲洗去这悲惨的血泪？阳光啊，难道你明亮的眼睛只是为了观望草原上的仇杀吗？结束吧，我这罪孽痛苦的生命！才让东珠，扎西兄弟，你们等我呀！

〔尕尔玛搀扶着重伤的南杰艰难地归来。

才吉卓玛 （用尽全力高呼）才让东珠！（纵身跳入黄河）

众 妇 女 才吉卓玛！

南　　杰 才吉卓玛……

〔达哇跑上。

达　　哇 （哭喊着）阿妈！阿妈……（回头看见死去的才让东珠，转身扑了过去）阿爸呀……你们都走了，我怎么办？（哭喊着）

〔南杰在尕尔玛的搀扶下走向达哇……

南　　杰 （哭着）达哇，我的孙孙呀！（抱住达哇）

达　　哇 阿妈呀……

〔歌声大作，配合着人们的呼喊，合唱声起：

　　啊……

　　黄河呜咽，

　　草原黯然。

　　骨肉残杀，

　　年复一年。

　　这永无休止的草山纠纷啊……

　　还要延续到哪一天？

〔舞台灯光渐暗，天幕透亮映出南杰和群众呼喊才吉卓玛的剪影。

〔幕落。

第六幕　尾　声

〔甲鲁、温巴、拉姆等在节奏鲜明的鼓镲声中舞上。

甲　鲁　（跳出行列。舞动竹竿，吟诵着）呀啦嗦——像衰老的山鹰脱尽了羽毛，像干枯的古树在风雪中晃摇。措蓉部落威信很高的南杰老人，在这场自毁家园的仇杀中，亲人死了，家产没了，争强好斗的南杰也弓下了腰，他病了，老了。在大雪茫茫的草原上，在空旷的纳桑贡玛的山脚，只剩下爷爷和孙子一老一小，老南杰只得抱着病重的身体，带着负罪的心情，到别人的帐篷里去乞讨，和他在一起的，只有一群争食的乌鸦在不停地吵闹……尊贵的客人们，这绝不是南杰一家人的命运，这正是草山纠纷之后悲凉的写照。

〔在甲鲁舞棍的率领下，众温巴、拉姆等退场。

〔这时的场景呈现出被大雪覆盖成一片银白的山川，舞台右边有一株枯死的大树，左边山岩前有一个山洞，这就是南杰的栖身之所。

〔传来风雪的呼啸和乌鸦的啼叫，隐隐约约可以听到"发发善心，给点吃的吧"的乞讨声。

〔一群饥饿难耐的乌鸦跳跃着上场，它们在雪地里寻找着食物，在山洞内它们争夺着南杰留给达哇的食物。

纳桑贡玛

乌鸦甲　哇、哇，天寒地冻，肚里空空，还是今年秋天好，草原上闹起纠纷来，我们吃了多少新鲜的人肉和马肉哇！

乌鸦乙　就盼着明年他们再打起来，我们的吃喝就不发愁了。

乌鸦丙　嘿，你们知道不，和咱住在一起的这个南杰老汉，以前可是出了名的草原纠纷勇士。

乌鸦甲　好哇，我就希望他能再去打仗、闹纠纷，我们就有鲜美的食物了！

乌鸦乙　他还能打仗？他已经是一个又病又老的流浪汉了。

乌鸦丙　（嘲讽地）哈哈……叫他们去打吧！越打他们越倒霉，越打我们越高兴。

众乌鸦　对，人啊，你们争吧，打吧！哇，哇……

〔跳着怪异的乌鸦舞，下场。

〔幕后传来南杰的乞讨声："发发善心，给点吃的吧！"在风雪中，南杰上。

南　杰　（蹒跚地走着，嘘了嘘被冻僵了的双手，随着哀伤的曲调吟唱）

　　　　　　　佛法三宝施出加持力，
　　　　　　　让我南杰变成流浪人。
　　　　　　　沦落为要饭吃的乞丐，
　　　　　　　一贫如洗重病缠在身。
　　　　　　　往事确实不敢回头想，
　　　　　　　往事确实不敢细思忖。
　　　　　　　年轻时我朦胧不懂事，
　　　　　　　为了多占草山搞械斗，
　　　　　　　曾经抢过牛羊和马群。
　　　　　　　还曾购置枪支和弹药，

　　　　　亲手伤害过无罪的人。

　　　　　自己认为自己是英雄，

　　　　　不穷凶恶斗就睡不稳。

　　　　　双手沾上了仇杀的血，

　　　　　上苍有眼我已遭报应。

　　　　　如今家破人亡住山洞，

　　　　　只剩我和达哇小孙孙。

　　　　　人生不该迷于搞争斗，

　　　　　不该为了草原闹纠纷。

　　　　　同族兄弟都是亲骨肉，

　　　　　以礼相让何事办不成？

　　　　　像我南杰贫病衰老时，

　　　　　只有乌鸦伴我度黄昏。

　　　　　自己烧的苦酒自己喝，

　　　　　有谁同情怜悯流浪人。

（边唱边哭跌坐于地）

〔远处传来小达哇的喊叫声："爷爷，爷爷……"

南　杰　（闻声一惊）是达哇讨饭回来了！（挣扎着站起）达哇！我的小孙孙！

达　哇　（手捧剩饭，跑上）爷爷，爷爷！

南　杰　（迎上前去）爷爷的好孙子呀！

达　哇　（双手捧起吃食）爷爷，我给你要了一点剩饭，你快吃吧！

南　杰　（看着达哇，心疼地）爷爷不饿，你……你吃吧！

达　哇　不，爷爷吃嘛！

南　杰　（一把抱住达哇）可怜的孩子啊！

〔爷孙俩抱头痛哭……

〔风更紧,雪更大。忽然传来震耳欲聋、山摇地动的声音,浑身哆嗦的南杰倒在纷飞的大雪中死去。

达 哇 爷爷,你吃呀!你怎么不吃呢?我去用碗给你化些雪水来喝。(起身跑入山洞)

〔这时从空中掉下一大块象征厚厚大雪的白布,盖住了南杰老汉的尸体。

〔达哇捧水从山洞出,见状大惊,水碗从手中掉下。

达 哇 (撕心裂肺地哭喊)爷爷……

〔四山响起回声:"爷爷……"达哇木然伫立的造型。

〔音乐起,灯光渐渐压暗。

〔合唱:

  这是一支忧伤的歌,

  从纳桑贡玛山上飘过。

  它记叙着部落仇杀的残酷,

  它述说着草原纠纷的恶果。

  为争夺草山毁坏了草山,

  为世代的积恨人亡家破。

  美丽的纳桑贡玛草山啊!

  请告诉我,这究竟是为了什么?

〔歌声中幕落。

〔全剧终。

大型历史藏戏

松赞干布

编剧：阿罗·仁青杰博

青海省藏剧团·黄南藏族自治州民族歌舞剧团　2015年10月首演

剧中人物：

松 赞 干 布——统一藏区、吐蕃第三十三代藏王。

囊 日 松 赞——松赞干布父王。

尚　　　囊——吐蕃舅臣、兵马大元帅。

智　　　萨——松赞干布母后。

琼 保 邦 色——后藏兵马元帅，松赞干布内臣。

吞弥桑布扎——松赞干布近臣，藏文创制者。

那　　　囊——吐蕃舅臣，叛军首领。

芒　　　萨——尚囊之女、松赞干布王妃。

禄 东 赞——松赞干布近臣。

斯 如 贡 顿——松赞干布内臣。

娘赤桑央顿——松赞干布内臣。

昂 热 琼——琼保邦色之子。

巴 嚓 吉 普——尚囊仆人。

芒 尼 亚——吐蕃内相、叛军。

尚 俄 木——吐蕃内相、叛军。

扎　　　赤——吐蕃内相、叛军。

芒　　　赞——松赞干布传令兵。

士　　　兵——宫廷传话者。

文成公主、尼泊尔尺尊公主、邦国谋士、嘉鲁、温巴、拉姆、信使等若干人……

松赞干布

序　幕

〔吐蕃时期的音乐声起，幕布徐徐拉开。

〔舞台背景上显示着与藏族世界形成相关的雪域山水和人类诞生的幻象，逐渐演化为一幅展现松赞干布伟大生平的唐卡，画面威严、凝重。

〔画外音：吐蕃之王囊日松赞降下神旨：大臣娘则古、弄仲布、韦·义策、才帮纳桑等背叛斯沃王和芒布王而追随于我，并各自带兵攻破玉那城堡，刀刃斯沃王，逼芒布王兵败逃往突厥之地。从今往后，上述四人为听命于我王子松赞干布之内相，请舅臣尚囊与之一起辅佐松赞干布图谋吐蕃大业。我心已决，此事不许老臣辱之，父系属民讽之，母系属民鄙之。但凡祸害我国政者，一概如内臣盟恩，处以溺刑！

〔灯光渐暗，雅鲁藏布江北岸墨卓地方的一个军营内。

〔老迈而又醉意十足的舅臣那囊悲苦地大笑一声。

那　囊　神圣的雅拉香布神啊，如今日月被天狗吞食，天空被黑暗笼罩。

　　　　（唱）忘恩负义的大王囊日，
　　　　　　　您把前朝旧臣放一边，
　　　　　　　却把生疏新人当亲信。
　　　　　　　小小邦国堪比大国政，
　　　　　　　四大将相虽然有功劳，

　　　　　　　但又何必委任以重权？

　　　　　　　我等前朝旧臣之心中，

　　　　　　　恐惧痛苦如今向谁说？

　　　　〔急促强劲的闪电划过空中，使大地震颤不已，那囊惊悚发抖，怪相毕现，随之一阵狂笑。在风雨声中传来毛骨悚然的歌声。

那　　囊　（唱）吐蕃有三十六路兵马，

　　　　　　　其中的一十八路将士，

　　　　　　　掌握在我们旧臣手中，

　　　　　　　我要把兵锋指向赞普。

　　　　〔大臣芒尼亚、尚俄木、扎赤上场。

三　　臣　那囊大臣。

那　　囊　俗话说，春种必有秋收，可是今年的这个秋天，对我们雅砻王朝来说，似乎没有什么收获。

芒尼亚　娘、弄、韦、才等臣服从于吐蕃，建树功勋，但赞普不能为了外面的纷繁而把自家的宝贝拱手让与敌国啊！

尚俄木　我等乃是吐蕃王国的开创者，在这雪域之乡，都是那从不知道何为羁绊的雄狮一样自由腾跃的雄武之士，而如今却成了落入陷阱受伤的野兽了……

那　　囊　（狡黠地）

　　　　　（唱）吐蕃王朝之所以国基坚稳，

　　　　　　　那是因为有我们旧臣辅佐。

尚俄木等（合唱）若要是臣等个个反目成仇，

　　　　　　　定能把吐蕃国政踩在脚下。

那　　囊　（悲愤地）我的大神雅拉香布啊，请快快赋予我力量。

（手持利剑）

（唱）杀敌无数的宝剑展露出利锋，

　　　这曾是护驾国王的犀利兵器。

　　　而如今宝剑要取囊日的性命，

　　　愤怒的剑锋直指赞普的头颅。

尚俄木等　沙子经过淘洗才会显露黄金，智慧经过思虑才会形成谋略。

　　　日月虽然明亮会被天狗吞没，赞普虽然贤能会被谗言迷惑。

那　　囊　话虽如此但无意义，若有心计快快说来！

尚 俄 木　我有一计，我有一计！

众　　人　有何妙计？

尚 俄 木　下毒！

众　　人　（相互看看）下毒？

尚 俄 木　把那取自门隅的毒药放入赞普的美酒之中……

那　　囊　（狡黠地笑着）取自门隅的毒药、美酒……哈哈哈哈……

〔音乐和灯光融入舞台背景。

〔人物形象定格。

〔闭幕。

第一幕

〔灯光暗，寂静中音乐起。

〔舞台上，在孤零零的国王宝座一侧，显赫地放着一副金甲和一支光芒宝剑，囊日松赞郁闷地倚在宝座上。

囊日松赞 （唱）初升的旭日虽然金光灿烂，

却不能普照大地带来温暖。

年少的王子虽然智慧神勇，

却不能治理家国长治久安。

〔那囊上场。

那　　囊 赞普啊，初升的旭日虽然光芒羸弱，但世界上只有它能放光发热。年少的王子虽然力量有限，但大王您只有他这个直系王子。

囊日松赞 舅臣那囊，今天你没有穿戴盔甲就入宫觐见，我也脱了这一身盔甲独自吟歌，心怀惆怅，这便是你我君臣二人的缘分吧！可是，在这紧要关头，你为何不穿戴盔甲呢？

那　　囊 赞普啊，我已是一个年迈老朽之人，此生能够服侍大王是我的福分。现如今赞普要把盔甲传给王子松赞干布，我也把我的盔甲交与赞普，并请求恩准我辞去内臣之职，把我的兵权和军队交给松赞干布，作为他登基初掌国政的礼物吧！

〔那囊挥手示意，二士兵捧着他的盔甲和兵器上场。

囊日松赞 （悲伤地）这盔甲是我父王达日年斯为了嘉奖你显赫的战功而赐予你的，我怎么能收回先父的恩赐？再说，这盔甲也是一个国政壮大的历史见证，如果离开了勇士的身躯，它与普通的衣衫有何区别？

那　　囊 赞普啊！年少时节奔忙于国政，征战四方护佐您大王。如今年迈无力握兵器，告老还乡安度这余生。

松赞干布

〔从侍从手中接过酒壶，双膝跪地。

（唱）心怀忠诚身体力行，

　　　　此生忙碌全为赞普。

　　　　如今用这颤抖双手，

　　　　为您奉上临别美酒。

囊日松赞　（搀扶起那囊）开国之臣你似那太阳，尚未到达沉入西山时，却要解甲归田返故乡，赞普我心里实在难忍受。

（唱）如今你却奉上临别酒，

　　　　饱含你的信任和真诚。

　　　　一片忠心全在这酒中，

　　　　一口饮尽当为你送行。

〔赞普一口饮尽杯中酒，那囊一直绷着的神经放松了。

囊日松赞　舅臣那囊，你这酒是……

那　　囊　（虚伪地做出敬畏状）赞普啊，从父母舅氏三大臣系尊脉中，取麦子、青稞、豌豆做原料，从父系属臣母系属民中部庄园里，加入酒曲金丹做药引，从父部母兵大军营帐中，取来各种良药在其中，水质圣洁，纯粮酿造，百草炮制……

囊日松赞　（十分迷醉地）美酒……良药……真是令人陶醉。舅臣那囊啊，还记得我们在雅拉香布大神面前发誓，一定要一统吐蕃大国的往事吗？如果这一夙愿能够实现，我就把国政交与松赞干布，和你一起告老还乡，解甲归田……哦……

〔囊日松赞醉倒在地，那囊悔恨交加，变得步履沉重。
〔音乐随着人心的变化，变得惊恐不安。

那　　囊　（惊恐地）赞普啊！

　　　　　（唱）这算什么锦囊妙计啊，

　　　　　　　　曾经的誓言成了毒酒。

　　　　　　　　如果不灭了松赞干布，

　　　　　　　　囊日死了也难得国政！

　　　　　〔壮着胆子，大声说道。

那　　囊　雅拉香布大神啊，这暗无天日的时刻，我又看到了太阳，囊日松赞，一统吐蕃的理想现在变成了空梦一场。松赞干布，我要消灭你的家族，夺取你的国政！

　　　　　〔灯光暗淡，追光打亮囊日松赞及其金甲和光芒之剑。

囊日松赞　（唱）吐蕃建国立业的历程中，

　　　　　　　　屡建奇功的爱臣那囊啊，

　　　　　　　　为何反目下如此毒手？

　　　　　　　　为王感到意外又震惊！

　　　　　〔松赞干布急速上场，看着父王的样子，无限悲伤地搀扶着父王。

松赞干布　父王，父王！

囊日松赞　如今王子你要像太阳，从那黑暗之中升起来，照亮雪域宽阔的大地，温暖吐蕃千万的子民。

松赞干布　（唱）吐蕃的河流千万条，

　　　　　　　　汇成了雅鲁藏布江。

　　　　　　　　一统的大业虽艰难，

　　　　　　　　我一定不负父王愿。

囊日松赞　松赞啊，

　　　　　（唱）那囊反目成叛徒，

　　　　　　　　欺骗父王饮毒酒。

松赞干布

　　　　　　国政大业虽艰难，

　　　　　　需你用嫩肩扛起来。

松赞干布　父王！（低泣起来）

囊日松赞　（英勇地高呼）雪山环抱吐蕃国，自此您是赞普王，赞普之子不流泪，雅砻王朝聚权势！

　　　〔在深沉的"啊"的合唱声中，松赞穿起父王的金甲，将光芒之剑高高举起。

松赞干布　父王囊日，赐我为王，一统吐蕃，系我心愿。依法服民，父王安息！我为赞普，众人听命！

　　　〔在一种特殊的诵念嘛呢声中，呈现出赞普时代的丧葬仪式，送葬的队伍显得雄壮、威武。

　　　〔松赞干布独自一人在舞台前方，气愤悲戚地以一种特殊的诵调不断吟唱着"唵嘛呢叭咪吽"。以尚囊为主的队伍在远处渐行渐远，队伍的雄壮震撼天地，以此表现十三岁的松赞干布登上王位后艰苦卓绝的历史背景。

　　　〔幕闭。

第二幕

　　　〔冷风刺骨、雪花飘飞的寒夜，刚刚结束了一场战事的阵地上，一面浸染着血色、写着"吐蕃"字样的破烂战旗飘扬在一座山坡上；在用三块石头堆垒而成的石灶中，一团火苗燃烧着。石灶一侧，松赞干布坐在铺着虎皮的坐垫上，专心致志地看着挂在前面的一张绘制在兽皮上的地图。

松赞干布 （唱）秘密指派东赞去藏蕃，

　　　　　　　至今未得胜败之消息。

　　　　　　　琼保邦色若不智取之，

　　　　　　　吐蕃成败以此为准绳！

〔从远处不断传来军号声，芒萨从舞台一侧上场。

芒　　萨 赞普啊，军营里的熄灯号已经响过三次了，天气又如此寒冷，请快快移驾御帐歇息吧！

松赞干布 芒萨，（喜悦地）你是何时到了这沙场上的？

芒　　萨 赞普王，是智萨母后派我到这里来的。

松赞干布 哦，母后，母后她贵体安好？

芒　　萨 赞普王在沙场连打胜仗，母后她也甚是高兴，可是……

松赞干布 （疑惑地）发生了什么事？

芒　　萨 （调皮地）我芒萨没见到赞普王已是数月了！

松赞干布 （开心地）芒萨，这几个月来，我也是时时思念着你。

芒　　萨 （羞涩地）赞普王……

松赞干布 芒萨。

〔当把芒萨揽入怀中时，发现芒萨在外衣下穿着铠甲。

松赞干布 （悲伤地）芒萨，你这身体……

〔松赞干布看着芒萨身上的铠甲，悲伤不已。

松赞干布 （唱）在这雪山环抱的家园，

　　　　　　　如若不是为了我松赞，

　　　　　　　怎会在这残酷战场上，

　　　　　　　羸弱女子披甲来参战？

芒　　萨 （唱）披甲上阵为了吐蕃之大业，

　　　　　　脱了盔甲还是贤淑之女身。

　　　　　　虽为女身也要舍命为民众，

　　　　　　赞普陛下无须为此空悲切。

　　（合唱）为了吐蕃的幸福平安，

　　　　　　我们将心愿合二为一，

　　　　　　一同栽培并蒂的莲花，

　　　　　　让它开在雪域的春天。

　　〔二人紧紧相拥在一起。一兵士上场。

士　　兵　赞普王，总兵尚囊在沙场上受了箭伤，现在正在我们的营地休养。

松赞干布　快快请尚囊大人！

　　〔两位士兵搀扶着尚囊上，芒萨惊恐不已。

芒　　萨　啊，父王您……

尚　　囊　赞普……芒萨王妃！

　　〔忽然看到芒萨一身盔甲穿戴。

尚　　囊　我们这些男人，让自家的女子也披上铠甲，我作为大臣和父亲，深感此乃我吐蕃男儿的羞辱！

芒　　萨　父亲啊，你方才不是叫我王妃吗？在这家国危难之际，作为王妃披挂上阵应是一个王妃的作为。

松赞干布　爱卿，你的箭伤很重，请你好好休养才是！芒赞，快快把我的解毒灵药拿来！

芒　　赞　啦嗦！

尚　　囊　赞普王，如今叛军占领了雅鲁藏布以北的所有土地，不仅如此，作为我们主力的大臣禄东赞的兵马，在一夜之间也从沙场上消失得音信全无！

松赞干布　哈哈哈哈……（大笑不止）

尚　　　囊　（不解地）赞普王，这是……
松赞干布　（唱）大臣尚囊请听我言，
　　　　　　　　两件大事系我密令：
　　　　　　　　一是东赞发兵藏蕃，
　　　　　　　　二是吞弥远赴天竺。
　　　　　〔尚囊更加疑惑不解。
尚　　　囊　（唱）吐蕃王朝遭遇不利时，
　　　　　　　　内敌那囊尚未被灭之，
　　　　　　　　大王攻打藏蕃是何意？
　　　　　　　　为何指派吞弥去天竺？
松赞干布　爱卿啊，如若我们要取胜于叛军那囊，那就只有一条路。俗话说，不登高山，何到平地。在我们吐蕃王朝的王座一侧，宛若雄狮藏匿于狗窝一般的，你知道是谁吗？
尚　　　囊　哦，琼保邦色。琼保邦色他虽然在囊日松赞时期臣服于吐蕃，如今却居于高位而俯视着我们。
松赞干布　是啊，你和我的父王囊日松赞、琼保邦色三人曾经折箭为盟，共赴国事，如今他似乎忘了这一切。
尚　　　囊　这个……
松赞干布　琼保邦色的儿子昂热琼，你的儿子尚赞，大臣禄东赞以及吞弥桑布扎，以及我松赞干布五人，少年时代曾盟誓结义，这件事你还记得吗？
尚　　　囊　是啊，赞普王突然提起这些往事，不知是……
松赞干布　六年前，我秘密指派吞弥桑布扎到天竺国学习文字，禄东赞近日也带兵攻打藏蕃，并与藏隅总兵昂热琼结为同盟，向琼保邦色不断暗示雄狮是不会屈居于狗窝的，但这不动刀戈的善意，似乎还没得到回应。

尚　　　囊　不动刀戈的善意……

松赞干布　是啊，俗话说，狗不食石，人不食言，如果你的结盟兄弟琼保邦色在我吐蕃王朝关乎成败的关键时刻帮我们一把，吐蕃王朝也会像空中的太阳一样，穿云破雾，再放光芒！

尚　　　囊　赞普王啊，我对此事没有任何考虑，除了与叛军针锋相对，拼个你死我活外，我从来没有想过利用藏蕃之部来引诱他们。

松赞干布　是啊，自从我被封赞普王以来，你就日复一日地在沙场苦战，我松赞干布让爱卿辛苦了啊！

〔芒赞拿着解毒灵药上，松赞干布仔细地为尚囊的箭伤敷药。

〔尚囊激动不已。

尚　　　囊　（唱）身上之伤可以用药除，
　　　　　　　　　心中之痛依然在流血。
　　　　　　　　　自从囊日大王归西后，
　　　　　　　　　敬请宽恕尚囊之无能！

〔表现王臣之间深厚情感的音乐起。

〔尚囊带着哭腔行礼，芒萨和芒赞也跟着行礼。王臣之间亲密无间的形象令人心动。

〔松赞干布和芒萨继续为尚囊疗伤。

松赞干布　大臣啊，你知道我们的先祖曾经征服了多少邦国，而最终这些邦国为何会无一例外地反叛我们，给我们造成巨大的损失吗？

尚　　　囊　这……

松赞干布	在我看来只有一个原因，那就是，我们吐蕃没有文字。
尚　　囊	文字？您指派吞弥桑布扎去天竺是为了……
松赞干布	国政之道，强大的武力只能是维护，而治理国政则需要文字。
尚　　囊	治理国政则需要文字？
松赞干布	是啊，学习他人的文字并不是什么难事，但是要创制符合藏语的一套文字，乃是比千军万马还要重要的事啊！
尚　　囊	赞普王啊，我们王朝遭难之时，想用文字击败所有来犯兵马，那可不是一件容易的事啊！
芒　　萨	是啊，眼下最重要的事，是禄东赞在藏蕃的战绩如何。
松赞干布	嘿……

〔松赞干布立于地图之前，若有所思。

尚　　囊	赞普王啊，即便是大将禄东赞一举攻破藏蕃，取得胜利，也难以防范象雄国与安多一带的小邦国暗中勾结，攻打我们啊！
松赞干布	何止这些，我们的松巴兵马如今在安多孤立无助，象雄还有可能灭掉松巴！
芒　　萨	智萨母后托话给赞普和父亲，希望能够得知萨嘎玛姐姐被象雄王鲁米嘉赶出皇宫，发配到措玛邦一带以食鱼为生软禁在此的情况。
尚　　囊	据我的儿子尚赞寄来的密信，松巴国的一些将官暗地里与象雄勾结，给松巴兵马造成了极大的不利！
松赞干布	如果我们不从现在起设计谋剿灭象雄国，那就是我们有意给敌国机会！
芒　　萨	赞普啊，我们是否可以派一名使者，去打探萨嘎玛姐

松赞干布

姐的消息?

尚　　囊　　是的,应该派一名打探象雄国军事情况的密探。

松赞干布　　是的,是时候了!(向着外面)芒赞!

芒　　赞　　在!

松赞干布　　请你打上外交旗令,带领三百人马,前往象雄去探望萨嘎玛公主。同时你要对象雄国的兵力部署战略要地、民众情况等做一番侦察,特别是你要在萨嘎玛公主的配合下,探明鲁米嘉国王的军政机密,随后速速返回。

芒　　赞　　啦嗦!

松赞干布　　(将腰间的一把小刀解下)尚囊爱卿,你可认识这把小刀?

尚　　囊　　啊,尚赞的腰刀!这是……

松赞干布　　是啊,这把小刀,是你的儿子尚赞为了吐蕃王朝,被强迫去做松巴国公主的驸马,临走之前留给我的姐姐萨嘎玛的心爱之物。

尚　　囊　　这个……

松赞干布　　这是我姐姐萨嘎玛在被逼迫去象雄国之前留给我的,她此前就希望我攻破象雄国,剿灭象雄王鲁米嘉,把她营救回来与你的儿子完婚。这把小刀从未离身,它代表着我永远不会忘记我的姐姐。如今我做了赞普,它仍然代表着我没有忘记姐姐的希望,它提醒我何时问兵象雄。如果是萨嘎玛姐姐把这把小刀寄来,我会立刻出兵象雄国!

芒　　赞　　啦嗦!

〔在忽然响起的鼓号声中,兵马集合。

〔芒萨与姑娘们下。

〔斯如贡顿上场。

斯如贡顿 禀报赞普，禄东赞将军智取藏蕃将军琼保邦色，拿下小邦国头目，藏蕃已归属吐蕃，他正在带领六万兵马攻打叛军，并向这里赶来。

松赞干布 （无比喜悦地）琼保邦色，雄狮终于钻出了狗窝，这头没有戴上笼头的雄狮，如今成了我吐蕃的看门狗，这可是禄东赞无上的功绩啊，哈哈哈！

尚　　囊 （唱）禄东赞以谋取胜，

吐蕃基业再现新机。

六万藏蕃之军的击打下，

那囊并非逃窜是已毙命。

松赞干布 备好美食奉上凯旋酒，迎接犒劳威武之大军。

众　　人 啦嗦！

〔奏响凯歌，大军集结，呈现古时邦国被收服后盛大的庆贺场面。

〔琼保邦色将一支系着白绫的箭奉与松赞干布，此箭表示虔心投诚。

〔昂热琼将一面战旗交与大臣尚囊。

琼保邦色 （唱）奉上系有白绫之利剑，

今日我将蕃地献与您，

祈愿邦色我为足下臣，

六万藏蕃大军归顺您！

松赞干布 （唱）邦色老臣今日归顺我，

父曾明誓今日助我业，

六万兵马解除吐蕃忧，

自此良辰悉心理国政！

禄 东 赞　（唱）琼保邦色被封为大臣，

　　　　　　　藏蕃六万兵马皆投诚，

　　　　　　　赞普胸中大业得完满，

　　　　　　　盟誓铭刻在石写春秋！

禄 东 赞　把先祖盟誓的神石，大神年宝桑瓦的寄魂之石呈上！

　　　　〔四位兵士将一块碑石抬上。

　　　　〔长号等音乐响起。

　　　　〔举行赞普时代的盟誓仪式。

　　　　〔松赞干布、琼保邦色、禄东赞、尚囊四人起誓。

　　　　〔音乐扬起。

禄 东 赞　念青大神隐秘寄魂石，

　　　　　洁净坚硬周正无瑕疵。

　　　　　松赞干布神子为人王，

　　　　　一统吐蕃君臣共起誓！

众　　人　（威武地起誓）神子为人王，君臣共起誓，如画纹石上，一统永固留！

　　　　〔叙事的音乐起。

　　　　〔大幕徐徐落下。

第三幕

〔远处耸立着羌哇达泽城堡。几个猎人装扮的骑者乱糟糟地吵闹着，纷纷说从战地派来的使者到了，登上舞台，嘉鲁和其他猎人也登上舞台。

嘉　　　鲁　（唱）战乱纷繁雪山落黑尘，
　　　　　　　　云雾茫茫笼罩吐蕃地。
　　　　　　　　敢请日月眷顾我大王，
　　　　　　　　祈求蓝天呵护我臣民。

信　使　甲　（十分隐秘地）你们听说了吗？

众　　　人　（惊奇地）啊……你说的是……

信　使　乙　（谨慎地）嘘……此事若不是真的，可要小心割了嘴里的舌头！

使　者　丙　尚囊大臣之子松巴国驸马尚赞与象雄人联手，要反抗赞普王！

众　　　人　啊！尚囊之子尚赞反叛了？

信　使　甲　这么说尚囊大臣他……

信　使　乙　很悲伤地关闭了城堡大门，不愿意见任何人。

信　使　丙　嘿嘿，一生服侍赞普王，到老了儿子却成了敌人！

嘉　　　鲁　不要胡说！还没有弄清事情的真相就不要胡说八道！听说赞普王的姐姐萨嘎玛还给母后智萨捎来了破译象雄国军事秘密的密信！

众　　　人　象雄国的密信！

信　使　甲　自从收到这封密信，皇宫内外就变得乱糟糟的。

信　使　乙　看来这次赞普王肯定要出兵象雄国了！

嘉　　　鲁　看，大臣琼保邦色悄悄地向尚囊的城堡俄哇走去了。

众　　　人　啊——真的是琼保邦色吗？

嘉　　　鲁　是真的啊！咱们快快回去吧！

　　　　　　〔众人下。
　　　　　　〔灯光暗淡下来。
　　　　　　〔在追光下，尚囊老态龙钟，仆人巴嚓吉普在服侍他。

松赞干布

尚　　囊　（颤巍巍地）囊日颂赞大王啊，外敌尚未剿灭，如今自家的儿子却成了叛敌啊！

（唱）此前为了吐蕃之安宁，
　　　将那公主与我儿尚赞。
　　　强迫拆散劳燕各分飞，
　　　如今象雄松巴隔两边。

〔琼保邦色忽然登场。

琼保邦色　（唱）儿子反叛之罪过，
　　　　　依照王法需父担。
　　　　　赞普面前你之苦，
　　　　　我不诉说谁敢提！

尚　　囊　琼保邦色啊，此前你我曾与囊日松赞同盟誓，剿杀藏蕃之王投靠赞普王，松赞干布年幼惨遭内敌时，你带藏蕃兵马救护赞普国！大多吐蕃老臣站在我反面，今日只有你敢偷偷来见我，如此之人也就只有琼保邦色你！

琼保邦色　尚囊啊尚囊，松巴人造反，就像是直接投靠了象雄国。如果你不能平息儿子尚赞反叛之后果，赞普一定会灭你九族！

尚　　囊　自从不孝之子搅乱赞普心，我也只有依靠你琼保邦色！

琼保邦色　若要降伏松巴人，吐蕃除了你没有谁能做到这件事！

尚　　囊　赞普王不会如此信任我！

琼保邦色　俗话说，降伏野马需要放长缰绳。虽然你的儿子尚赞叛变了，但几面受敌的吐蕃还有降伏松巴的计谋吗？

尚　　囊　噢……赞普王也是如此想的吗？

琼保邦色　　如果赞普王不是如此想的，我琼保邦色便是有钢铁一样的命，也没有胆量夜夜往你的城堡跑啊！

尚　　囊　　那么，赞普王是如何说的？

琼保邦色　　尚囊看似亲近，然而多诡计，早已与其公子合谋欲篡权！

尚　　囊　　这个……

琼保邦色　　尚囊如若真的忠于我，请将松巴剿灭杀孽子！

尚　　囊　　这是……不可能的！

琼保邦色　　尚囊，其中深意你明白了吧？

尚　　囊　　（惊异而又失望地）赞普王之言，不是让我们父子互相厮杀，自行了断吧？

琼保邦色　　（悄悄拿出一副金面具）是啊，与其在俄哇城堡打坐苦等赞普王的处置，还不如拿着这副金面具到我的营帐来，我琼保邦色保证给你们父子找到一条出路！

〔尚囊看着琼保邦色手中的金面具，有些失望。

尚　　囊　　哈哈哈，邦色啊邦色，难道我要放弃自己的人格，戴着这个假面具吗？

琼保邦色　　嘿嘿，（把金面具交给巴嚓吉普）从今天起，如果没有我琼保邦色的命令，不能让任何人进入宫殿。如果他儿子尚赞派来密探等，速速向我琼保邦色禀报！

巴嚓吉普　　这个……

琼保邦色　　嗯？

巴嚓吉普　　遵命！

尚　　囊　　邦色啊邦色，不要给一头受了伤、将死的野兽再设下陷阱啊！

琼保邦色　　尚囊啊尚囊，你还自称受伤的野兽，请别忘了你是受

松赞干布

伤的狮子,至少在赞普王眼里,你是一个从陷阱中逃脱的、不受束缚的狮子!(严肃地)如果你真的想成为狮子,一定要有狮子的样子!

尚　　囊　（看着对方）哈哈哈哈!

〔琼保邦色走下舞台,尚囊目送他走下,陷入了沉思。
〔巴嚓吉普送琼保邦色,琼保邦色向着巴嚓吉普耳语了一个惊人的消息,下。

尚　　囊　巴嚓吉普!

巴嚓吉普　到!（跑上）

尚　　囊　请拿上琼保邦色给的那副金面具,咱们去找智萨母后!

巴嚓吉普　这个……

尚　　囊　这就是俗话所说的,在敌友之间戴面具!

巴嚓吉普　是!

〔灯光暗。
〔显现出羌巴达泽宫殿的一个议事厅。

智　　萨　（唱）我心爱的姑娘萨嘎玛,

　　　　　　　十三岁时母女遭分离,

　　　　　　　如今秘密送来玉松石,

　　　　　　　却让母亲我心感不安。

〔芒萨焦急地登上舞台。

芒　　萨　智萨母后,听说尚赞哥哥在松巴叛变了!

智　　萨　是啊,尚赞叛变了,在这个时候,萨嘎玛给芒赞将军寄来密信和松石的饰品,不知道是何意!

芒　　萨　密信和松石饰品……

智　　萨　如果你的父亲,大臣尚囊在此,便可知晓其中秘密。

芒	萨	母后啊,如此请下懿旨,我去迎接父亲大人。
智	萨	如果没有赞普之命,如今你的父亲谁也不能见!
芒	萨	如此如何是好啊!
智	萨	唉,造孽啊,造孽,要说这孽缘的根基,那还要怪先王囊日松赞和大臣尚囊他们自己啊!

〔尚囊和巴嚓吉普分别戴着一副金面具登上舞台。

尚	囊	(极其小心地)智萨母后,真是俗话说得好:播下什么种子结出什么果实啊!
智	萨	尚囊大臣,你们是……
尚	囊	智萨母后,赞普王指派大臣琼保邦色赐予我这副金面具,似是想告诉我,我若是陷入黑洞中的狮子,就爬出洞口啸叫一声。
智	萨	是啊,赞普要知道,没有雪狮的雪山,是一座不完美的雪山。
尚	囊	可是,孽子尚赞反叛,这让狮子也无颜站立在雪峰啊!
智	萨	你和先王囊日松赞为了吐蕃王朝的安宁,把我的女儿萨嘎玛和你的儿子尚赞两对深深相爱的年轻人生离死别了啊!
尚	囊	是啊,那时,公主萨嘎玛年方十三,小儿尚赞也只有十五岁,就把萨嘎玛强行嫁给象雄国国王鲁米嘉为妃,尚赞成了松巴国公主的驸马。这两个可怜的孩子分离的场面我至今难忘啊!
智	萨	能将宫中儿女如此轻易地送与敌国,也就不难理解尚赞利用松巴兵马来犯吐蕃!
尚	囊	天哪,外敌未灭,何以承受这内乱的悲痛啊!

智　　萨　大臣尚囊，儿子造孽，在如此关键时刻，你在俄哇城堡打坐，赞普松赞是会谅解你的。

尚　　囊　智萨母后，即便我有一百条舌头，却如何向吐蕃先祖说清尚赞在松巴反叛吐蕃之事啊！

智　　萨　你堂堂大臣如此沮丧，没有主意，还不如我去赞普近前替你说说话！

尚　　囊　（唱）尚赞反叛罪责在尚囊，

　　　　　　　　赞普虽然未有处置我，

　　　　　　　　却派邦色赐我以密令，

　　　　　　　　要我剿灭松巴杀尚赞！

智　　萨　啊，剿灭松巴杀尚赞，这是赞普的密令吗？

　　　　　（唱）先王已逝赞普遭内乱，

　　　　　　　　谁来救我以及松赞王？

　　　　　　　　如若父子交战相厮杀，

　　　　　　　　智萨我还活着有何意？

　　　　　〔智萨悲伤至极，昏厥过去。

尚　　囊　智萨母后，请不要这样，长夜漫漫，但曙光就在眼前！

　　　　　〔尚囊将智萨扶起来。

芒　　萨　（唱）哥哥尚赞姐姐萨嘎尔，

　　　　　　　　父母背负难忍之痛苦，

　　　　　　　　试图疗治吐蕃之伤口，

　　　　　　　　赞普知否芒萨我害怕！

　　　　　〔悲伤的音乐起。

　　　　　〔智萨将一件松石饰品给了尚囊，尚囊见状立刻恍然。

尚　　囊　智萨母后，萨嘎玛寄来的密信和这件松石饰品所指的是……

智　　萨　这个……

尚　　囊　意思是，吐蕃男儿如果敢于挑战鲁米嘉，那就带上松石饰品来攻打；如果不敢挑战，那就像女人一样祈求吧！

智　　萨　不敢挑战就祈求……

芒　　萨　父王啊，您所言何意？

尚　　囊　赞普王对我的密令是正确的！

智　　萨
芒　　萨　啊……

尚　　囊　赞普密令我，在俄哇城堡打坐，剿灭松巴，杀死小儿。我知晓是何意了！

芒　　萨　父王啊，这是何意？

尚　　囊　在俄哇城堡打坐，指的是如今时政混乱，让我闭口思过。剿灭松巴杀死小儿，指的是若想将功折罪，那就谋取松巴国！

智　　萨　是啊，赞普把信任的机会留给了你。

尚　　囊　巴嚓吉普！

巴嚓吉普　在！

尚　　囊　这个秘密不许透露给任何人！

巴嚓吉普　是！

尚　　囊　母后啊，琼保邦色把这金面具给我，适得其所！

〔尚囊戴着面具下。

〔音乐起，智萨与芒萨目送。

智　　萨　（唱）这串松石并非平常的饰品，
　　　　　　　　一定含有什么秘密难破解。

松赞干布

     如果不去收复象雄国，

     母后心中旧伤难愈合。

  〔松赞干布、禄东赞、斯如贡顿、娘赤桑央顿等忽然登上舞台。

松赞干布　（思索着）爱妃芒萨！

芒　　萨　在！

松赞干布　你听说过"僧人隐居深山，念佛之声在家"这句话吗？

芒　　萨　当然听说过。赞普指的是，虽然把我父尚囊的俄哇城堡围堵了，他却可以戴着金面具四处走动吗？

智　　萨　是啊，有着金子一样的品质，还需要戴着金面具吗？

松赞干布　（唱）国母智萨请您宽恕我，

     外敌未灭内部起纷争，

     时局不稳尚赞起反心，

     尚囊无能吐蕃心绪乱。

智　　萨　儿子，请你不要如此说他！

   （唱）降敌护民恩重之尚囊，

     福运之时吐蕃之依靠，

     哀伤之时生命之支柱，

     乃是盟誓笃信之老臣！

松赞干布　母后啊，小儿我明白了！（将松石高高举起）萨嘎玛寄来的这件松石饰品中所掩藏的谜底，除了大臣尚囊无人能够猜出。他也明白我的密令所隐含的旨意。尚囊父子之间真真假假的事情，让尚囊自行了断就是。但是，为了能够实现萨嘎玛姐姐的愿望，我愿意把这松石赐予为吐蕃一统大业而奋战的勇士们作为耳饰，直到永远！

〔音乐声中，智萨和芒萨将两件松石佩戴在松赞干布的耳朵上。宫殿内，姑娘们也跳起了为每一位将士耳朵上佩戴松石的舞蹈。

（合唱）姐姐心怀悲伤奉上的松石，
　　　　是为了赞普大军旗开得胜。
　　　　勇士心中一个不变的信念，
　　　　就是完成一统吐蕃之大业。

〔忽然，娘赤桑央顿手持一函用锦缎包裹着的经卷上。

娘赤桑央顿　献给赞普大王！

松赞干布　这是……

娘赤桑央顿　这是吞弥桑布扎从吐蕃与天竺交界之地寄来，说是世界上罕见的宝物！

〔吞弥桑布扎主题音乐起。

众　　人　吞弥桑布扎……

松赞干布　吞弥桑布扎！

（唱）雨住云开见太阳，
　　　雪域迷雾被驱散，
　　　世间所有金银宝，
　　　无有可以比此物！

〔音乐扬起，松赞干布用一条圣洁的哈达接过书册，神情凝重地打开书册。

〔画外解说：啊，我王贵体安康！这金丝锦帛中的书籍，乃是我吞弥桑布扎依照雪域藏乡的语言

|||写就的八册书卷，是为您一统吐蕃大业的伟大理想表达敬佩之情的一份礼物。

松赞干布 昼夜期盼的大臣吞弥桑布扎啊，你以宛若日月的胸怀，创制了灿烂无比的藏文，雪域的迷雾定会飘散。

〔主题音乐令人心动，预示了松赞干布真实的历史。

〔大幕徐徐落下。

第四幕

〔沃塘。四年后的一天。戴着各种面具的人群惊恐地从烟雾中站起。一个宛若恶魔的人窜入人群之中，面对着他周围的人群自言自语。人群更加惊恐地相互对望着。忽然，三个身着本教服饰的人佩带着刀枪剑等兵器，威猛地上场。

三　　人 吐蕃英勇无比的男女老少们，请跟随我们去降伏妖魔吧！

众　　人 魔鬼在哪里？

三　　人 在帕翁卡，正在引诱赞普。

众　　人 走！去降伏妖魔去。

〔琼保邦色悄悄上场。

琼保邦色 （愤怒地）你们口口声声自称去降伏妖魔，你们到底要干什么？

青　　年 （单腿跪地）大臣琼保邦色，据这几位本教大师说，沃塘最近闹鬼，危及我们的赞普，我们为了解救赞普，正准备跟随他们去降伏这些妖魔鬼怪。

琼保邦色 （假装惊恐地）这是谁告诉你们的？

青　　年 虽然有可以聚住水的容器，却没有可以挡住人话的墙。吞弥桑布扎早就在天竺国去世了，现在他变成了厉鬼，在帕翁卡王宫迷惑赞普已有四年之久。这也是从你们王府里传出来的……

琼保邦色 这纯属流言蜚语，（故作神秘地）传播这样的谣言，是要受到割舌的惩罚的。

〔众人惊恐不已。

众　　人 我们就是要降伏妖魔解救赞普，乡亲们，咱们去救赞普！

〔众人叫嚷着要走。

琼保邦色 （站到高处）大家回来，大家回来！

〔望着走远的人群，脸上露出狡黠的笑容。

（唱）正是一箭射中雄狮和猛虎，
　　　擒住那囊藏于自家深院中。
　　　利用尚囊骗取松赞的信任，
　　　如此智慧当数邦色我一人。

〔宛若恶魔的人上场，灯光暗。

那　　囊 （唱）赞普下令攻打象雄国，
　　　正是夺取吐蕃政权时。
　　　象雄吐蕃都是囊中物，
　　　雪域藏地当属你与我。

〔巴嚓吉普也戴着一副金面具，以鬼脸登场。

琼保邦色 神面鬼脸二位狡猾者，小心如此张狂丢性命！

那　　囊
巴嚓吉普 （拿下金面具）邦色啊邦色，整天这样装神弄鬼，是命薄弱小的我的命运。

松赞干布

琼保邦色　（似是听到了什么）嘘，别说话！这个机会我们不能错过。

巴嚓吉普　是啊，我派人以尚囊的名义给松巴国带去假密信！

琼保邦色　尚囊和他的儿子永远不会知道，松巴与吐蕃之间的密信已被我们截获，哈哈哈哈！

那　囊　尚囊就是做梦也不会知道他的儿子尚赞所做的一切是受我们操控的！

巴嚓吉普　尚囊父子虽然对赞普一片忠心，但要是我巴嚓吉普的好事不能实现，他父子二人就只能怀揣着懊悔自行了断了！哈哈哈哈！

那　囊　（假装奉承地）若要说谋略，就数您琼保邦色大人了；若要说尊贤，在这天底下除你难寻他人！

琼保邦色　首先降伏吞弥桑布扎，中间将那尚囊以计取，然后利用象雄和松巴的兵马，用计杀掉赞普王！

那　囊　你不是要把赞普王引诱到藏蕃，然后设计杀掉他吗？

琼保邦色　把赞普引诱到藏蕃杀掉，再借象雄之刀，把禄东赞、娘赤桑央顿、斯如贡顿所率的中营、左营、右营的兵马剿灭。

巴嚓吉普　到了那时，如果象雄取胜，我们的计划就……

琼保邦色　到了那时，我琼保邦色的藏蕃大兵就像雄狮添翼，把已经是残兵败将的象雄兵马赶尽杀绝，那样，包括吐蕃之内的赞普疆土不是就属于咱们了吗？

那　囊　把松赞干布杀死在藏蕃之地，我推你为吐蕃之主。

琼保邦色　哈哈哈哈……（忽然惊恐地收住）只要夺得赞普之权势，荣登王位当数我邦色，重臣当数那囊与吉普，在这吐蕃我等最权贵！

那　　囊		昼夜思谋权势与富贵，为了权贵不惜装鬼神，因此不能如此死等待，邦色大王请给予明示。

〔琼保邦色与那囊窃窃私语的声音。马蹄声从远处传来，那囊急忙下去躲藏。

〔大臣尚囊戴着金面具，手持一条马鞭上。

尚　　囊　　大臣琼保邦色，发生了什么事？

琼保邦色　　不知道什么原因，民众像是疯了一样拿着刀剑叫喊着要杀了吞弥桑布扎，解救赞普，就朝着帕翁卡方向去了。

尚　　囊　　啊，到了巨石旁。

琼保邦色　　大臣尚囊，你戴着面具掩藏了真容，四处走动是你的特权啊！

尚　　囊　　如若不将松巴人赶尽杀绝，我就不敢露真容啊！

琼保邦色　　如今在赞普面前所有人都不敢露真容啊！吞弥桑布扎回来之后，却彻底扰乱了我们的军政要务，这民众的说法也许……

尚　　囊　　是啊，自从吞弥桑布扎来了，赞普将国家的军政要务抛在脑后，就像着了魔一样关闭了帕翁卡的宫门，闭门不出，通令大小邦国学习吞弥桑布扎弄出来的什么文字。

琼保邦色　　我们一定要小心谨慎，说不定迟早有一天吞弥桑布扎打着学习文字的旗号，乱了吐蕃朝政。唉……

尚　　囊　　此事着实重大！

琼保邦色　　大元帅啊，现在在我们的官兵中，跟随吞弥桑布扎学习文字的越来越多。

尚　　囊　　是啊！他们还坦言要用文字修改军队法令。

松赞干布

琼保邦色　　赞普陛下还对这些人非常器重。

尚　　囊　　你说的这些……

琼保邦色　　你的心胸灿烂若太阳，原本没有必要我这灯火一般的火苗的照耀提醒，但我们是在赞普座前起誓结成的兄弟，正如水流需要渠引的俗语，不得不向你提个醒，不仅如此，赞普还……

尚　　囊　　（急躁地）赞普怎么了？

琼保邦色　　有些话现在不好说啊！

尚　　囊　　哼，你一边说你我是结盟的兄弟，一边又说有些话不好说，你到底想干什么啊！

琼保邦色　　吞弥桑布扎真的就像民众所说的那样，是个活生生的恶魔。

尚　　囊　　吞弥桑布扎，恶魔……（疑惑地摇着头）赞普曾经对我说过，建立国政，需用武力征服，治理国家也需要文字，难道这里还含着其他的意思吗？

琼保邦色　　哼！我的直言却被你想歪了，尚囊你钻入了黑洞却要去寻找阳光。

尚　　囊　　（有所相信地）那么，依你之见，我该如何？

琼保邦色　　自从赞普去了帕翁卡，不是把朝政都交给你了吗？

尚　　囊　　琼保邦色，你想说什么？

琼保邦色　　忠言逆耳，你要利用赞普不在朝政的这个机会，把学习吞弥桑布扎创制的文字的人从各个邦国集合起来，去攻打松巴国。

尚　　囊　　你的意思是？

琼保邦色　　既收复了松巴，也灭了吞弥桑布扎推行文字的空想。

尚　　囊　　唉，如果这样的话……

琼保邦色　　我们摧毁的，是吞弥桑布扎的傲气，而不是赞普的国政。

尚　　囊　　哈哈哈，大臣邦色真是足智多谋！

〔音乐清亮，巨石边的岩洞上，藏文的三十个字母和四个元音刻在石质的书卷上。在这片背景的衬托下，松赞干布和吞弥桑布扎正在闲谈。

〔二人大笑，灯光暗。

吞弥桑布扎　赞普陛下，对我们吐蕃来说，创制和推行文字就是一场没有刀光剑影的战争。

松赞干布　　哦，是一场没有刀光剑影的战争……

吞弥桑布扎　赞普陛下，我们吐蕃国政不稳，各邦国之间相互杀伐不止，这一切都是因为没有文字，没有律法。

松赞干布　　是啊，律法，一定要用文字制定律法，为了一统吐蕃，一定要打好这场没有刀光剑影的战争。

吞弥桑布扎　赞普陛下，千万将士为此抛头颅洒热血，殊不知，创制三十个字母和四个元音才是藏地的希望。

（唱）政教律法奠定一统根基，

　　　政通人和国家兴旺发达，

　　　创制文字开创吐蕃伟业，

　　　拯救藏地脱离黑暗深渊。

〔吞弥桑布扎再次向赞普顶礼，一少年上场。

少　　年　　赞普、学士，以禄东赞为首的文武大臣前来迎请赞普前往雅砻。

松赞干布　　哦，今天是……

吞弥桑布扎　赞普陛下，今天是你随我学习文字四年零四个月外加四天的日子，恰好就是学习期满的日子。

松赞干布

松 赞 干 布　时间过得太快了，感觉好像还不到一年的时间。这几年，有些大臣说我恶魔附身了，这不是在埋怨你创制了文字吗？其实恶魔真的钻入了某些大臣的心里，今天我倒要看看这恶魔到底是什么样子的。

〔两人大笑。

松 赞 干 布　（对少年）快快迎请禄东赞等众臣。

少　　　年　啦嗦！

松 赞 干 布　吞弥大臣，还要烦请你到雅砻，为吐蕃未来的一统，继续来制定律法、兵马建制、行政规范、宗法文治等。

吞弥桑布扎　遵旨！

〔禄东赞、琼保邦色、斯如贡顿、娘赤桑央顿等大臣晋见。

众　　　臣　叩见赞普陛下。

〔松赞干布威严端坐。

松 赞 干 布　禄东赞，怎么没见尚囊元帅前来？

禄　东　赞　尚囊元帅带兵攻打松巴国去了。

松 赞 干 布　啊，如此大事，为何不予禀报？

琼 保 邦 色　自从赞普您在帕翁卡王宫闭关学习文字以来，不仅有很多奏章得不到批复，而且下旨训斥我们这些大臣都是些无能之辈。后来我们担心每事上奏就会搅乱赞普的圣心，所以有些事情就自己做主了。

松 赞 干 布　那么我们的各属国和军政部门普及和学习文字的情况如何？

禄　东　赞　修习文字的制度一经颁布，诸位臣相就四处散布这些文字触犯了祖上大神的谣言，如今流言四起，动荡不安。

松赞干布　那么派往学习文字的那些学子呢？

禄 东 赞　这……（不敢说）

琼保邦色　请赞普息怒。那些学子被尚囊大元帅抽调到军队里攻打松巴国去了。

松赞干布　尚囊啊，四年前我指令他去收服松巴国，可他一直找理由拖延时间，但就在我推行学习文字的时候，他却带着众学子去攻打松巴国，这不是有意给我制造麻烦吗？

禄 东 赞　尚囊元帅他……

松赞干布　（愤怒地）不用说了。

琼保邦色　（认真地）赞普陛下，尚囊元帅认为如果不带领这些学子去冲锋陷阵，他们就会变成一些夸夸其谈的无用之才，甚至不知道赞普的国政需要通过战争辅佐的道理。

娘赤桑央顿　更有甚者，如果把这些学子留在各邦国或者军中的话，他们就会成为煽动民心的主要核心。

松赞干布　整个就是胡说！

禄 东 赞　刚开始尚囊元帅还一心一意地支持和帮助这些学子们，可后来不知为何……

琼保邦色　后来尚囊元帅开始支持那些本教大师，他认为如果不消灭这些纸上谈兵的学子，这些学子将来会对吐蕃的朝政造成前所未有的危害，所以他想把这些学子们消灭在战场上。

松赞干布　尚囊啊尚囊，你是越老越糊涂了。

娘赤桑央顿　（鼓足勇气）尚囊元帅时刻准备着为吐蕃的事业

松赞干布

	献出生命,如果他能消灭掉所有的学子,那他就建下了不可估量的功劳。
松赞干布	啊!
娘赤桑央顿	现在雅砻地区的各邦国的臣民们认为吞弥桑布扎是毁我吐蕃基业的恶鬼,如果把吞弥桑布扎带到雅砻,臣民们说不准还会反叛朝政呢。
松赞干布	今天你们是前来迎驾我呢,还是来陷害文字的创造者,阻挠文字的推广的?
吞弥桑布扎	各位大臣,以前咱们为了吐蕃的基业在战场上东奔西杀,同患难,共命运,排除了千难万险;后来我按赞普的旨意历尽艰辛,客居天竺学习先进文化,为了吐蕃的一统,国政的稳固,我奉命创制了吐蕃文字。文字并不像亲自到战场厮杀敌人那样直截了当,却是一劳永逸、一招制胜的法宝。诸位大臣为何如此蔑视文字?朗朗晴空般的智慧天际,我的心智宛若群星闪烁。自从创制吐蕃文字以来,微臣才有智者般的心怀。

（唱）文字可以书写国政律法,

　　　文字可以起草安邦宗典。

　　　点燃智慧之阳光,

　　　吞弥之恩焉能轻!

琼保邦色	（愤怒地）哼,吞弥桑布扎你简直狂妄至极!
斯如贡顿	识得几个文字那又如何?到底是吐蕃的兵马厉害还是你的文字厉害?

〔外面传来民众的呼喊声。一位士兵上场。

士　　兵	赞普陛下,民众们把帕翁卡王宫围了个水泄不通,

他们呼喊着把吞弥大臣交给他们处置。

〔赞普听见此话后晕了过去，吞弥桑布扎和禄东赞急忙扶住赞普。

琼 保 邦 色　如今吐蕃的国政好似那落水羔羊一般羸弱无力，如果赞普不放弃吞弥桑布扎创制的这些新规奇制，意想不到的劫难就会降临吐蕃。

松 赞 干 布　（有气无力而又悲伤地）邦色啊邦色，我真没想到因循守旧的旧臣们会有这么大的力量。

吞弥桑布扎　赞普陛下，为了平息民众和将士们的怨气，也为了吐蕃的稳定，请把我交给众将士和民众们吧！（哽咽着向赞普顶礼）

松 赞 干 布　我如饥似渴地希望创制吐蕃文字，你就此奉命创造出奇迹。为了巩固吐蕃朝政，也为了早日完成吐蕃的一统大业，我封你为吐蕃的第一国师，请您接受我吐蕃这第一位弟子的一拜。（拜倒在吞弥桑布扎的足下）

〔在场的众臣顿时惊异得鸦雀无声。禄东赞和娘赤桑央顿也不由自主地向吞弥桑布扎顶礼，众人在光柱下跪地，琼保邦色也无奈地跪下。

〔令人心动的音乐起。

〔画外音：从此以后，吐蕃国取得了这场没有厮杀声的战争的胜利，举国上下开始学习吐蕃文字。同时，吐蕃君臣根据当时的社会需要和生活环境，制定了六大法，划分了行政区域，设定了军事组织，设置了文臣武将的官衔和他们的职权范围。还重新制定了治国安民的十五国律、七大法、道德规范十六条等律条，使生活在青藏高原上的藏族先民走上了人类社会的文明之路，也为吐蕃国的大一统奠定了基础。

〔音乐止，幕布徐徐落下。

第五幕

〔两年后。

〔嘉鲁以主持人身份出现。

嘉　　鲁　（吟诵）哦啦嗦，赞普大军一举剿灭了达布、门隅、娘、工布等，在所有邦国普及文字，制定国法。在沃塘的红山上，修建了代表吐蕃王朝政治中心的布达拉宫。此时，大臣尚囊没动一兵一卒就降伏了松巴，如今与儿子尚赞将要诚服于赞普。然而，琼保邦色却在赞普与尚囊之间使了离间计，大臣尚囊无可奈何，只好固守俄哇城堡，与赞普断绝了来往。不仅如此，琼保邦色欲设计把赞普请到藏蕃王宫登巴查沃暗杀。正在此时，远在象雄的萨嘎玛姐姐寄来密信，解除了赞普心中的所有疑惑。

　　　　　（唱）自小受恩于尚囊，
　　　　　　　　解救吐蕃有邦色。
　　　　　　　　赞普心中之疑惑，
　　　　　　　　姐姐密信尽解除。

〔切光。

〔三束追光照亮尚囊、琼保邦色、那囊三人。

尚　　　　囊（唱）邦色设计令儿起了反心，

　　　　　　　　　杀死文书之罪天地难容，

　　　　　　　　　呜呼赞普对我失去信任，

　　　　　　　　　苟活如狗不如一死了断！

琼　保　邦　色（唱）智诱象雄乱吐蕃，

　　　　　　　　　骗诱赞普之藏蕃，

　　　　　　　　　尚囊那囊幻术取，

　　　　　　　　　史册留名舍我谁？

　　　　　　　　　哈哈哈……

那　　　　囊（唱）邦色尚囊颂赞似聪慧，

　　　　　　　　　那囊我能牵着鼻子走！

　　　　　　　　　试看吐蕃太阳遭罗睺，

　　　　　　　　　黑暗之中希冀梦成真！

　　　　　　　　　哈哈哈……

〔在悲伤的音乐声中这些形象如梦消失。

〔在音乐复调中松赞干布正在读一封密信。

松　赞　干　布（唱）尚囊无视律法自视高，

　　　　　　　　　邦色利用奸计乱内外，

　　　　　　　　　为了大业暂且可容忍，

　　　　　　　　　如今此等阴险露端倪！

〔宫殿被兵马围困，禄东赞、斯如贡顿、吞弥桑布扎、娘赤桑央顿四人上。

禄、斯、吞、娘（合唱）如不斩断邪恶之滋长，

　　　　　　　　　何以颂扬善行之美好？

　　　　　　　　　若不消灭强暴之侵害，

松赞干布

何以弘扬律法之正义？

松 赞 干 布　（打开密信诵念）在象雄之地，琼隆之宫殿，外殿内有我，其实被软禁，萨嘎玛悲苦，向吐蕃进谏：那囊、琼保邦色设计将尚囊与尚赞杀害，与松巴联盟暗通。以松石饰耳，利箭已上弓，伴羽翎飞来。

〔众人一时无语。

松 赞 干 布　当初琼保邦色归顺于我时，我就洞察其人狡诈善变。窜入狗窝的雄狮，我是不指望他成为一头真的雄狮的。我深感他希望我前往藏蕃之地，提议满足民众愿望。

禄、斯、吞、娘　这个……

松 赞 干 布　他的贪婪和狡诈，依随着他张扬的真理假象，已经是根深蒂固了。东赞，请你替我去一趟藏蕃之地，为我去那里打好前站。这是决定最后胜败的秘密任务。老臣尚囊他蛮横无理，将吐蕃推广文字的百余名学生送到了战场，如今这些学生均已牺牲。我至今不知道此事如何发生。他的儿子与安多的松巴人相勾结，意欲造反，因此，在没弄清尚囊他的真正目的之前，万万不要惊动他，也不要轻易攻击他的俄哇城堡！

禄、斯、吞、娘　（极其虔诚地）圣王之高，密旨之慎，谨遵圣旨，依旨行事！

〔灯光暗淡下来。

〔悦耳的音乐起。

〔舞台上呈现一架古老的织布机，芒萨悲伤地

〔手持一把小刀上。

芒　萨　（唱）姐姐寄来之小刀，

　　　　　　刚好取我之性命。

　　　　　　父亲哥哥反叛赞普王，

　　　　　　女子我也无颜在人世！

〔智萨急上，严厉真切地呼唤。

智　萨　芒萨……你……自杀行为有违赞普之律法！你是未来吐蕃之王妃，不论到何时都不能改变，没有赞普之令不能自行了断！

芒　萨　母亲大人啊，我该如何是好！

智　萨　无论如何都无济于事！我们吐蕃的妇女，有着尊贵的身份，但没有生命的卑贱。俗话说，春日时长，有冷有暖；人生苦短，有福有难！

芒　萨　母亲……

智　萨　芒萨，只要大树不死，树叶就会再生。母亲我也为女儿萨嘎玛的死去而忍受着巨大的悲伤。我是前朝的王妃，你将是未来的王妃，王妃要有王妃的威仪！

芒　萨　我该如何迎接赞普啊！

〔看着小刀哭泣不已。

智　萨　（严肃地）芒萨，这把小刀，是萨嘎玛在生命的最后秘密寄给赞普的，预示着朝政大事。她把刀鞘留在象雄，只把小刀寄来，说明她已经不在人世了。她即便是死了也要把刀鞘留在象雄，是希望赞普一定要剿灭象雄，拿回刀鞘，让这把小刀完美如初。在这个关键时刻，你只顾自己的悲哀而要寻死觅活……

芒　萨　（悲伤地）母亲……（压抑地哭泣着，把小刀交与母亲）

智　　萨　（面对周身近侍）把芒萨带至她的寝宫，伺候着换上华服！

侍　　女　遵命！

〔芒萨咬着牙，下场。

〔幕后传来一群少女的嬉笑声。智萨母后藏起了小刀，佯装聚精会神地织布。少女们嬉闹着先后上场，见到母后，佯装敬畏，蹑手蹑脚地走上。

智　　萨　（佯装没看见）嗯哼！

众少女　（调皮地）给智萨母后请安！

智　　萨　看看你们，哪像宫中少女，越学习文字反而越调皮，早知道这样，我就不该让你们去学习。

〔众少女笑着，围住智萨母后。

〔众少女发现智萨母后刚刚流过泪水。

少女甲　智萨母后，您是不是又在想萨嘎玛姐姐了？

少女乙　等赞普回来，我们就让赞普下令发兵把萨嘎玛姐姐从象雄国抢回来。

众少女　对，我们让赞普发兵抢回姐姐。

智　　萨　下令发兵也无济于事。

众少女　那……

少女丙　哎，今天怎么不见芒萨？

少女丁　（极其调皮地）芒萨姐姐觐见！

〔芒萨身着新装，非常靓丽地上场。

芒　　萨　（敬重地微笑着）叩见母后大人！

智　　萨　芒萨，你身穿新娘的装扮迎接赞普，这可是双喜临门的好事啊！

众少女　赞普也曾应诺，吐蕃一统的那一天，就迎娶芒萨姐姐的。

〔芒萨羞愧难耐。

智　　萨　我们吐蕃的女子经受了太多的苦难。

众 少 女　智萨母后，请下旨吧！

智　　萨　嘿！你们这些……快点织布吧，如果不能及时搭起宫帐，这旨就难下了。

众 少 女　是啊，织出华丽的氆氇，缝制一顶宫帐，乃是芒萨姐姐新婚之喜的福禄，咱们织出彩虹一样的氆氇吧！

〔在悦耳的音乐中，众少女翩然起舞，跳起了纺织之舞，天空布满彩虹，彩虹连接着氆氇。

众 少 女　（合唱）织呀织呀织出新婚之氆氇，
　　　　　　　　　　将那吐蕃之女心思织出来，
　　　　　　　　　　将那一统吐蕃宏愿织出来，
　　　　　　　　　　将那赞普所怀大业织出来！

〔智萨和芒萨翩翩起舞。

智　　萨　（唱）母子情深宛若这宫帐，
　　　　　　　　宫帐之中也有悲和愁。

芒　　萨　（唱）织出的布匹经纬相错，
　　　　　　　　似是那芒萨如麻心绪。

众 少 女　（合唱）为了吐蕃一统的国政，
　　　　　　　　　征战多年如今凯旋来。
　　　　　　　　　朝中女眷含笑织大帐，
　　　　　　　　　真诚迎请赞普大军来。

〔音乐声中，松赞干布带吞弥桑布扎、娘赤桑央顿等上。

松赞干布　母后大人，您如此高龄，却依然为儿着想，如此费心地织绣这宫帐，辛苦了！

松赞干布

智　　萨　　（深情地）母亲我也想为你的国政大业，做一些琐碎小事！

〔松赞干布感激又崇敬。

松赞干布　虽然我深知母后心意，却担心宫帐何日能支起，强外敌如今依然张狂，新内乱此刻又在眼前。

智　　萨　　（不解地）你说的这是……

松赞干布　母后啊，若问谁聪明就数他聪明，若问谁对你我有恩就数他有恩。但他轻视学字的律法，干扰举国上下学习文字的新政，他儿子在松巴贱结象雄抗反吐蕃，对我的政令他也充耳不闻，置之不理，以至于其他大臣也嘲讽于我。这般屈辱我实在难以忍受。

智　　萨　　尚囊元帅的所作所为，从你赞普的角度去看，确实有一些过分。可对尚囊元帅本人来说，他在有口难辩的情况下不说话，这就是他对你的一种态度。

芒　　萨　　我父尚囊等待着你给他一个辩白的机会。

松赞干布　是啊，但赞普永远是赞普，朝政永远是朝政，我不会像祖先那样为了某种道德规范，就给敌人趁机颠覆朝政的机会。

智　　萨　　赞普啊，您这……

松赞干布　母后啊，自从父王被毒死之日起，我就发誓，如果有人犯法，不论他是亲信家人，还是达官贵人，我都要将他绳之以法。

智　　萨　　赞普啊，你新制定的律法将要惩治的第一人，却是与我们患难同在、生死与共的尚囊元帅吗？

松赞干布　正因为他是显赫的尚囊元帅，所以我要把新律法用在他的身上。我是至高无上的赞普，而他是位高权重的元帅，为了让臣民知道我律法的公正，我必须依照律法对他严惩不贷！

芒　　　萨　赞普啊，您不能这样啊！

松赞干布　芒萨，我赞普执行新法，除此别无他法！

众　　　人　赞普陛下！

松赞干布　斯如贡顿将军。

斯如贡顿　在！

松赞干布　你带上六千士兵把尚囊元帅的城堡俄哇围起来。

斯如贡顿　（很不情愿地）啦……喏。

智　　　萨　慢！赞普呀，我代表尚囊元帅向你求饶。

松赞干布　（非常无奈地把一支金箭反身交给了斯如贡顿）除了包围尚囊元帅的官邸外，不得为难尚囊元帅和他的亲眷。

斯如贡顿　啦喏！（走下舞台）

〔音乐起，松赞干布扶起跪地不起的母后。

松赞干布　（唱）是谁把我扶上赞普的宝座，
　　　　　　　　是谁给我至高无上的权势？
　　　　　　　　国法冷酷从来不能讲情面，
　　　　　　　　恳请母后不要责难我无情。

智　　　萨　（唱）自你父王抛下我归天，
　　　　　　　　尚囊生死与共护江山。
　　　　　　　　抚育松赞当上赞普王，
　　　　　　　　天下却杀有恩忠臣吗？

〔智萨将松赞干布推开，身体使着劲。

松赞干布　母后啊！

智　　　萨　（失望地拿出一把小刀）萨嘎玛公主寄来一把小刀，

松赞干布

看来象雄正在做复仇的准备，这没有刀鞘的小刀，似乎预示着萨嘎玛遇到了什么不测。

〔松赞干布从母后手中接过了小刀。周围渐暗，悲凉的音乐起，追光照射在身心疲惫的赞普身上。

松赞干布　（唱）母后的话儿句句都在理，
　　　　　　姐姐的泪水流在我心里，
　　　　　　尚囊的傲慢刺痛我眼睛，
　　　　　　邦色的狡诈令我仁心乱！

（旁白）象雄啊象雄，敌人来犯不抗击，乃是懦夫之行为。如今到了降伏象雄的时候了！

〔禄东赞忽然急匆匆上场。

禄东赞　觐见赞普！

松赞干布　（略显不安地）你怎么忽然从藏蕃赶来？

禄东赞　赞普陛下，琼保邦色叛国了！

松赞干布　啊——

禄东赞　（唱）当我赶到藏蕃之地时，
　　　　琼保邦色设了埋伏，
　　　　勾结象雄攻我吐蕃，
　　　　欲在藏蕃杀害赞普。

松赞干布　（愤怒地）哈哈哈哈！

禄东赞　除此之外，还有……

松赞干布　说！

禄东赞　琼保邦色不仅把叛敌那囊藏匿了起来，而且在大臣尚囊父子之间设计，让松巴起了反心。他还与象雄王鲁米嘉暗中勾结，毒死了萨嘎玛。

松赞干布　琼保邦色啊，哈哈哈哈，我给你指了一条金光大道，你却是一头喜欢阴暗钻入狗窝的雄狮啊！琼保邦色、那囊！我是吐蕃如日中天的赞普，天底下没有太阳照不到的地方！

〔突然随着一声"报"，斯如贡顿上场。

斯如贡顿 （抽泣着说）赞普陛下，尚囊元帅……

松赞干布 尚囊元帅怎么样了？

斯如贡顿 大臣尚囊被他的仆人巴嚓吉普杀害，斩下头颅献给赞普您。

芒　　萨 父王啊……

松赞干布 啊……（在宝座上晕了过去，众臣不知所措）

〔哀伤的音乐起。

〔松赞干布渐渐地恢复了知觉，紧紧抱住尚囊的头颅。

松赞干布 我的心灵蒙尘不辨是非，害死我们吐蕃的忠勇元帅，悔恨的浪涛汹涌在心里，尚囊元帅请你受我三拜。

〔松赞干布受着悔恨的煎熬。众臣陪着赞普向尚囊元帅的头颅跪拜。

〔灯光暗。哀伤的音乐起。

〔松赞干布将尚囊的头颅贴在胸口。诵念"唵嘛呢叭咪吽"的悲戚之调由远而近地传来，表达着一种复杂的心境。

〔幕闭。

第六幕

〔雄壮的音乐表现古战场的影像。

〔幕启,写着"吐蕃""象雄"字样的军旗相互交错,忽高忽低。

〔画外解说:松赞干布创立了一统藏地的新政,对外扩张统一区域,对内制定律法宗令,严政善律,除暴安良,平均贵贱,尊重真理,奖掖勇士。松赞干布攻打象雄,征服藏蕃之战,乃是吐蕃史上规模最大的一次战争。

〔在舞台前方的灯光中,松赞干布戴盔披甲,将象雄国的旗帜用剑刺碎,显示神勇本色。

〔在闪烁的灯光中,雷声轰鸣,在惊人心魂的"啊"声中,写着"象雄"字样的旗帜从空中落在地上。

〔合唱:以谋略为计,

以神勇拼命,

以正义扶持国政!

人王神子,

心正严明,

给雪域大地带来光明!

松赞干布,

建立藏地一统的吐蕃王朝!

〔如第一幕,兵马行进之声越来越强,在旌旗飞扬的威武中，灯光全暗。

〔灯光再亮时，舞台中心出现一条令人恐惧的绳索，琼保邦色、那囊、昂热琼等人在追光下站立不动。

琼保邦色　在人群聚集的地方，我琼保邦色的智慧是无人能比的；在军马集结的地方，我的威力宛若燃烧的火焰。从前，在藏蕃之地，我们家族恰似那群星中的月亮一样光彩夺人，而如今却要落入天狗的口中。

那　囊　在赞普宛若太阳一样的光辉下，我们还不如一盏油灯明亮。我们想以恶行的乌云，遮盖赞普太阳的光辉，实在是一件可笑可悲的事情。

琼保邦色　松赞干布，如果说谁有恩于你，谁也不能跟我相比。当吐蕃的国脉衰败之时，是我击败了藏蕃的曼蒙王，带着藏蕃军马扶持拥戴了你松赞干布。

那　囊　当有人的性命危在旦夕的时候，得到别人的救助，那是多么美好的事啊，可是今天，把我们赶往死路的，就是你当初扶持拥戴的松赞干布啊！

昂热琼　父亲大人，赞普不是常说"不伤恩人心，不骑天上马"吗？只要你承认错误，赞普或许会宽恕我们的。

那　囊　是啊，他仁政爱民，任人唯贤，盛名远扬，是一个有着圣人贤德的明君啊。

琼保邦色　我一如井底之蛙，不知天高地厚，居然与自己的大王对抗！贪婪的毒害在心中汹涌，狡黠的毒气从口中喷撒，丑陋的恶行在手中实施。试图将这太阳一样的赞普光辉用贪心的乌云遮挡。我的赞普啊，你驱散我心中的乌云的同时，为什么还要把真理的光辉赐予我？

昂热琼　可我们是遮蔽阳光的迷雾，是危害赞普朝政的罪人啊!

琼保邦色 是啊,我们的罪恶是我们自己造成的,不是赞普带给我们的,他给我指了一条灿烂黎明的金光大道,我却把头伸进了黑暗之中,毁了自己。

昂热琼 父亲大人,我们与其在这里等死,还不如带着家族远走高飞,如此还可以保存族脉啊!

琼保邦色 不!松赞干布就像那天上的太阳,太阳岂能有照不到的地方。

那囊 即便会有,那也一定是暗无天日的地方。

琼保邦色 我已是老朽将死之人,也无意去保全这无恶不作的生命。赞普您说我是雄狮钻进了狗窝,狗窝中的雄狮我今日向您忏悔,向您致敬!

〔那囊脱下身上的盔甲,拿出曾毒死囊日松赞的器皿,狂笑不止。

那囊 我的赞普囊日松赞啊,我一生服侍您,最终却用毒酒送走了您。今天,我那囊非常想念您,您还记得我们曾在雅拉香布大神面前起誓,要为吐蕃的一统而战吗?俗话说,狗不食石,人不食言,而我却违背了誓言,就让我吞下这毒酒,算是我对你的忏悔吧!

(唱)我自取性命向赞普忏悔,

史上也没有如我的恶人。

临到死时才悟出点真理,

以此祈愿国政长久圆满。

〔那囊饮毒自杀,琼保邦色悲伤大笑。

琼保邦色 一世英明死时也英明,英明之人却摒弃真理。临死落下悔泪谁会赞,那囊慢走,请你等等我。

〔对儿子昂热琼〕

（唱）因我心底贪婪怀恶意，

　　　　曾对一统大业设羁绊。

　　　　死后请你取下我头髻，

　　　　献给赞普为我去忏悔。

昂热琼　　父亲啊，不！幸福之时我们是父子，临死之时我们一起走，赞普面前我们共赴死！

琼保邦色　我儿啊，我们藏蕃部族也不是没有为赞普做过任何事情，只是因我的贪婪和狂傲，才给整个部族带来了灾难。现在我们即使要死，也要知道，吐蕃的一统和赞普王朝的建立比我们的生命更伟大更辉煌。在这生命的最后时刻，若能为赞普做点什么，老父我死而无憾。

〔手握自尽的绳索。

琼保邦色　（唱）将死之时三拜赞普，

　　　　再次忏悔尚囊宽恕。

　　　　松赞干布人王神子，

　　　　祈愿护佑罪人邦色！

〔自尽的形影变得模糊。

昂热琼　　父亲啊——

〔表现心绪的音乐响起。

（合唱）虽然曾经为敌丧天良，

　　　　赞普胸襟最终被感化，

　　　　为了吐蕃一统之宏业，

　　　　愿以生命之歌去赞美！

〔昂热琼在歌声中手持哈达高高举起，在父亲遗体前高呼"松赞干布",恭敬地行礼。

〔灯光暗,舞台一片寂静。

〔闭幕。

尾 声

〔赞普王朝兴起的音乐起。

〔整个舞台为一部高大的撰写着古藏文的书卷。

〔这部书卷观众不但可以阅读,在特殊的灯光下,还可以清晰地看到书中内容字幕。

〔画外解说:7世纪藏历火牛年(617),松赞干布诞生。金虎年(630),松赞干布十三岁时,先王囊日松赞仙逝,他执掌了王朝,自此收服四方邦国,开始了一统吐蕃的大业。他创制文字,推进文明,制定律法,建造城镇,奠定了朝政根基。水蛇年(633),迁都拉萨。金鼠年(640)完成一统吐蕃大业,建立了赞普王朝。金牛年(641),迎娶唐文成公主和尼泊尔尺尊公主。这在历史上树起了唐蕃结盟的丰碑,从此奠定了汉藏团结共荣的坚实基础,写下了光辉灿烂的唐蕃联盟历史,为整个中华民族的统一事业创造了条件,为雪域家园迈向人类文明做出了贡献。

〔灯光暗。

〔雄壮的音乐起。

〔神奇的布达拉宫巍然屹立。舞台呈现出体现赞普威力的宫殿,整个舞台光彩夺目。

〔宛若神话中的景象,左右立着智萨、芒萨、禄东赞等人,松赞干布端坐中间,彩光环绕,好似彩虹罩在太阳之上。

〔舞台前嘹亮的军号相继吹响,几支威武雄壮的兵马将一部政令展示出来。

〔禄东赞严肃地宣读着这部政令。

禄东赞　吐蕃王朝第三十三代赞普松赞干布颁布政令:自今日起,归属吐蕃的邦国制度终止,大一统的吐蕃王朝成立了!在这圆满美好的时刻,松赞干布迎娶大唐文成公主和尼泊尔尺尊公主为妃!

〔在夺人心魄的音乐声中,文成公主与尼泊尔尺尊公主在近侍的围拢下,依照各自不同的习俗登上舞台,开始一段重现历史一般的迎娶仪式,令人目不暇接。

〔舞台充满赞普时代的圆满福运。

〔以吉祥之歌赞美这吉祥的舞场。

(合唱)饱蘸心血书写先祖辉煌,
　　　　胸怀世界和平美好愿望。
　　　　和谐统一祖国幸福安康,
　　　　相互依靠共创未来康庄。

〔幕闭。

〔剧终。

大型安多藏戏

金城公主

编剧：阿罗·仁青杰博

青海省藏剧团·黄南藏族自治州民族歌舞剧团　2023年4月首演

时　　间：690—739 年。

地　　点：吐蕃——逻些，唐朝——长安。

剧中人物：

金城公主——唐中宗李显养女，吐蕃赞普赤德祖赞王妃。

赤德祖赞——吐蕃第三十六代赞普。

赤　玛　伦——吐蕃唯一赞姆（摄政女王），赤德祖赞的祖母。

唐　中　宗——唐朝第七代皇帝。

唐　玄　宗——唐朝第八代皇帝。

那　囊　萨——赤德祖赞王妃。

那　囊　尚——那囊萨的兄长，吐蕃大臣。

德　桑　玛——赤玛伦和金城公主的侍卫女将。

赤　　　斯——吐蕃大臣。

杨　　　矩——护送金城公主入蕃的唐朝大将军。

赞　朵　热——迎娶金城公主的吐蕃和亲使臣。

拉　拜　波——赤德祖赞的兄长，反叛首领。

芒杰拉松——吐蕃内相、叛臣。

聂　　　赞——吐蕃内相、叛臣。

蒙　　　琼——吐蕃内相、叛臣。

达　　　察——吐蕃内相、叛臣。

朗　　　涅——吐蕃内相、叛臣。

侍女、舞者、士兵、温巴、拉姆、嘉鲁和群众等若干人……

序　幕

〔吐蕃古乐起。
〔唐朝音乐辅助。
〔金城公主巨幅唐卡徐徐开启。
〔吐蕃赞普宫殿肃穆庄严，气势恢宏。
〔狮、龙、虎、鹏等瑞兽形象威猛。
〔画外音：

　　及至龙年，

　　704年春，

　　王子赤德祖赞诞生。

　　是年冬，

　　赞普都松芒波杰在南诏驾崩，

　　其母后赤玛伦第二次摄政。

　　及至猴年，

　　708年秋，

　　王子赤德祖赞五岁。

　　摄政女王赤玛伦召集那囊尚、赞朵热等大臣，

　　商议与唐朝联姻之事，决定派遣使臣前往求亲。

〔赤玛伦领着孙子赤德祖赞，威严地走来。
〔音乐刻画出祖母的衰老和孙子年幼的形象。
〔高贵的祖孙二人气度非凡。
〔大臣赤斯上。

赤　斯　敬请内相议事!

〔大臣们从四处走来，毕恭毕敬地聚集在一起。

〔侍卫们彪悍强壮，队列整齐。

〔赤玛伦虽已年迈，但依旧显得威武端庄。

赤玛伦　（唱）吐蕃各地奸臣不宁，

　　　　　　　内外亲疏蠢蠢欲动。

　　　　　　　我挫败王兄拉拜波，

　　　　　　　辅佐赤祖接续王统。

〔阿央歌合唱。

〔赤玛伦坐在赤德祖赞的座旁。

赤玛伦　（唱）王宫是七层殿，

　　　　　　　人主乃天之子。

　　　　　　　赤德他年尚幼，

　　　　　　　朝政日显危机。

　　　　　　　为了天下百姓，

　　　　　　　普皆享受安乐。

　　　　　　　要与唐朝皇帝，

　　　　　　　联姻稳定社稷。

赤　斯　受摄政女王赤玛伦之命，择良辰吉日，选贤人良马，举赞普大旗，由大臣那囊尚、赞朵热等人，捧金瓶、玉盘及珍贵稀世珠宝，贡献迎娶公主的聘礼，速速前往长安，圆满完成和亲大事。

赞朵热　啦嗦!

〔以优美的音乐表现主题。

〔大幕徐徐落下。

第一幕

〔大唐皇宫大殿内。

〔表现唐朝繁荣景象的音乐起。

〔中宗皇帝独自沉思并吟唱。

唐中宗 （唱）唐蕃两国内政动荡时，
　　　　　　　赤玛伦她又派使者来。
　　　　　　　祖母携孙向本朝求助，
　　　　　　　朕甚忧虑赤玛伦也难。

〔优美的合唱音乐起。

〔众公主在宫中翩翩起舞。

〔唐中宗望着公主们，心潮起伏。

唐中宗 （唱）唐蕃引发争端欲结亲，
　　　　　　　迎娶公主深意朕理解。
　　　　　　　联姻接续甥舅稳政局，
　　　　　　　该让哪位公主担此任？

〔公主们的舞蹈表现了中宗此刻的复杂心情。

（合唱）东方孔雀翔西南，
　　　　开屏雪域是心愿。
　　　　金城年方十二岁，
　　　　深解父意挑重担。

〔金城公主从众多美女中走出来。

〔她捧起玉镜仔细观察。

金　城　（唱）父皇似天我如月，

　　　　　　　和亲谕旨降金城。

　　　　　　　无怨不悔遵圣旨，

　　　　　　　跨越江河翻雪山。

　　　　〔中宗表现出对金城公主的不舍之情。

唐中宗　（唱）今闻幼女笑语声，

　　　　　　　男儿眼泪落满胸。

　　　　　　　父皇心中一朵花，

　　　　　　　绽放雪域天下祥。

金　城　（唱）父皇不必心烦乱，

　　　　　　　前有文成进吐蕃。

　　　　　　　今朝踏寻其足迹，

　　　　　　　远赴雪域辅君王。

唐中宗　（唱）心中有万般不舍，

　　　　　　　更求唐蕃享安泰。

　　　　　　　和亲路途多艰辛，

　　　　　　　唯愿前程皆似锦。

金　城　父皇啊！

唐中宗　金城！

　　　　〔表现父女情深的音乐起。

　　　　〔中宗对金城公主依依不舍。

金　城　父皇！

　　　　〔金城行大礼。

　　　　〔唐中宗流着泪水消失。

　　　　〔金城公主在光柱下显得更加美丽可爱。

　　　　〔侍女们翩翩起舞。

金城公主

〔金城公主身着华丽的嫁衣。

〔她天真烂漫地捧着雪莲花向前移步。

（合唱）东土美女金城，

　　　　自幼长在皇宫。

　　　　如今封为公主，

　　　　将要启程入蕃。

〔一位身穿唐朝盛装的大臣上。

大　臣　左骁卫大将军杨矩将承担护送大唐金城公主入蕃之重任。大唐中宗皇帝亲率文武百官到始平县为公主送行，并决定赦免当地囚犯，免除百姓赋税一年，将始平县改为金城县，以示纪念。皇帝设国宴赋诗为公主饯行。

〔唐朝官廷乐舞起，高处挂满灯笼。

〔举行盛大的仪式。

〔远处为唐宫景园。

〔以唐朝各种乐器演奏音乐，君臣百官赋诗。

〔唐朝大臣、诗人李适和武平一等在唐中宗周围赋诗。

诗人甲　（吟诵）绛河从远聘，

　　　　　　　青海赴和亲。

　　　　　　　月作临边晓，

　　　　　　　花为度陇春。

诗人乙　（吟诵）主歌悲顾鹤，

　　　　　　　帝策重安人。

　　　　　　　独有琼啸去，

　　　　　　　悠悠思锦轮。

诗人丙　（吟诵）广化三边静，

　　　　　　　通烟四海安。

　　　　　　　还将膝下爱，

　　　　　　　特副域中欢。

诗人丁　（吟诵）圣念飞玄藻，

　　　　　　　仙仪下白兰。

　　　　　　　日斜征盖没，

　　　　　　　归骑动鸣鸾。

唐与金　（合唱）此别难再逢，

　　　　　　　青史留英名。

　　　　　　　甥舅世代盛，

　　　　　　　共筑黄金城。

〔气势雄浑的音乐愈加激烈。

〔舞台上唐朝舞蹈动作遒劲，富有感染力。

〔送亲队伍在路上。

（合唱）公主花艳丽，

　　　　芳香满高原。

　　　　一心牵两地，

　　　　美名千古传。

〔灯光暗。

〔大幕徐徐落下。

第二幕

〔序幕背景再现。

〔背景画面上出现吐蕃监牢。

〔阿央歌合唱。

〔吐蕃大臣赤斯上,大声说。

赤　　斯　开庭。

众　　人　啦嗦。

〔官员和随从们毕恭毕敬地从四处聚集。舞台分上、中、下三层。寂静无声。

〔那囊尚带领四名狱卒押着戴镣铐的芒波杰拉松来到法庭。

〔众人惊恐,悄无声息。

赤　　斯　金城公主入蕃途中,芒波杰拉松与赞普兄长拉拜波勾结,对抗赞姆赤玛伦的朝政,试图破坏唐蕃和亲。摄政女王赤玛伦废黜王兄拉拜波,并将芒波杰拉松、德仁巴·嫩囊扎、凯盖朵囊等反叛者绳之以法。

芒杰拉松　哈哈哈,金城公主及迎亲队伍入蕃将会变成梦幻泡影。

那　囊　尚　没想到你和拉拜波会在我手里丧命。

芒杰拉松　唐中宗已经被皇后韦氏毒死,吐蕃王储拉拜波被废黜,就算我们都死了,赤玛伦主导的唐蕃联姻计划最终也是一场空。

那　囊　尚　哈哈哈,你死到临头还嘴硬,这本身就是一个错误。

芒杰拉松　你把大王子拉拜波密谋的大事泄露给了赤玛伦,现在很威风,但总有一天你会为此付出代价。

那　囊　尚　哈哈哈,那不过是你死后的一场梦而已。

赤　　斯　上刑。

〔幕后传来惨烈的叫声,舞台变暗。

〔苍白的背景中出现赤玛伦及众随从。

〔赤玛伦的禁卫军女将们排列整齐。

赤玛伦 德桑玛!

〔女将德桑玛上前施礼。

德桑玛 摄政女王陛下请吩咐。

赤玛伦 根据密报,唐朝皇宫中韦氏篡权,中宗皇帝驾崩。迎请金城公主的队伍已经抵达多弥境内,唐朝护送将军杨矩与吐蕃和亲使臣赞朵热被离间,公主陷入迷茫。请你带领禁卫军三百名女兵火速前往,与驻守多弥的大将军那囊尚取得联系,要让五千官兵保护金城公主,保证和亲队伍顺利到达逻些城。

德桑玛 遵命。

赤玛伦 (唱)唐宫内变中宗逝,
　　　　　　内外奸计阻和亲。
　　　　　　我盼金城早日来,
　　　　　　破除障碍举旗归。

赤玛伦 我废黜王兄拉拜波,被人歪曲事实,说成是废了赤德祖赞,公主可能误会了。假如公主听到父皇驾崩的消息而动摇入蕃的决心,就请把这封密信交给她。唐蕃两国护送(迎)亲队伍中,不论是谁,凡是不听命令者格杀勿论。请你快去快回。(她把密信递给德桑玛)

德桑玛 遵命。

〔灯光暗。

〔音乐起。

〔灯光明。

〔日月与雪原。

〔迎送亲队伍的旗帜和营帐显得凄凉。

金城公主

〔金城公主疲惫地看着一面玉镜。

金　城　（唱）稀世玉镜照乾坤，

　　　　　　　父皇遇害归西天。

　　　　　　　吐蕃王子遭废黜，

　　　　　　　金城何去未显现。

〔风雪交加，天气寒冷。

〔公主看着玉镜失声痛哭，喊道："父皇！"

〔舞台中央出现了一面与公主手里的玉镜同样的大型玉镜。

〔唐中宗幻现在玉镜中。

唐中宗　金城啊，你是唐朝皇宫中唯一一朵金色的鲜花，你承载着大唐的希冀，必然会在雪山环绕的大地上发出灿烂的光芒。金城啊，请你不要悲伤哭泣，请你站起身来眺望远方的雪山吧！雪域儿女在为你欢呼，父皇我也期盼着你的和亲之路圆满吉祥！

唐中宗　（唱）如花少女赴雪域，

　　　　　　　迎着风雨吐芬芳。

　　　　　　　心怀社稷立盟碑，

　　　　　　　唐蕃万民笑颜开。

〔玉镜和唐中宗突然消失。

〔金城如梦方醒，痛哭着喊："父皇！"

金　城　（唱）一代明君请安息，

　　　　　　　我心铭记您教诲。

　　　　　　　唐蕃结立大和盟，

　　　　　　　女儿踏雪入吐蕃。

〔护送将军杨矩悲痛地上。

杨　矩　（唱）韦后乱朝害中宗，

　　　　　　　大蕃摄政废王储。

　　　　　　　无依无靠送亲众，

　　　　　　　何去何从意踟蹰。

　　　　〔杨矩懊悔地向公主施礼。

　　　　〔公主见状突然振作起来。

金　城　大将军，得知父皇驾崩，我很悲痛，但完成他的遗愿是我最大的使命。不管吐蕃摄政女王赤玛伦废黜王储的传言是真是假，我都不会改变入蕃的初心。起来吧，高举甥舅联姻的旗帜，咱们明天继续进发。

杨　矩　公主，这……

士　兵　禀报公主和大将军。

杨　矩　请讲。

士　兵　有五千三百多人的吐蕃军队包围了我们。和亲使臣赞朵热带着那囊尚和一名禁卫女将军正在朝这边走来。

杨　矩　啊？快点在公主大帐周围做好布防。

金　城　且慢！（思索片刻后）请把和亲使臣赞朵热等人迎进帐中。

众　人　公主，这……

杨　矩　就按公主的吩咐去做。

士　兵　啦嗦。

　　　　〔士兵退出。

　　　　〔吐蕃和亲使臣赞朵热等人上。恭敬地。

赞朵热　报公主和大将军。

　　　　（唱）公主将军请见谅，

　　　　　　　微臣迎亲遭坎坷。

　　　　　　废默拉拜波王储，
　　　　　　摄政派人救了咱。
德桑玛 （举起御旨）摄政赤玛伦下达御旨，唐朝送亲队伍进入吐蕃境内后，由摄政女王的禁卫军负责秘密护送公主一行到逻些。希望公主和大将军杨矩给予理解。
　　　　〔大将军杨矩接过御旨转呈给金城公主。公主立即细阅御旨。
金　城 （唱）好似日光照大地，
　　　　　　雪原寒气瞬变暖。
　　　　　　摄政祖母发密旨，
　　　　　　金城心中疑云散。
　　　　〔杨矩兴奋地接过御旨。
杨　矩 （唱）芒杰拉松扰和亲，
　　　　　　造谣赞普被废黜。
　　　　　　谎称摄政已落败，
　　　　　　真相大白快上路。
金　城 （唱）为报赤玛伦忱心，
　　　　　　实现中宗帝宏愿。
　　　　　　赤德祖赞江山固，
　　　　　　金城决意赴大蕃。
众　人 遵从大唐公主，遵从大唐公主。
　　　　〔音乐终。
　　　　〔大幕徐徐落下。

第三幕

〔古代布达拉宫在远处气势雄伟。

〔金碧辉煌的大殿十分壮丽。

〔以赤玛伦为首的吐蕃君臣及民众举行盛大仪式欢迎金城公主。

〔君臣排列有序地参加婚礼大典。

〔雄浑大气的音乐起。

〔吐蕃大臣赤斯上。

赤　斯　及至狗年，710年，摄政女王赤玛伦为赞普赤德祖赞迎娶大唐金城公主。

〔古典音乐和舞蹈。

〔赤德祖赞和金城公主步入婚礼殿堂。

〔唐朝侍臣、文士等手捧金银财宝、丝绸锦缎、乐器和各类书籍，以舞蹈动作献礼入席。

〔吐蕃臣民手捧金银财宝、盔甲兵器、珍贵药材、国政七件宝等，以舞蹈动作献礼入席。

赤玛伦　老祖母我摄政以来，把赤德祖赞抚养长大，立为赞普。又遣使大唐，迎娶金城公主入吐蕃，成功实现了第二次唐蕃联姻。在内务大臣赤斯、外务大臣那囊尚、禁卫女将德桑玛，以及其他众多人的鼎力支持下，公主安全顺利地到达逻些城。

众　人　摄政女王赤玛伦英明，先祖伟业稳固强大，拥护赞普朝政，敬服金城公主！

〔赤玛伦得意而略带惊恐地大声狂笑起来，在场所有人畏缩起来。

赤玛伦　我赤玛伦执政的前半期，主要是继承丈夫的政权，消灭了禄东赞家族的政治军事势力，千百人因此失去了生命，那是一段残酷的历史；现在是我执政的后半期，一些奸臣借废黜王兄拉拜波事件，在我祖孙之间制造矛盾和障碍。你也应该多考虑怎样辅佐自己的丈夫治理朝政的事情。

金　城　小女一定铭记在心里。

赤玛伦　在那段残酷的岁月里，由文成公主迎请到吐蕃的释迦牟尼佛像失踪了，我希望你继承阿姐文成公主的遗愿，想办法找回那尊佛像，让吐蕃佛法昌隆，探寻一条像唐朝那样繁荣的发展之路。

金　城　金城一定尽力按祖母摄政王的旨意去办。

赤玛伦　是啊，拉拜波和赤祖德赞本是彼此感情深厚的亲兄弟，但是，如果不废黜王兄拉拜波，就没有办法压制那些张狂贪婪的奸臣。为此，我心里还埋藏着一声难以抚平的狂笑。

金　城　女王陛下，您的一声狂笑让我十分惊惶。

赤玛伦　哈哈哈，今天，我要颁布一条比这更惊惶的御旨。德桑玛！

德桑玛　臣在。

赤玛伦　请把大臣那囊尚和那囊萨兄妹二人召来。

德桑玛　啦嗦！（退出）

〔那囊尚和那囊萨兄妹二人上。

那囊兄妹　拜见赤玛伦摄政女王陛下。

赤 玛 伦　你们那囊氏家族，在我执政的前半期也帮了不少忙。在灭除芒杰拉松之时，你也帮我祖孙二人排除了障碍，我还没有来得及感谢你呢。

那 囊 尚　女王陛下，这……

赤 玛 伦　但是，你暗中受唐朝韦后的指使，想把金城公主交回唐宫，不是吗？

那 囊 尚　（惊恐地跪在地上）女王陛下，请求您宽恕！

赤 玛 伦　（在狂笑声中露出愤怒的表情）那囊尚，你不用惊慌，你的父亲那囊桑波健在时曾经提议让你的妹妹嫁给一位王子，当时我答应过他。我没有记错的话，那囊萨现在已经十三岁了，我从来没有忘记自己承诺过的事。

那 囊 尚　女王陛下，您这是……

赤 玛 伦　今天，我要把你的妹妹那囊萨封为赞普赤德祖赞的王妃。

众　　人　女王陛下！

〔老态龙钟的赤玛伦跪在地上。

赤 玛 伦　吐蕃列位先帝和唐朝中宗皇帝啊，请原谅老妪我不与大臣、将军们商议政事而独断专行！也请金城公主谅解！

众　　人　遵从女王陛下！遵从女王陛下！

〔众人俯首。

〔阿央歌合唱。

〔灯光暗。

〔古乐重起。

〔金城沉睡在女王赤玛伦怀里。

赤玛伦 （唱）老妪少年进宫成为妃，

　　　　　　也曾躺在文成怀中睡，

　　　　　　如今金城入睡我怀里，

　　　　　　命运相同梦境连一起。

金　城　阿妈……（感动得轻声哭泣）

赤玛伦　女儿……（忧伤地抚慰公主）

　　　　（唱）一声"阿妈"公主唤，

　　　　　　使我悲伤又欣喜。

　　　　　　步履蹒跚人暮年，

　　　　　　赠你宝物要珍惜。

金　城　（唱）不见生母在何处，

　　　　　　远赴吐蕃遇阿妈。

　　　　　　并非苦楚是真情，

　　　　　　忍辱负重呼阿妈。

金　城　阿妈……

赤玛伦　女儿……

　　　　〔两人深情地拥抱在一起。

　　　　〔赤玛伦打开一个布团，让金城大吃一惊。

金　城　阿妈，这玉镜是……

赤玛伦　金城啊，这是阿姐文成公主赠给我的唯一的宝物。这面玉镜，帮我排除过摄政前半期和后半期的障碍。唐朝皇帝赠给前后两位和亲公主的一对智慧之镜就在这里。

金　城　（从怀里取出自己的玉镜，将二者合并）阿妈，您怎么会拥有这么多秘密呢？

　　　　〔金城和赤玛伦互相贴着脸欣赏两面玉镜。

金与赤　（合唱）大唐双镜照吐蕃，

　　　　　　母女情深容颜焕。

　　　　　　舅恩赐甥一家荣，

　　　　　　唐蕃盛世镜中显。

　　〔赤德祖赞上。

赤德祖赞　（唱）唐蕃落入风雨中，

　　　　　　如同树木在飘摇。

　　　　　　祖母孙媳互信任，

　　　　　　友邦命运将转好。

　　〔赤玛伦在一声狂笑中驾崩。

　　〔白色绫罗从天而降，覆盖在她身上。

　　〔周围寂静，只有雪花纷纷飘落。

　　〔阿央歌合唱。

　　〔画外音：及至狗年，

　　　　　　公元710年冬，

　　　　　　摄政女王赤玛伦驾崩。

　　　　　　牛年，

　　　　　　公元713年春，

　　　　　　金城公主为赤玛伦主持祭奠仪式。

　　　　　　在小昭寺释迦牟尼佛像前，

　　　　　　僧侣们按照唐朝习俗举行了为期四十九天的

　　　　　　超度法会。

　　〔灯光暗。

　　〔大幕徐徐落下。

第四幕

〔忧伤的音乐起。

〔在边境一个幽静之地。

〔破败的古代柱廊下。

〔拉拜波身穿灰白色衣袍。

〔大臣聂赞和蒙琼、达察、朗涅等人落魄的样子。

四　人　（合唱）拉拜波真悲惨，

赤玛伦太冷酷。

死讯若非谎言，

该把赤德废黜。

少年公主王妃，

让她希望破灭。

吐蕃天无光辉，

王储将驱黑夜。

拉拜波　哈哈哈，金城公主不是怀孕了吗？

蒙　琼　自从金城公主怀孕后，那囊尚快要发疯了，他希望自己的妹妹那囊萨生出未来王子的美梦被搅乱了。

聂　赞　那囊尚诱骗芒杰拉松的行为，让我们遭受了失败。现在，该是那囊尚还债的时候了。

达　察　赤玛伦把那囊萨封为王妃，这不是一件出乎意外的事情吗？

朗　涅　赤玛伦对那囊氏家族报恩的举措，实际上又给我们提供了一个好机会。

拉拜波	对那囊尚而言，让他更苦恼的是公主怀孕的事。我们可以借那囊尚的刀子去除掉公主的孩子。
众　　人	那么，怎样才能把那囊尚争取到我们这边呢？
拉拜波	你们要趁赤玛伦去世的有利时机，在边境举起反叛的旗帜。
众　　人	这个……
拉拜波	那囊氏家族想的是在他们后裔中出现一位王子，其他什么都不重要。那囊尚肯定会想办法除掉公主的孩子。
众　　人	噢，哈哈哈……

〔灯光暗。

〔音乐终。

〔音乐再起。

〔光柱下出现大臣寝宫的梁柱。

〔那囊尚烦躁地阅读密信。

那囊尚　我那囊氏家族祖祖辈辈都想与赞普王室联姻，希望在这个家族中出现一位有赞普血统的王子，这样便可以让后代子孙成为王室成员。而现在，要是金城公主生下孩子，我那囊氏家族的后代就算完了。（看着密信）拉拜波啊，你想借我的刀子去除掉公主的孩子，但你的这个梦并不是很完美。（无奈的狂笑声）

那囊尚　（唱）金城若是产下儿，

　　　　　　那囊百孩也无益。

　　　　　　不除金城所生子，

　　　　　　那囊势强有何意？

那囊萨　（很恐惧地上）兄长啊，请不要这么讲。

　　　　（唱）宫中权臣想逆乱，

　　　　　边地奸将欲反叛。

　　　　　赞普政局遇危难，

　　　　　兄长居心为哪般？

那囊尚　哈哈哈，是啊！

　　　（唱）内忧外患好时机，

　　　　　设法除掉金城子。

　　　　　再灭拉拜波王储，

　　　　　那囊家族要坚固。

那囊萨　兄长啊，总有一天您会对自己的行为感到后悔的，我求您了。

那囊尚　来人！（两名士兵上）把那囊萨拉出去，幽禁七天。

士　兵　啦嗦。

那囊萨　兄长啊，您千万不能那样做。

　　　〔两名士兵把那囊萨王妃强行拖走。

那囊尚　拉拜波，你借给我的这把刀子确实不错，但是，总会有那么一天，我会彻底打败你的。

　　　〔阴森恐怖的音乐起。

　　　〔灯光暗。

　　　〔音乐起，灯光渐明。

　　　〔精致的房屋分三层，分别摆放着织机、捣药石臼、书架、写字板等器物。

　　　〔舞台一角摆有一张简易的座椅，旁边的桌上有一把银质茶壶和几个茶碗。

　　　〔一个戴面具的人蹑手蹑脚地上。他左顾右盼地走近那茶壶，从怀里取出什么东西投入壶中，然后紧张地退出去。这时，德桑玛突然进来。

德桑玛 是谁?

〔戴面具的人与德桑玛打斗的时候,又出现两个戴面具的人,他们撒下罗网抓住德桑玛,把她捆绑起来。这时,第一个戴面具的人用布团捂住德桑玛的口鼻,她马上昏了过去。三个人把德桑玛拖走。

〔灯光暗。

〔悠扬的音乐起,灯光渐明。

〔远处是雅砻河谷的村落。

〔很多人忙着织氆氇、捣药,往写字板上写字,僧人们阅读经典,还有人在弹奏乐器、缝制衣物、刺绣……赤德祖赞和金城公主看到民众勤奋敬业、繁忙劳作的景象,露出满意的表情。

金　　城（唱）医药历算绘画等,
　　　　　　翻译唐典传技术。
　　　　　　农牧各业空前盛,
　　　　　　法治严明民增福。

赤德祖赞（唱）金城奋斗十冬夏,
　　　　　　吐蕃出现新气象。
　　　　　　大唐美人一朵花,
　　　　　　绽放雪域吐芬芳。

众　　人（男）花儿开,公主美,
　　　　　（女）大地净,赞普强。
　　　　　（合唱）度母化身是金城,
　　　　　　孕育王子大救星。
　　　　　　幸福光芒映雪山,
　　　　　　吐蕃大地换新颜。

〔在舞曲声中赞普扶着辛苦劳累的公主坐下，倒了一碗茶水给她。公主深情地端着碗喝茶。

〔众人在忙碌各自的工作。

赤 与 金 （合唱）忙碌十载利民生，
唐蕃一家情谊浓，
你我少时同悲泣，
如今虽然把政掌，
内外叛乱未平息，
国泰民安是梦想。

〔公主突然感到剧烈疼痛，赞普连忙把她扶起，大声喊德桑玛。

〔戴金色面具的禁卫军士兵从两边包围。

〔光柱下金城公主疼痛难忍，赞普扶着爱妃。

〔一侍女从金城公主下身取出血淋淋的下裙，高声叫道。

侍　　女　金城公主流产了！

〔一切变得寂静无声，音乐起。

〔突然，德桑玛满脸鲜血、披头散发、手抱盔帽，双膝跪地艰难地走过来。

德桑玛　赞普陛下！那囊尚反叛了，他带领卫域军队三万人朝着驻守在贝域的拉拜波那里去了。

〔赞普稳健地站起来，迈着沉重的步子。

赤德祖赞　拉拜波，你借那囊尚的刀子害了我的王子。

德桑玛　赞普陛下，请您原谅我吧，祖母赤玛伦早就预感到了这些。如果公主遇到危机，摄政女王她还给我下了一道密旨——祖母赤玛伦，我没能尽到职责，按照您的

指令，我要结束自己的生命。（抽刀自刎）
众　　　人　德桑玛！
赤德祖赞　德桑玛，这不是祖母她经常发出狂笑的秘密吗？
金　　　城　德桑玛！（倒地）
　　　　　　〔赞普扶起金城公主时，那囊萨哭喊着上。
那　囊　萨　金城公主，我那囊萨有罪啊！（放声大哭）
赤德祖赞　（举起长剑）那囊萨……
金　　　城　赞普陛下！（跪在地上护住那囊萨）
　　　　　　〔赞普把剑扔在地上。
那　囊　萨　赞普陛下！（放声大哭）
赤德祖赞　把那囊萨关进王宫的地牢。
　　　　　　〔赞普面朝前方的天空，大声地。
赤德祖赞　（哽咽着）祖母啊！现在我终于明白了您为什么要狂笑。
　　　　　　〔赞普双膝跪地。
　　　　　　〔灯光暗。
　　　　　　〔大幕徐徐落下。

第五幕

　　　　　　〔音乐起。
　　　　　　〔风雪夜。
　　　　　　〔舞台一角的牢房里，那囊萨戴着镣铐，在油灯旁失魂落魄。
那　囊　萨　（唱）风中油灯公主颜，

　　　　　　兄长作孽妹受罪。

　　　　　　堕杀王婴罪孽深,

　　　　　　狱中自戕难清身。

　　　〔幻影:战场上,那囊尚全身是血,他用长矛刺杀拉拜
　　　　波后摇摇晃晃地迈步。

那囊萨　兄长啊!(失声痛哭)

那囊尚　(唱)今日诛杀拉拜波,

　　　　　　为了吐蕃救赞普。

　　　　　　自己作孽自己受,

　　　　　　今向公主请罪过。

　　　　　　世代效忠诸赞普,

　　　　　　只想家族出王子。

　　　　　　今生之路走到头,

　　　　　　祝愿小妹获幸福。

　　　〔那囊尚抽刀自刎。

那囊萨　兄长啊!

　　　〔那囊萨昏倒在地。

　　　〔灯光渐暗,一幅唐朝风格的画前出现了公主的幻影。

　　　〔音乐中再现那囊萨。

金　城　(唱)那囊狠毒灭我婴,

　　　　　　寻佛尊像舍慈悲。

　　　　　　孤傲共命我两冤,

　　　　　　赎救囊萨解狱苦。

那囊萨　(唱)同为王妃命不同,

　　　　　　摄政女王手中捏。

　　　　　　唐蕃政局多变幻，

　　　　　　两枚棋子不由己。

金　城　那囊萨姐姐……

那囊萨　金城妹妹……

　　　　〔趴着移向对方，互相紧紧拥抱。

金与那　（合唱）善怀唐蕃民福祉，

　　　　　　　　赓续文成宏大愿。

　　　　　　　　雪域二妃心相连，

　　　　　　　　携手找寻世尊像。

　　　　〔切光。

　　　　〔在古代小昭寺正殿内。

　　　　〔金殿中央的壁画开裂，落满灰尘。

　　　　〔金城公主和那囊萨，大臣赤斯、赞朵热、杨矩等人在那里寻找着什么。

金　城　（唱）文成陪嫁天下善美宝，

　　　　　　　唐蕃联姻见证释迦像。

　　　　　　　挖遍江岸沙滩未找到，

　　　　　　　三十年前似在此处藏。

那囊萨　（唱）记得先父曾经告诉我，

　　　　　　　松赞驾崩文成遭排斥。

　　　　　　　阿姐含泪祈祷发誓愿，

　　　　　　　力保圣殿壁画世尊像。

金　城　圣殿、壁画、世尊像？

　　　　〔气势宏大的音乐声中，中央壁画在灯光下庄严肃穆。金城公主从容地走近壁画前观察，然后谨慎地取出怀里的玉镜，用充满期待的眼光照看。

金　　城　（唱）玉镜非凡能照世间事，
　　　　　　　　祈求今日探寻显奇迹。
　　　　　　　　为使金城梦想皆成真，
　　　　　　　　但愿释迦佛像重现光。

　　　　　　〔这时玉镜突然发出光。
　　　　　　〔金城走到壁画前，双手颤抖着去摸那些裂缝，用悲情的声音缓慢地说。

金　　城　阿姐文成，今日我找到了您那珍贵的陪嫁品——释迦牟尼佛像。

　　　　　　〔在电闪雷鸣中，那幅壁画倾塌下来，金光闪闪的释迦牟尼佛像显露出来。
　　　　　　〔一切变得寂静，古乐声起。

金　　城　（唱）摄政女王多英明，
　　　　　　　　唐蕃联姻照汗青。
　　　　　　　　金城寻回世尊像，
　　　　　　　　佛佑众生获安康！

　　　　　　〔她双膝跪地。
　　　　　　〔在追光照射下定格。
　　　　　　〔赤德祖赞上。

赤祖德赞　（唱）寻得圣像抚民心，
　　　　　　　　原本神灵化归佛。
　　　　　　　　平定内乱救吐蕃，
　　　　　　　　金城内心谁人知。

金　　城　（唱）蕃人信仰虽平和，
　　　　　　　　边陲难民传痈疽。
　　　　　　　　赞普亲征伐敌时，

　　　　　　　　妃子分忧治疫病。

金与赤　（合唱）防治痈疽公主苦，
　　　　　　　　降敌平疆赞普难。
　　　　　　　　恳请大唐援吐蕃，
　　　　　　　　誓约共立会盟碑。

　　　　　　　　玄宗皇帝施慈怀，
　　　　　　　　扶我雪域江山稳。

〔灯光下分别下场。

〔切光。

〔大幕徐徐落下。

第六幕

〔音乐起。

〔金城读完书信，拿起玉镜。

金　城　（唱）效劳吐蕃三十载，
　　　　　　　　遥寄书信给长安。
　　　　　　　　宫中皇帝无音信，
　　　　　　　　何时唐蕃共梦圆？

金　城　皇兄啊，妹妹金城替赞普赤德祖赞多次寄书信，派使臣，为何没有一点音信？难道您忘了我这个公主在吐蕃吗？

〔几声咳嗽后拿出玉镜。

金　城　（唱）赞普出征已三年，
　　　　　　　　金城治疫救百姓。

　　　　　　偶尔得空照玉镜，

　　　　　　思君之心更强烈。

　　　〔舞台中央立有一面大镜子，镜中先后出现唐玄宗李

　　　　隆基和吐蕃赞普赤德祖赞。

唐 玄 宗（唱）舅在大唐平乱政，

　　　　　　甥在吐蕃伐异党。

　　　　　　唐蕃舅甥本一家，

　　　　　　誓盟立碑展宏图。

　　　〔赤德祖赞上。

赤祖德赞（唱）外甥我年少无知，

　　　　　　受边境官吏蒙骗。

　　　　　　舅若调和唐蕃事，

　　　　　　我等守约到永远。

　　　〔舞台背景上出现了一尊唐蕃会盟碑。

金 赤 唐（合唱）唐蕃甥舅情意长，

　　　　　　天下一家享太平。

　　　　　　互信互利题碑文，

　　　　　　同心同向书汗青。

　　　〔赞普和唐玄宗消失。

　　　〔会盟碑上金光闪耀。

　　　〔灯光渐亮，金城公主与来自吐蕃、唐、于阗、尼婆

　　　　罗、吐谷浑的僧人和医师们为百姓治病。

　　　〔幕前出现金城病重的形象。

金　　城（唱）一生致力唐蕃友好，

　　　　　　世界屋脊挥洒爱心。

　　　　　　金城如今也染重疾，

　　　　　　难除病苦百姓堪忧。

〔金城公主步履蹒跚，她从怀里取出一对玉镜。

金　城　（唱）两面玉镜知我心，

　　　　　　社稷兴衰尽显现。

　　　　　　一个呈献玄宗帝，

　　　　　　一个敬送赤德王。

〔金城公主把一对玉镜托付给进入暮年的大将军杨矩。
〔积劳成疾的金城倒地，眼前出现许多经年往事。
〔少年金城手捧一朵雪莲花。
〔第一幕中金城离开长安远嫁吐蕃的场面再次出现。
〔现场诗意盎然。

（合唱）东土美女金城，

　　　　自幼长在皇宫。

　　　　如今封为公主，

　　　　将要启程入蕃。

〔音乐声中，雪莲花舞起。
〔音乐和舞蹈中，金城的歌声优美嘹亮。

金　城　（唱）金城名留唐蕃史，

　　　　　　长安城内放光芒。

　　　　　　布达拉宫更庄严，

　　　　　　千里缘合终不悔。

　　　　　　远离故土三十载，

　　　　　　唐蕃情意如一家。

　　　　　　回望江山壮美景，

　　　　　　雪莲盛开大地艳。

金城公主

  沿着阿姐文成路,
  唐蕃联姻歌声扬。
  大唐公主吐蕃妃,
  金城青春留雪都。

  生在宫中为公主,
  远嫁雪域是王后,
  大唐公主吐蕃妃,
  祝愿世界春长久。

〔雪莲花争相绽放。

〔金城公主于雪莲花中圆寂。

(合唱)铺设金桥成一家,
    公主屹立雪山顶。
    展开金纸书中华,
    苦乐人生献真情。

〔舞台上空落下盛开的雪莲,金城融入花海。

〔画外音:及至兔年,739年,王妃金城公主患痈疽病逝。她的伟大历史功绩,诉说着千百年来中华民族走向繁荣强盛、团结统一的心愿。

〔金城公主巨幅唐卡缓慢降下。

〔音乐终。

〔灯光暗。

尾 声

〔幕间音乐起。

〔画外音:

及至马年,742年,

王子赤松德赞诞生,母后那囊萨离世。

及至马年,754年,

赞普赤德祖赞驾崩,王子赤松德赞继赞普位。

金城公主入蕃的时代,

属于吐蕃最幸福的五代王朝中的第一代。

在甥舅荣辱与共的时期,

唐蕃第二次和亲的历史成为一段流芳百世的华丽篇章。

〔第一个幕布上巨幅唐卡光辉灿烂。

〔舞台左右出现大唐将军杨矩和吐蕃大臣赤斯。

〔纱幕内拉姆、加鲁、温巴等起舞。

杨　矩　(唱)山河陪伴金城路,

　　　　　　琴声悠扬卸铠甲。

　　　　　　翻看古国千年书,

　　　　　　东方日出晴朗夏。

赤　斯　(唱)日月辉煌照雪域,

　　　　　　唐蕃大地天路长。

　　　　　　金城功绩千年传,

　　　　　　联姻丰功万古芳。

〔吐蕃古乐起,唐朝风格音乐辅助。

〔巨幅唐卡似幕布渐启。

〔吐蕃一家亲的背景画面引人入胜。

〔吐蕃和唐朝吉祥的舞蹈。

〔唐蕃各色人物上。

〔赞朵热、赤斯、杨矩、那囊尚等人物舞蹈着上。

〔赤玛伦、那囊萨、德桑玛三人舞蹈着上。

〔赤祖德赞、唐中宗、唐玄宗三人舞蹈着上。

〔金城公主以独舞闪亮登场。

〔吐蕃风格音乐伴奏。

(合唱)吉祥,大唐公主吉祥!

　　　吉祥,吐蕃赞普吉祥!

　　　吉祥,唐蕃盛世吉祥!

　　　吉祥,伟大祖国吉祥!

　　　吉祥,大统江山吉祥!

　　　吉祥,各族兄弟吉祥!

　　　吉祥,世界和平吉祥!

　　　吉祥,中华昌盛吉祥!

〔落幕。

〔全剧终。

编者的话

为学习贯彻习近平新时代中国特色社会主义思想及深刻领悟习近平文化思想的丰富内涵和理论贡献，弘扬民族文化，保护中华民族传统文化遗产，我们编辑出版了这本《黄南藏戏剧本集》。该书的出版对宣传青海藏戏的创作成就，鼓舞青海藏戏的创作与发展，引导青海藏戏的创作方向都具有十分重要的意义。

《黄南藏戏剧本集》是从青海省黄南藏族自治州民族歌舞剧团、青海省藏剧团四十多年来创作演出的藏戏中精选出的优秀剧本。这些剧目曾获全国"五个一工程"入选奖，文旅部文华新剧目奖，全国少数民族文艺会演剧目金奖、最佳编剧奖、最佳导演奖，中国艺术节文化剧目奖，文化剧作奖，青海省"五个一工程"入选作品奖、导演一等奖、综合一等奖，青海省文学艺术创作奖，青海省文艺调演导演一等奖、演出一等奖。每个剧目演出多达二百多场，个别剧目上演达一千场。这些剧目上演后受到观众、专家们的欢迎与好评。可以说，这些剧目的思想性、艺术性、欣赏性都是高水平的，是青海戏剧舞台上的精品力作。

该书的出版，得到了青海省黄南藏族自治州州委、州政府的支持，得到了青海省藏戏编剧们的大力帮助，在此向他们表示衷心感谢！如果本书存在一些错误和不足的地方，烦请各位读者指正。